中公文庫

廉太郎ノオト

谷津矢車

中央公論新社

目次

廉太郎ノオト

序

新聞屋は真っ暗な廊下を進み、南向きの防音室のドアを開いた。光の洪水が新聞屋の双眸に飛び込む。

新聞屋の目が慣れ、最初に浮かび上がったのは南の壁に大きく取られた部屋の窓だった。ガラス窓から板張りの床に陽だまりが延び、窓辺では薄手のカーテンが冷たい秋風に揺れている。

殺風景でがらんとした部屋の中には二十脚ほどの椅子が並び、その奥には大きなグランドピアノが鎮座していた。

そのグランドピアノに寄り添うような二人の人影を、新聞屋は認めた。

一人は若い女だった。青い小袖を身にまとい、手にはバイオリンを持ちピアノに寄り添うように佇んでいる。一振りの短刀を思わされるほど、女の放つ気は研ぎ澄まされていた。もう一人は、ピアノに向かって座る、角刈りの男だった。

角刈りの男が新聞屋に気づき、ゆっくりと立ち上がった。ワイシャツにサスペンダー、羊毛のズボンに黒くつややかな革靴は、新橋や銀座の辺りでよく見る給金労働者のようななりだった。いや、むしろ新聞社の主筆のような、取り澄ました格好だった。新聞屋が内心で舌打ちしていると、男は恭しく頭を下げた。

「ようこそ、新聞屋さん」

新聞屋は窓ガラスに映り込んだ自分の姿を眺めた。そこには、自前のぼろ長着に新聞社から支給された茶の羽織をまとった若い男の姿が映っていた。

新聞屋は茶羽織を見せつけ、肩を揺らして笑った。

「羽織破落戸が、入っていいんですかい」

新聞屋は新聞社の雇人である。本社の椅子で踏ん反り返って原稿を書く主筆の代わりに駆けずり回り、新聞記事になりそうなネタを拾う。中には取材対象に脅しをかける手合いもあるおかげで〝羽織破落戸〟の蔑称もある稼業だが、新聞社の代紋がてきめんに効くのもまた事実、男は羽織破落戸を自称して庶民を震え上がらせ、溜飲を下げている。もっとも、昨今の新聞社も自前で記者を持つようになり、昔ながらの破落戸は減った。

角刈りの男は動じる様子もなく、余裕ある笑みを浮かべた。

「構いませんよ。僕は鈴木毅一。お手紙が届いたようで何よりでした」

数日前、千住の裏長屋に住む新聞屋の許に文が届いた。東京上野の東京音楽学校の住所が付されたその文には小規模な演奏会を執り行う旨が書いてあり、新聞屋を招待したいと結ばれていた。宛名も「新聞屋様」となっていた。

東京音楽学校は開校以来定期演奏会を開いているが、主筆ならまだしも、しがない羽織破落戸である新聞屋に案内状が来たことなどない。それどころか、取材目的で演奏会に潜り込もうとして門前払いを食ったのも一度や二度ではなかった。

どうした風の吹き回しなのか。新聞屋はいぶかしく思った。

それに——文の結びも、気になった。

「あの手紙に〝瀧廉太郎君の遺作発表〟とあったけど、本当ですかい」

瀧廉太郎。思い出すたびに新聞屋の胸をむかつかせる名前だった。瀧廉太郎といえば、自分がいくら手を伸ばしても届かなかったものを易々と手に入れたにも拘わらず、結局何も果たせないままにあの世に旅立った男だった。

ピアノの傍に立っていた若い女が鋭い目で新聞屋を見据えた。幸田幸。東京音楽学校が誇る才媛幸田姉妹の妹で、ついこの前までベルリンに留学していたバイオリン奏者だった。

その幸田幸は細い眉をひそめ、意志のみなぎる黒目がちの瞳を新聞屋に向けた。

「瀧君は、あなたに遺作を聴かせたかったみたいよ」

鈴木毅一は幸から話を引き取った。

「実は、瀧さんから遺作の楽譜原稿を受け取ったのです。そこに付されたお手紙に〝新聞屋さん〟にこの曲を聴かせてほしいと書いてあったものですから。けれど、半年余り色々と忙しく、お声を掛けることが叶いませんでした」

「なんで、俺なんかに」

「理由は書いてありませんでした。正直なことを申し上げれば、瀧さんがあなたのような人と親交があったことさえ信じられぬのです」

鈴木毅一の口ぶりには、あからさまな棘があった。

バイオリンを肩に乗せた幸田幸は、早くやりましょう、と口にした。こちらを睨みつけながら。

「昔、わたしについて色々と書いてくれたみたいね。今でも許していないからそのつもりで」

険のある幸の言葉に、新聞屋は肩をすくめて見せた。だが、当の幸は力なく目を伏せた。まるで己の言葉に傷ついたかのようだった。

「瀧君があなたの名前を出さなかったら、絶対に聴かせはしなかったのに。叱ってやりたいけど、瀧君はもう、わたしの声の届くところにいないから」

鼻をすすり上げる音がした。思わず部屋の隅に目をやると、しゃんと背を伸ばして椅子に座る、黒い小袖の老女の姿があった。痩せて面長、凜(りん)として手を膝に置く姿は武家の女のにおいを感じさせた。明治も三十数年を数えようという当世ではなかなか見ないなりの女人だった。守衛かとも思ったが、女の役目でもあるまいと新聞屋は小首をかしげる。

「さて」鈴木はピアノの前に座り直した。「聴いていただきましょう」

「聴くのは俺一人なんですかい」

「ええ。瀧さんの手紙には、あなたに聴かせてほしいとしかありませんでしたから」

瀧廉太郎はもう、この天地のどこにもいない。何者でもなかった奴の残したものに何の意味があるというのだろう、そんな疑問が新聞屋の脳裏を掠める。

鈴木毅一と幸田幸は各々(おのおの)の楽器を構え、目配せし合った。そして、二人が大きく頷いたかと思えば、短い曲の最初のフレーズが、ピアノとバイオリンから同時に溢れ始めた。

第一章

　瀧廉太郎は庭の隅にうずくまり、不規則な高音に耳を澄ましていた。

　縁側のすぐ傍に板塀が迫る狭い庭には、苔（こけ）むした石灯籠（いしどうろう）や、金具が錆（さ）びて動かない鹿威（ししおど）しが所在なげに並んでいる。手入れの行き届いていない、無風流（ぶふうりゅう）を絵で描いたような庭の隅に、まるで目立つのを嫌うかのように設（しつら）えられた水琴窟（すいきんくつ）があった。

　砂利石の間に開いた小さな穴から零（こぼ）れる、甲高く、予想だにしない拍で響く音の配列が、廉太郎の耳朶（じだ）を撫（な）でる。まだ幼い廉太郎は、この穴の下には小人（こびと）がいて木琴を鳴らしているのだと本気で信じていた。

　水琴窟は、土中に埋めた壺の中に水滴を落とすことで音を反響させている。水琴窟の前に座り、動きの悪い鹿威しから零れる水の行く手を眺めるのが、小さい頃の廉太郎の日課だった。胸を高鳴らせ、真っ暗な穴を覗（のぞ）き込んでいると、後ろから廉太郎の名を呼ぶ声がした。廉太郎が顔を上げると、縁側に腰を掛けて廉太郎をつまらなげに眺める、姉の利恵の姿が目に入った。

鮮やかな桃色の絹着物を緩やかに着付け、日本髪に結い上げている。化粧気はない代わり、瑞々しい肌が若木から生える木の芽のようだった。

柔らかな日差しが降り注ぐ縁側に上がり込むと、利恵は廉太郎の頭を優しく撫でた。並び置かれた長さ三尺のお琴が二つ、廉太郎たちを伏し目がちにうかがう。

「お稽古しますよ」

大きな声で返事をすると、利恵は柔らかく微笑んだ。利恵はこの年で十三ほど、廉太郎とは十ほどの年の開きがあって、廉太郎の目には大人に見えた。

廉太郎が琴の前に座ると、利恵は廉太郎の小さな手を取って琴の爪をはめた。お琴の稽古がどういう経緯で始まったものか、廉太郎は覚えていない。利恵が琴の勉強を始め、得意になって弟に教えるようになったのだろう。

だから、こんなことになる。

「ほら、あそこの弦をはじいて……、あれ、おかしいな、こんな音が出るはずないのに」

師匠役であるはずの利恵が小首をかしげる。やがて諦めたように首を振って爪を取った利恵は、すくりと立ち上がり、奥の部屋に行ってしまった。

一人縁側に取り残された廉太郎は、姉の後を追いかけることなく、弾き手のいない琴に目を落とした。

弦を爪ではじく。指先に心地よい緊張を覚えながら、震える弦に目を向ける。強くはじけば大きな音が、弱くはじけばか細い音が響く。最も手前の弦にかかっている柱を外して爪ではじくと、先ほどとは比べ物にならない低音が出た。外した柱を今度は弦の真ん中にはめ直す。柱を外した時の音よりも、この音の方が高い。高さは違っても、同じ振る舞いをする音が輪を為している。

廉太郎は三本の指で様々な弦に触れた。廉太郎は曲を知らない。思うがまま、縦横無尽に指を運ぶ。

突然、琴の上に大きな影が差した。

振り返ると、でっぷりとした体形をシャツで包み、ズボンをサスペンダーで吊ったなりの男が立っていた。御一新を迎えた東京麹町でも、こんなに西洋風の格好で揃えている洒落者は少ない。シャツのポケットから垂れ下がっている、舶来懐中時計の鎖を揺らし、眉間に深い皺を寄せているのは、廉太郎の父の吉弘だった。

油で固められた髪の毛を撫でつけながら、吉弘は言った。

「廉太郎、琴は女のたしなみだ。男のやるものではない」

この低い声を前にすると、廉太郎は体が固まる。廉太郎は何か言おうとしたものの、結局吉弘に阻まれた。

「お前は栄えある瀧家の跡取りなのだからな」

栄えある瀧家。思わず身構えた。父得意の小言の枕詞が飛び出したのだった。

世が世なら家老だったというのが吉弘の――瀧家の――自慢だった。瀧家は九州大分の小藩日出の国家老の家柄であったそうだが、御一新で藩が解体されてからは、学才を生かして心機一転、政府に出仕したのだという。

肩をすぼめていると、吉弘は廉太郎の前にあった琴を肩で担ぎ上げた。

あっ、と声を上げる廉太郎を前に、吉弘は苦々しげに声を発した。

「お前くらいの年の頃にはわしは経書を読んでおったぞ。お前も瀧家の子ならば――」

お小言が続くかに見えたものの、吉弘の言葉はふいに庭から響いた快活な声によって阻まれた。

その声に、廉太郎は思わず喜びの声を上げた。

「大吉兄ちゃん」

庭先には、従兄である大吉が立っていた。

髪はぼさぼさ、下駄に小汚い紺羽織、膝が透けるほどすり切れている袴に身を包む大吉の姿に、吉弘は琴を担いだままこれ見よがしに顔をしかめた。

「そんな格好で闊歩するな、大の大人が」

「いやあ、すみませんおじさん。本を買い込んで服まで手が回らず」

快活に応じた大吉が紐で結わえた本を無造作に掲げると、吉弘は鼻を鳴らして奥へと引っ込んでいった。薄く笑って口笛を吹いた大吉は、縁側に正座している廉太郎に不敵な笑みをこぼした。

「おじさんも小うるさいなあ。まあ、お立場もあるだろうしなあ」

ぼさぼさの髪をかきながら、大吉は言った。屈託のない顔に廉太郎も笑みを返す。

「兄ちゃん、よく来たね」

「学生は暇なのさ」

大吉は、工部大学校に通っている。日本の殖産興業を支える学校である。明治日本の漕ぎ手にならんと志す秀才集う学校の学生が、暇なはずはなかった。

大吉は苦労人だった。

廉太郎のおじにあたる大吉の父は十年ほど前、病で死んだ。大吉は吉弘の援助と庇護のもとに育てられ、官吏の道に近い大学校に進んだ。艱難もあったろうが、大吉はそんなことをおくびにも出さず、すり切れた着物の袖をまくって腕を組んだ。

「廉太郎、お前は好きなことをやるんだぞ」

言葉の重みに、子供ながらにたじろぐ。廉太郎は小さく、うんと頷いた。

「ならよし」

大吉が大きく頷いたその時、奥の部屋に引っ込んでいた利恵が障子の隙間から顔を出した。

「やっぱり大吉兄ちゃんだ」

「おお、利恵ちゃんじゃないか。なんだ、いたのか」

「今、兄ちゃんの声がしたからって思って、かるた遊びを止めて出てきたの」

「なんだ、だったら兄ちゃんも混ぜてくれよ」

「やった」

大吉と姉の弾む会話をよそに、廉太郎は一人、物思いに沈んでいた。

廉太郎は、自分の心の奥底を流れ続ける音に気づいている。それはまるで、水琴窟のようにとりとめがなく、か細いものだった。時折利恵が琴で弾く曲のような音調はない。だが、心の内で流れるその音の連なりは、一つの塊となって廉太郎に迫ってくる。

この音の正体は何だろう。

子供ながらに首をかしげた。これが、廉太郎の最初の記憶だった。

廉太郎、十一歳の春先のこと。

オッペケペッポーペッポッポー。

鎧板で囲まれた小道ですれ違う学童たちが歌い、軽やかな足取りで廉太郎の脇をすり抜けてゆく。見慣れない顔だ。きっと他の学校の生徒だろう、と廉太郎は丸い眼鏡を上げながら当たりをつけた。

あの曲は『オッペケペー節』という。関西で流行っていたのを川上音二郎なる芸人が東京に持ち込んだもので、三味線由来の軽やかな拍取りと抑揚のない曲調に乗せて、当時の世相や流行りの自由民権の思想を並べ立てたものだった。鉢巻きを締め、陣羽織を纏った男が鉄扇を掲げつつ、オッペケペーと間抜けた歌詞を口にする落差がうけたのか、銭湯に行けば子供から老人まで口ずさんでいる。

オッペケペーの大合唱に追い立てられるように隅に蒲公英の咲く小道を行き、廉太郎は麴町の家へと戻った。

屋敷はひっそり閑としている。下駄を脱いで玄関に上がり込んでも、人の気配がない。唯一この家で働いている使用人の姿も見当たらない。買い物にでも行っているのだろうと独りごち、廉太郎はひんやりとした空気の漂う廊下を歩いてゆく。すると、縁側のほうから柔らかな音曲が聞こえてきた。廉太郎は学童鞄を投げ捨て、縁側へと向かった。

果たして、柔らかな日差しの降り注ぐ縁側で、利恵が琴を弾いていた。

かつては日本髪に結っていた髪を解き、真っ白い寝間着を着ている。すんすんと小さい咳が聞こえる。琴を弾く間も、時折肩を揺らしていた。一曲、弾き終わったところだった。音が止み、余韻がこの場を包んでいる。

「姉さん」廉太郎は背中越しに声を掛けた。「寝ていなくて大丈夫なんですか」

「ええ、今日は調子がよくて」

振り返った利恵の頬はこけ、唇から血色が失せていた。肌は透けるように白く、着ている白の寝間着が廉太郎の目には黄ばんで見えた。

「寝てなくちゃ駄目ですよ。でないと、治るものも治りませんよ」

「治るんなら、いいんだけどね」

捨て鉢な利恵の言葉を前に、廉太郎は胸が潰れる思いがした。

父吉弘の地方赴任が決まった時分、利恵が突然倒れた。医者に診せたところ、労咳と診断された。下手に動かしては衰弱を招くばかり、西洋医のいる東京で静養に励んだほうがよかろう、そんな医者の勧めもあり、麹町の屋敷に留め置かれた。

廉太郎は小学校を卒業してから親の赴任についてゆくことになり、今は利恵と共に麹町に留め置かれている。

利恵には病を隠している。死病と宣告して生きる気力を奪うことはない、そんな大人の配慮の結果だが、利恵はもう齢二十、過度な子供扱いは、むしろ利恵の心を傷つける残酷な仕打ちなのではないか。廉太郎は子供ながらに戸惑っていた。

廉太郎が下を向いていると、利恵は殊更(ことさら)に明るい声を発した。

「ねえ、琴を弾きましょうよ」

利恵に言われるがまま、廉太郎は奥の間から琴を運び出した。

琴を利恵のそれと並べ置き、爪をはめた廉太郎の前で、姉は旋律を奏で始めた。初めて聞く曲だったが、考えるより前に廉太郎の指が動いた。廉太郎の奏でる音が利恵の旋律に近づいて混じり合い、調和を生んだ。利恵の奏でる哀調に寄り添うように、廉太郎は思うがままに音を重ねてゆく。

一曲弾き終え、細い指を弦から離した利恵は、息をつくように言葉を発した。

「この曲、ようやく覚えたのに、あなたはすぐに合わせちゃうのね」

琴をつま弾く八年あまりの間に、使っていい音と使ってはいけない音が曲ごとに運命付けられていることに廉太郎は気づいた。どうした理由かは分からないが、曲に寄り添う音と寄り添わない音が半々くらいあり、それを瞬時に聴き分け、合う音を粛々(しゅくしゅく)と選び取ってゆけばいい。

その旨を話すと、利恵は目を丸くしていた。

「そんなの、お琴の先生も言ってなかったわ」

「そうなんですか」

誇らしい気分にもなった。だが、続く利恵の言葉で、廉太郎の自負はしぼんだ。

「あなたはいいわね、先があって」

どう言葉を継いだらよいか分からずにいる廉太郎を尻目に、利恵は骨の浮かぶほどに痩せた指を動かし、弦を震わせた。岩のように固い音が、縁側の周囲に響き渡った。

「あなたにはまだ、無限の未来がある。もしもあなたみたいに先があったなら……。言っても詮ないことよね。ごめんね、廉太郎」

何も言えずにいるうちに、お使いから戻ってきた女中が縁側に現れた。並び座る利恵と廉太郎を交互に見やるや顔を青くして、部屋で寝るよう利恵に促した。すると今度は廉太郎に向いて、今着ている服を改めること、うがいを忘れずするようにと小言を述べた。

言われた通り部屋着に改め、井戸端でうがいをして縁側に戻ると、口元に手ぬぐいを巻きつけた女中が縁側を水拭きしていた。丁度、利恵が座っていた辺りだった。

廉太郎は思わず怒鳴り声を上げそうになった。だが、すんでのところで堪えた。女中は己の仕事に忠実なだけだったことは、廉太郎にとて理解が出来た。

心の内から食い破られるような痛みをこらえながら、廉太郎は庭先から、女中の握る雑巾が縁側の床を清めていく様をずっと眺めていた。

それから一月後のこと——。

人が寝静まった夜、廉太郎は蠟燭（ろうそく）の明かりを虚（うつ）ろに眺めながら、自宅の客間で人を待っていた。犬の鳴き声一つ聞こえず、風の囁（ささや）きもない。自分の荒れ狂う心音を聞きながら、ちらちらと揺れる炎を睨んでいるうちに、客間の戸が音もなく開いた。

ぬるい夜風を纏（まと）い、従兄の大吉が現れた。

かつての貧乏学生の風は改められていた。黒っぽい官吏服に帽子姿、手には大きな革の鞄をぶら下げている。工部大学校を卒業した後、陸軍の技師になった従兄は一族の出世頭になっていた。

蠟燭の炎に浮かぶ大吉の顔は沈み込んでいた。

「遅れてすまない。呼んでくれて、ありがとうな」

「大吉兄さんを呼ぶので精一杯でした」

いたたまれなさと悔しさで廉太郎が下を向いていると、目の前に座った大吉が肩を強く叩いた。

「いや、立派だよ、廉太郎は。まだ十一だってのにな」

利恵が危篤（きとく）に陥った。

ついにこの日が来てしまった。覚悟を決め、頭の中では幾度となくいざというときの行動を考えていたというのに、実際にその時が来てみると段取り通りにはいかなかった。

利恵はある日、夥しい血を吐き、そのまま昏睡した。血色は悪く食欲もないながらここのところは小康を保っていただけに、地方に赴任する吉弘宛てに電報を打ち、近くに住む大吉を家に呼ぶまでに相当の右往左往があった。

利恵が死ぬ。その現実を受け止めることができないまま、廉太郎は茫然とがらんとした部屋の真ん中に座っている。

大吉はまた廉太郎の肩を叩いた。

「利恵ちゃんに会いたい。いいか」

小さく頷き、廉太郎は立ち上がったが足に力が入らない。

大吉と共に利恵の部屋へと向かった。北向きの四畳半の部屋は夜ともなれば月明かりすら入らず、夏でも日の熱が届かない。世間から切り離されたような小さな部屋の中、利恵は行灯の頼りない光に照らされながら横たわっていた。

髪の毛の一本一本まで痩せ細り、仰向けに寝かされた姉の顔には、頭蓋骨の輪郭が浮かび上がっている。薄い胸を蒲団越しに上下させていることだけが、姉が生にしがみついているただ一つの証となっていた。

部屋の隅に詰める女中は赤い目をこちらに向け、お目覚めになられません、と、力なく肩を落とした。

「姉さん、大吉兄さんが来たよ」

廉太郎が優しく声を掛けると、その背中越しに大吉も声を発した。

「利恵ちゃん、大吉だ。分かるかい」

何度か呼びかけると、利恵はうっすらと目を開けた。しばし目線を天井に泳がせていたものの、声に気づいたのか、黒目がちの双眸を廉太郎たちに向けた。

「廉太郎……」

利恵は蒲団の中から手を伸ばした。かつてのつややかな手はそこにはなく、まるで枯れ枝のようなそれが現れた。一瞬躊躇(ちゅうちょ)しながらも、廉太郎はその手を取った。

「廉太郎はここにおりますよ」

「琴を、弾いて……。わたしの琴に合わせて」

見れば、部屋の隅に琴が立てかけられていた。

廉太郎と顔を見合わせた大吉は声もなく頷き、琴を廉太郎の前に並べた。

爪を指先にはめた廉太郎は弦をつま弾いた。利恵の旋律は聞こえない。利恵の中に流れる旋律を思い浮かべながら、調和するであろう音を合わせてゆく。利恵の思い描く音を邪魔しないように、ただただ、無心で。

旋律のない、伴奏だけの曲が四畳半の部屋の中に響き渡る。女中も大吉も、何も言わず、演奏の邪魔にならないように口を結んでいる。

一曲弾き終えた。

利恵は、掠れた声を発した。先ほどまでの混濁から脱したその目には知の光が灯っている。消える間際にひときわ輝く蠟燭の炎にも似ていた。

「廉太郎。わたしには夢があったの。知ってる？　今、お国は楽器の弾ける人を集めているんですって。わたし、その学校に入りたかったの」

でもね、と利恵は続ける。

「わたしには無理。だって、才がないんだもの。お琴の先生にも言われちゃった。あなたの才は十人頭。普通の人の中ならそれなりでも、うまい人の中に入ったら凡人だって」

「そんなことは」

ない、と言おうとして、廉太郎は己の言葉の欺瞞に気づいた。

才能なるものが何なのか廉太郎には分からないが、もしそれが「しくじりなく新しいことを呑み込むこと」だとすれば、利恵は才能に乏しかった。廉太郎がすぐに理解したことを、利恵は一月ほど練習してようやく身につけていた。まるで何かを我慢するかのように唇を固く結んで。

利恵は弦を弾くように細い指をしきりに動かしていた。

「世の中は残酷ね。こんなに琴が好きなのに、才能もなければ、練習する時間もほとんど残されていないなんて」

「そんなことを言っちゃいけません。また、一緒にお琴をやりましょう」

利恵はまた目を閉じた。目尻に涙をためながら。

「廉太郎、あなたには才能がある」

「でも姉さん、僕は」

「音楽は、嫌い？」

廉太郎が答えられずにいると、利恵は続けた。

「もしあなたが音楽に関わり続けてくれたなら、わたしはずっと、あなたの奏でる音色の中に生き続けることができるわ。わたしは、それでいい」

最後はうわ言のようだった。利恵の目尻にたまっていた涙が落ち、枕に染みを作った。

二日後、利恵は死んだ。

廉太郎は家族さえ満足に参列できない寂しい葬式を取り仕切った。寺で読経を聞き、利恵を墓に納めてもなお、廉太郎にはやるべき仕事が遺(のこ)されていた。当局からの指示で、労咳で死んだ利恵の遺品を焼かねばならなかったのだった。

五月晴れの日曜日、大八車を引いて近くの空き地に向かった。普段着の大吉と女中の三人で車の上に載った荷物を山にした。利恵の愛した着物、利恵が使っていた化粧台、利恵の挿していた木のかんざし、利恵が弾いていたお琴を丁寧に積み上げていき、辺りに水桶を用意してから、たいまつを手に取った。

たいまつを掲げる廉太郎の手が小刻みに震える。

廉太郎が茫然と利恵の思い出のかけらを見上げていると、後ろから大吉が鼻声を発した。

「俺がやろうか」

「大丈夫です、兄さん」

振り払うようにそう言うと、廉太郎はたいまつを利恵の思い出の中に投げ入れた。

最初はくすぶっていたものの、すぐに火が回り、ついには火柱となった。初夏の日差しが降り注ぐ中、廉太郎はどんどん大きくなっていく炎を見上げていた。

利恵の生きた証が、記憶が、遺したものたちがすべて消えてゆく。ただただ立ち昇る煙を眺めていると、大吉が鼻の下を幾度となく指で撫で、廉太郎の頭を撫でた。

「きっと、あの世の利恵ちゃんの手元に届くさ。あの世の人たちに、物持ちだなって羨ましがられるだろうよ」

大吉の言に廉太郎は曖昧に頷くに留めた。

廉太郎は灰になるまでずっと、利恵の今世の名残りを眺めていた。

小学校の学期を切りのいいところまで終えた廉太郎は、家族の住む大分県の竹田（たけた）へと引っ越すことになった。もはや廉太郎には東京にいる理由もなかったし、一人でお屋敷にいると、失われてしまったものの大きさを殊更に突きつけられる心地がしてならなかった。手紙で引っ越しの話を切り出されたときには、安堵を覚えた。

いくつも鉄道を乗り継ぎ、駅馬車を駆使してようやく竹田に到着した。東京のせせこましさに慣れた廉太郎からすれば、竹田の光景は伸びやかで悠然とした天地だった。小さな川が東西に流れ、街道が川に沿ってのびる中、街道沿いに並ぶ家々が寄り添うようにして町を形作っている。新しい建物は数えるほどしかなく、古くからの小粋な城下町の雰囲気を多分に残していた。馬車の車窓から青々とした山並みを眺め、新しい生活に期待と不安を滲ませながら、廉太郎は竹田の空気に触れた。

「ご苦労だったな」

武家屋敷をそのまま召し上げたという郡長官舎の玄関で廉太郎を出迎えた吉弘の第一声はそれだった。役所の部下に対しても同じ言葉を遣うのだろうと勘繰（かんぐ）りたくなるほど、吉弘の言葉は無感動だった。

母の正（まさ）は、東京での生活を聞きたがった。だが、直（す）ぐに母の真意に気づき、利恵の最後の日々の暮らしぶりを話して聞かせた。

廉太郎は旧城下町の外れに立つ直入（なおいり）郡高等小学校に通うことになった。総じて同級生は心穏やかで素朴な者たちだったからすぐに溶け込むことができた。駆けっこも一番、勉強も一番の廉太郎はすぐに皆に一目置かれ、人気者になった。

ようやく竹田の水に慣れたある日、廉太郎は学校であるものを見つけた。

それは物置代わりに使われている教室の隅っこに置かれていた。脚の折れた木製の椅子や机、使っていない鉦や撥と一緒に埃を被っていたそれは、高さ三尺、横幅三尺、奥行き二尺――学校で教わった西洋式の尺貫法に直せば〇・九メートル、〇・九メートル、〇・六メートルの木製の箱だったが、ただの箱ではないことはすぐに分かった。上部がわずかにせり出し、下の方が足の甲一つ分ほど奥まり、足元には足踏みのような小さな板が斜めに取りつけてある。上面に蝶番があり、蓋になっている。

好奇心に負けて廉太郎が蓋を開けた瞬間、埃が舞い、きらきらと日の光を反射した。だが、廉太郎は目の前に現れたものに目を奪われ、埃など気にならなかった。

白く細長い木の板と、一回り小さい黒い板が並んでいる。交互に並んでいるわけではなく、なんとなく法則めいたものがあるようだった。それが証か、左から、白、黒、白、黒、白、白、黒、白、黒、白……という配列がずらりと一直線にあり、黒の板は白の板の上に配されている。

廉太郎には一つ、思い当たるものがあった。父の取っている新聞に載っていた、西洋楽器の洋琴ではないか、と。だが、首をかしげた。東京ならいざ知らず、竹田にそんな楽器があるとは思えなかった。それに、洋琴は筐体を黒く塗っているはずだが、この箱には木目が浮いている。

板の一つを押してみる。だが、何も起こらない。

木の板をすべて押してみた。それでも何も起こらない。楽器ではないのかもしれないといぶかしみながらふと、足元の踏み板に足を乗せた。

その時、箱からけたたましい音が上がった。まるで鯨が鳴くような――いや、鯨が鳴いたところなど見たことはなかったからきっとこんななのだろうという廉太郎の想像でしかなかったにせよ――、音だった。

しばし茫然としていると、廊下から教師がやってきた。竹田には珍しい洋服姿の若い教師は、いたずらをしちゃいかんと竹田の強い訛りで廉太郎を注意した。

「これは何ですか」

廉太郎がそう聞くと、教師はやはり訛りの強い言葉のまま教えてくれた。これは風琴――リードオルガンという楽器で、校長が東京で買いつけたはいいが弾ける者がおらず、こうして物置の隅で埃を被っている、と。

東京を離れてから――利恵が死んでから――、楽器に触れていなかった。利恵の使っていた琴は焼いた。母の正は琴を袋から出そうともしなかった。火の消えたような家に倦んでいた廉太郎にとって、この楽器との出会いは死んだ利恵の思し召しに思えた。

　それから、廉太郎は毎日のようにオルガンに触れた。

　最初は利恵から教わった箏曲（そうきょく）を弾いた。直ぐに鍵盤の運指に慣れ、そのうち、左右の手で同時に二つの音を弾けないだろうかと考え、試してみた。1音の時と比べて音が弱くなるものの、足元の踏み板を強く踏めば解決することも分かった。かくして、右手で旋律を、左手で伴奏をつけることを覚えた。それはまるで、利恵が旋律を弾き廉太郎が合わせるというかつて二人でやっていたやり取りを一人で再現するかのようだった。廉太郎のすぐ横には、死んだ利恵が佇んでいた。

　その頃には、物珍しげな顔をした生徒や教師もオルガンの傍にやってくるようになった。

「誰も弾けなかったオルガンを覚えるとは」

「瀧はすごいなあ」

　ついには教師から「オルガンの弾き方を教えてくれ」と頼まれるに至った。

　そんなある日、瀧家に、ある届け物がなされた。その小さな荷を開けるなり、吉弘はあからさまに嫌な顔をした。

「大吉は変なものを送ってくる……」

　洋間のテーブルの上に置かれたそれは、大きさ四十センチほどでつややかな茶色の体を光らせる瓢箪型の何かだった。だが、一目見た瞬間に楽器だと直感した。ピンと張られている四本の弦。柱はないらしい。

西洋楽器のバイオリンだった。廉太郎は目を輝かせた。

だが、吉弘は廉太郎の好奇心に先回りするように釘を刺した。

「触っちゃならん。学校からも聞いておるぞ。休み時間となると風琴を弾いておるそうではないか。瀧家の惣領息子ともあろう者が、芸人の真似事などするでない」

折角のバイオリンは入っていた革のケースに収められると洋間の食器棚の上に置かれ、それからは洋間に近付くことさえ禁じられてしまった。

だが、廉太郎の思いの高まりは止まらない。

廉太郎は密かに計画を練った。

廉太郎は一人、竹田の町の東にある岡城の石段を上っていた。刺すような日差しと蟬時雨が廉太郎の頭めがけて落ちてくる。ほとばしる汗を拭きながら、廉太郎はしっかりと件のバイオリンケースを胸に抱いていた。

高等小学校の友達に聞いた。

『音をいくら立てても気にならないところってないかい？』

教えられたのが、ここ岡城だった。

かつてはこの地の殿様のお城だったらしいが、御一新に伴って建物は取り壊され、今では石垣だけが残されている。この城は天神山の頂上近くにあって、周りは鬱蒼とした森に囲まれているから音なんて簡単に紛れる、というのが友達の言だった。

バイオリンは、誰もいない時を見計らって洋間に忍び込み持ち出した。部屋に鍵はかかっていない。人の目をかいくぐればそれでいい。

それにしても――。岡城の石段を登りながら、廉太郎は額の汗を腕で拭った。これほどまでに険しいとは、廉太郎は想像だにしていなかった。

ほんの二十年前までは人が住んでいたのだからと甘く見ていた。だが、わずかな間に人の造形物は容易に穿たれてしまう。石段や石畳は雨風や木の根の作用によって子供の歯のようにがたがたになり、鬱蒼とした木々が城跡を呑み込もうとしていた。上るだけでも難儀し、ちょっとしたところで蹴躓きそうになる。

ふうふう言いながら、廉太郎が傾きかけ苔むした石段を上っていくと、やがて開けたところに出た。かつて天守が立っていたのだろう、城全体を見渡すことができるような真四角な高台だった。恐る恐る端に寄って切り立った崖から下を眺めると、悠然と流れる川の向こうにある竹田の町も一望できた。いつも通っている学校や町外れにある廉太郎の家の姿も、米粒ばかりの大きさとなって眼下にある。

柔らかな風が吹き渡り、廉太郎の前髪を掠めていく。頭を撫でられたような錯覚にも襲われた。

廉太郎はケースの中からバイオリンを取り出した。

かつて新聞でバイオリンの記事を読んだとき、何度も何度も頭の中でその操法を想像してきた。そらんじることができるほど読み込んだ記事を思い出しながら、廉太郎はバイオリンの棹(さお)部分――ネック――を左手で持ち、胴部分の底部についている、黒い半月型の部品に顎を乗せ、肩で担ぐようにして構えた。

馬の尻尾の毛が張られた棒――弓というらしい――を右手に握って弦にぴたりと沿わせ、そのまま引いた。弓を弦にこすりつけることで音を立てるバイオリンの操法は知識として知っている。

最初は、黒板を爪でひっかいたようなおぞましい音が出るばかりだった。しばらく同じ動作を繰り返すうちに、流麗な音が出るようになった。上手く弓を操ってやれば、長い間、奥行きのある音が鳴り続ける。

次に左手を使ってみることにした。この楽器には琴のような柱はない。琴は柱を使って弦の音を決めているが、バイオリンは柱ではなく自らの指で弦を押さえ、音を作るらしい。その点は三味線に似ているのだろうが、廉太郎は三味線に触れたことはない。

右手に意識を集めれば左手の保持が甘くなり、逆に左の指先に気を取られると、弓を引く手がおろそかになる。特に、左の指先に響く痺れに慣れるまでに時間がかかった。こんなに難しい楽器が世にあるのか、と驚いたものの、しばらくやり合っているうちに、ようやく音のつぼを理解した。

息をついた廉太郎は、岡城の上から竹田の町を見下ろしながら、曲を弾いた。あまり曲を知らない廉太郎は、自然と利恵に教えてもらった琴の曲を選んでいた。

最初は伴奏を弾いていた。だが、廉太郎はすぐに己のやっていることの滑稽に気づいた。それは、主役のいない芝居のようだった。

廉太郎は、かつて利恵の弾いていた旋律を弾き始めた。

発見があった。利恵が弾いている時には、明るい音調の曲だとばかり思っていた。だが、実際に弾いてみると、懐かしさや郷愁を想起させるような哀調の曲だったと気づかされたと同時に、ある事実を突きつけられたような気分にもなった。

利恵は、決して琴が上手くなかったのだと。

丁寧に、そしてゆっくりと、利恵の好きだった曲を弾き終えた。

頬に冷たいものが流れる感触があった。その時初めて、目から涙がこぼれたことを知った。そしてそれからは、とめどなく涙が流れ続けた。

利恵の言葉が不意に蘇る。

『もしあなたが音楽に関わり続けてくれたなら、わたしはずっと、あなたの奏でる音色の中に生き続けることができるわ』」

廉太郎の中では、ある思いが形を結びつつあった。

音楽をやりたい。楽器を弾いていきたい。姉さんの分も。

気づけば太陽は傾き、西の山に日輪が迫ろうとしていた。赤く染まる竹田の町、そして岡城の石垣が、少しずつ闇に呑まれようとしていた。

「廉太郎、話がある」

寒さ厳しい休みの日、吉弘の書斎に呼ばれた。

いつもは出入りを禁じられている書斎のドアを開くと、三面を本棚で囲まれた圧迫感のある部屋が廉太郎を出迎えた。そんな暗い部屋の真ん中、コの字型に置かれた革張椅子に吉弘は座っていた。いつも家では着流し姿でいる父が、この日に限っては役人として出仕する時のようなズボンにシャツ姿だった。しゃんと背を伸ばして一礼し書斎の中に足を踏み入れると、吉弘は表情を変えることなく、部屋の中に置かれた革張りの椅子を指し、座るよう廉太郎に勧めた。

廉太郎が椅子に腰を下ろしたのを見計らうように、吉弘は胸の前で手を組んだ。

「さて、廉太郎。お前を呼んだのは他でもない。これからのお前の進路のことだ」

廉太郎は次の三月で高等小学校を卒業することになる。

「お前の成績は悪くない。さらに上の学校に行って、官吏としてお国のために尽くしてほしいというのが父の願いだ」

廉太郎の成績は悪くないどころか、秀才が揃う高等小学校の中でも上位に属していた。それこそ、頑張れば大学に進めるだけの頭の持ち合わせはある。

だが——。廉太郎は首を振った。

「父上、僕には、やりたいことがあるんです」

吉弘の目が光った。思わず背中に冷たいものが走ったが、怖気づきそうになる己を叱咤して、心に秘めていた思いを口にした。

「僕は、東京の音楽学校に行きたいのです」

吉弘は出し抜けに目の前のテーブルを強く叩いた。

「今、西洋列強に伍してゆかんと皆が歯を食いしばっておるというに、お前は言うに事欠いて、芸人になるつもりか」

吉弘はかつて、大久保利通卿に引き立てられて官吏として身を立てた経歴の持ち主だった。噂に聞く大久保卿の謹厳ぶりは吉弘にも受け継がれている。

「時々、バイオリンを持ち出しているようだな。父の目は節穴ではないぞ。嘆かわしくてならん。瀧家の跡取りが芸に現を抜かすとは——」

その時だった。ノックもなしに部屋のドアが開いた。

「まあまあ、おじさん、それくらいにしてやらないと、廉太郎が可哀そうですよ」

涼しげな言と共に部屋に現れたのは、東京で仕事をしているはずの従兄、瀧大吉だった。この日も細身の白シャツに黒のズボンという姿だったが、外からやってきたばかりなのか、外套にマフラー、ハットをかぶった垢抜けた姿だった。

突然の救い主の登場に廉太郎は何も言えずに見上げるばかりだった。すると、大吉は曰くありげに、にこりと笑いかけてきた。

「あれ、おじさんから聞いてないのか。長い休暇が取れたんだ。それに、廉太郎の進路相談に乗ってほしいとおじさんに頼まれてな。ですよね、おじさん」

脱いだ外套とマフラーを勝手に外套掛けに引っかけた大吉が問いかけると、やや押され気味に吉弘は頷き、大吉は工部大学校も卒業しているし東京にも住んでいるゆえ、大学に行くなら様子を聞いてみたかったのだ、と述べた。

大吉は廉太郎の横の椅子に深く腰掛けた。ぎしり、と悲鳴を上げるバネの音にも、心が冷えるような心地がした。

「外からでも聞こえましたよ。何でも、廉太郎は音楽学校に行きたいとか」

「何とか言ってやってくれ」吉弘は頭を抱えた。「男子が左様な道に進むべきではないとな」

だが、大吉は予想だにしないことを口にした。

「おじさん。実は、音楽学校と高等師範学校の合併話が出ています」

　吉弘の眉が少し動いた。

　畳みかけるように、大吉は続けた。

「ご存じの通り、師範学校は教師を育成する学校です。政府はこれから、音楽を教育に取り込もうとしているようです」

「世も末だな」吉弘は吐き棄てた。「学校で芸を教えるというのか」

「西洋列強も音楽を教育に取り入れているんですって」

　冷ややかにさえ聞こえる大吉の言葉に、吉弘は、むう、と小さい唸り声を返した。

　大吉は言葉に熱を込めずになおも続ける。

「師範学校を出れば全国の学校で物を教えることができます。東京の師範学校ならなおのことです。我らの本貫地である大分で教師になって、末は校長という道もいいのではないでしょうか」

　校長といえば地域の名士である。藩の国家老だった瀧家からすれば、最も通りのいい社会的地位だろう。大吉の物言いは、そこまで計算されたもののように廉太郎には聞こえた。まるで、大吉の言葉は将棋のようだった。吉弘の大駒を封じた上で己の駒を動かし、徐々に玉の逃げ道を塞いでいる。

　さらに言い募ろうとする大吉であったが、手を広げて言を制した吉弘に阻まれた。

しばし黙考に沈んだ吉弘は、天井を見上げて溜息をついた。

「音楽学校、か……。下らぬ道を望んだものだ」

吉弘の瞳が廉太郎を捉えた。己の子だからという容赦がない。一個の人材を見定めようという、怜悧な官僚の目がそこにあった。

吉弘は椅子から立ち上がり、奥の書き物机に置かれていたパイプを持って戻ってきた。マッチを擦って火を点け口から煙を吐き出すと、紫煙に目を細めながら謹厳な面持ちで口にした。

「教師になれ。音楽で教師となり、やがては校長。それがお前の生きる道だ」

吉弘のパイプから煙が上がっている。

煙草の香りが鼻をくすぐる。そんな中、廉太郎の心中に去来していたのは、己には才能がないと嘆く利恵の姿だった。

もしかしたら、乗り越えられない壁に阻まれる日がやってくるかもしれない。だが、挑戦することもなく音楽の道を諦めたくはなかった。そのためには、嘘だって厭わない。

「わかりました」

廉太郎は覚悟を決め、小さく頷いた。

父に、初めて嘘をついた。仄かな罪悪感が、廉太郎の中で紫煙のように広がった。

吉弘がそれに気づいた様子はない。パイプの中身を灰皿の上に空け、パイプをゆっくりとテーブルの上に置いた。

「東京音楽学校、目指してみろ」

「ありがとうございます、父上」

廉太郎は胸がいっぱいになり、頭を下げるので精いっぱいだった。しかし、吉弘の興味は他に移ったらしい。眉をひそめながら疑問を発した。

「東京音楽学校とやらに入るためには、どうしたらいいのだ」

大吉が応じた。

「予科に入り、一年間の選抜を受ける必要があります。予科入学試験はそんなに厳しくはないそうですが、入学してからの選抜が厳しいそうです。それこそ、九割はそこでふるい落とされるとか」

「才能なき者は、一年余りで諦めさせられる仕組みというわけか。良心的だ。ならば、廉太郎」

吉弘は廉太郎に向かい目を光らせた。

「予科を突破してみせろ。一年で芽が出なければ、潔く諦めて官吏の道を目指せ。できるな」

否の選択肢はなかった。厳格で頑固な父から譲歩を引き出したのだ。これ以上の譲歩がありえないことは、これまでの十四年ほどの日々で厭というほど思い知らされている。

半ば無意識に、廉太郎は頷いていた。

「下宿の件はご安心あれ。僕の家を提供しましょう」

大吉が言うと、吉弘は小さく息をついた。

「ああ、お前が後見についてくれるなら助かる。うちの惣領息子を頼む」

わずかに大吉の顔に影が差したことに、廉太郎は気づかなかった。音楽を学ぶことができる。大手を振って楽器に触れることができる。そんな喜びに目を曇らされて、周りのことが何も見えていなかった。

瀧廉太郎十四歳。まだ、己が何者かも分かっていない若者は、前途洋々にして茫漠たる未来に、ただただ輝きを見出していた。

外で松虫が演奏会を開いている。

ランプの炎が揺らめく中、廉太郎は参考書とノートを広げ、数学の問題に立ち向かう。参考書は英語で書かれている。これほど高度なものは日本語訳されていないらしい。部屋の隅では行李が少し蓋を開いた形でうずくまっていた。

眠気に押し潰されそうになりながらも式を分解し、答えを書き入れると、差し向かいに座る大吉に見せた。家着の着流し姿の大吉は、ペンを片手にノートと参考書を見比べていたものの、やがて、うーん、と唸り、ノートの一点を人差し指でつついた。

「惜しい。途中式が間違ってる」

「そうですか……」

「ここに関しては、こう分解するんだ」

大吉はノートの続きに正解を書き入れていった。廉太郎には、己の導き出したものとどう違うのかもよく分からない。欠伸(あくび)を嚙み殺し、眼鏡を外して瞼(まぶた)をこすりながら大吉の筆跡を目で追っていると、大吉の労(いたわ)しげな声が落ちてきた。

「大丈夫か。今日はもう休むか」

廉太郎は慌てて首を振った。

「せっかく予科に入ったんです。頑張らないと」

高等小学校を卒業してすぐ東京麴町にある大吉の家に転がり込んだ廉太郎は、予科に入学するための準備を始めた。予科では合唱が重要と小耳に挟んで麴町の有志による合唱団に入り発声のイロハを学び、オルガンが置いてある学校に頼み込み、夕方に弾かせてもらうようにもした。その甲斐あって、九月、廉太郎は東京音楽学校予科の最年少入学が叶った。

大吉は参考書を見下ろし、小さく唸った。

「聞きしに勝る厳しさだな。この問題なんて、工部大学校時代に教わった内容だぞ。難しすぎて現場じゃ使わないぞ、この数式」

予科に入学してから音楽教科で悩むことはなかったが、数学と英語は鬼門で、赤点ぎりぎりのところを彷徨(さまよ)っている。これが続けば退学を余儀なくされる。事実、予科が始まって二か月になるが、早くも脱落者が出ている。竹田にいた頃には、十人に一人しか本科に進めない音楽学校の実態にぴんと来ていなかったが、櫛(くし)の歯が欠けるように学生が減っていく現状に直面し、ようやく我がこととして実感できるようになった。

「よい人材だけ残して、重点教育しようという肚(はら)なんだろう。帝国大学と考えは一緒だ」

「でも」廉太郎は口を尖らせた。「なんで、英語や数学をやる必要があるんでしょうか」

「数学はどういう訳か知らんが、英語は重要だろう。西洋の文物を勉強するためには、まずは英語ができなきゃ話にならないからな」

「そういう、ものですか」

「ああ。この前、凌雲閣(りょううんかく)に行ったろう」

予科入学祝いの浅草散策の最中、二人で上ったのが凌雲閣だった。浅草十二階の別名の通り、煉瓦造りの十二階の建物は、最上階の見晴らし台に立つと東京の風景を一望できた。西にある帝国大学や南の宮城、遠くで白く輝く内海が霞んでいた。

「日本風の名前はついちゃいるが、あれも西洋技術の粋が集まってる。スコットランドの技師が設計しているんだ。最新の技術を学びたければ西洋の言葉の習得は必須だ」

話が逸れていることに気づいたのか、大吉は咳払いをした。

「ともかく、英語はしっかり勉強しておけ。学校側が求めるのなら、数学も力を入れて勉強するんだな。協力は惜しまないぞ」

大吉は大きな欠伸をした。廉太郎の部屋に宛がわれているこの六畳間には時計がない。松虫の声の他には音もなかった。

「すまん。今日はこんな感じでいいか。明日も早いんだ」

「ありがとうございました。大吉兄さん」

「また明日な」

背中越しに手を振って、大吉は部屋から出ていった。

戸が閉まったのち、廉太郎は、闇を切り裂くランプの光を眺めていた。その光に吸い寄せられ、季節外れの小さな蛾が部屋の中に迷い込んだ。ひらひらと舞いながらしばらく部屋の中を飛び回っていた蛾は、やがてランプに近づき、傘に降り立つや、丸く膨らんだガラスの上部にある穴から自ら炎に飛び込んだ。一瞬だけ鮮やかに燃えた炎は、何事もなかったかのように元の大きさを取り戻す。

酸っぱい臭いが廉太郎の鼻腔に這い寄った。

一部始終をずっと眺めていた廉太郎は胸が潰れるような思いに駆られた。己は、あの蛾のようなものなのではないか、と。

東京音楽学校の予科は火の玉のような場所だった。皆、志と矜持を胸に、授業前には鉛筆を尖らせ、授業が始まれば目の前の黒板にのめりこむかのように取り組んでいた。実技の合唱や器楽の際には、皆の熱気に胸やけを起こしそうになる。

「僕は、音楽の道に進めるんだろうか」

不安が思わず口をついて出た。

残りの八か月を生き残れた者だけが本科への切符を手にすることになる。逆に言えば、ここで踏ん張り切れなかった者は道を閉ざされる。頭では分かってはいるものの、今一つ力が入らない廉太郎がいた。

ぷす、と音を立て、唐突にランプの炎が消えた。見れば、油壺が空っぽになっていた。今から大吉を起こしてもらいに行くわけにもいかないし、そもそもランプの油代は大吉が持ってくれている。迷惑をかけるわけにはいかない。

廉太郎は南向きの戸をゆっくりと開いた。その隙間から漏れてくる月明かりのもと、今度は英語の参考書を読み始めた。

夜の自習時間は、始まったばかりだった。少し冷えた風が戸から部屋の中に忍び込み、ノートのページを繰った。

「ふむ、これはいけない」

人の良さそうな細面をしかめ、『成績簿』と書かれた黒い背表紙の帳面をめくりながら、小山作之助（こやまさくのすけ）は後ろ頭を掻（か）いた。年の頃は三十そこそこで小さな眼鏡をかけ、教官にだけ許されている白いシャツにチョッキ、ズボン姿でいる。

予科の教室には誰も残っていない。最初は五十席ほど用意されていた勉強机も気づけば半分に減り、教室は居心地の悪い空白で息もつけない有様になっていた。

寒々しい部屋の真ん中、前に座る作之助に、廉太郎は深々と頭を下げた。

「すみません、先生」

作之助は、ゆっくりと頭を振った。その表情は、教師には不似合いな、まるで老人が孫に向けるような慈愛に満ちていた。

小山作之助は東京音楽学校の教師である。御一新の直後から西洋音楽を学び、本科と予科の講義を持っているほか、学生の生徒指導にも当たっている。唯我独尊（ゆいがどくそん）の気風がある教授陣にあって、面倒見のいい常識人との評もある人だった。

廉太郎は別のところで作之助と知り合った。予科入学前に入った麴町の合唱団の世話人をしていたのが小山作之助だった。

そんな作之助は成績簿に目を通しながら、悩ましげに声を上げた。

「そもそも、この学校の予科はあまりに難関すぎるんだ」

「どういうことですか」

「今、西洋音楽を教える学校はここにしかないから、全国から優れた者たちが集う。教師の私から見ても尊敬するに値する才能の持ち主が揃うのはいいが、本科はまだ小さいから、一学年十人ほどを受け入れるので精いっぱい。だからこそ、予科が選抜の場になってしまっている面があるのだよ。なんとかしなくてはとは思っているのだけれどね」

愚痴になってしまった、と力なく作之助は頭を振った。

「予科が厳しい場なのは純然たる事実。そして、先の十一月の月末試験で、君の数学と英語の成績がまずい水準にあるのも事実として認めなくてはならない。教授会においても、君の成績は問題視されたんだ。もっとも、オルガンについては言うことなし、予科でも第一線の実力だ。実技優秀の点を鑑みて、今回の退学勧告は見送られた格好になる」

竹田で過ごした最後の年に学校に赴任してきた先生がたまたまオルガンを弾ける人

で、教えを受けることが叶った。たった一年あまりのレッスンだったが、ずいぶん助かっている。

　ほっと息をつく廉太郎だったが、なおも作之助は釘を刺した。

「安心してはいけないよ。あくまで今月の勧告が見送られただけ。来月の結果如何（いかん）では、勧告を飛ばして命令が下りることとてありえる」

　廉太郎は顔を伏せた。だが、作之助はそれまでの厳しい口調とは裏腹に、優しい声を廉太郎に掛けた。

「君は年若い。勉学が追いつかないのは仕方のないことだ。そのために生活指導教師がいて、こうして話をしているんだ。勉強について分からないことがあったら、私を頼ってくれてもいい」

「ありがとう、ございます」

「期待しているよ、瀧君」

　作之助は笑みを作って成績簿を閉じた。

　廉太郎は肩を落とし、東京音楽学校の玄関（エントランス）をくぐった。振り返ると、西洋式の木造の建物が威容を誇っていた。入学した時には晴れがましさを感じたものだったが、今はただ威圧感しか感じない。

　しぼみかけている意気を抱えたまま、廉太郎は帰途を急いだ。とぼとぼと学校のある上野山を下りていると、緩やかな坂道の途上で日清戦争の壮行会に行き当たった。熱っぽい演説に人々が群がり、間抜けた音曲が大音声で繰り広げられている。調和のない音楽、人々の怒号に頭が痛くなる。長い道のりの間、ずっとこの憂鬱な気持ちを引きずらなくてはならないことに、廉太郎は辟易していた。

緩やかな坂道を外れ、寛永寺跡地の並木道を歩いて東照宮を横目に不忍池まで下りる、いつもの通学路を行く。本格的に冷え込んできた十一月の風に怯えるようにマフラーの結び目を握り小路を歩いていると、古い石灯籠の並ぶ一角でふと、廉太郎の耳にある音が聞こえてきた。今、廉太郎の鼓膜を揺らしているのは、不協和音を神経質なまでに排した、協和音のみで成立する音の連なりだった。

耳を澄ませるうち、それが日本式の音楽でないことに気づいた。日本式の音楽は五音で構成されているが、今、廉太郎の耳に届くそれは七音で構成されている。西洋音楽だった。

それだけなら驚くに値しない。七音の音楽など音楽学校では毎日のように耳にしている。だからこそ、廉太郎は小首をかしげた。なんで僕は、こんなにもこの音楽に惹かれているのだろうと。

かすかに響く音の上流へと誘われてゆく。廉太郎は石灯籠の並木道を抜け、東照宮近くの五重塔を横目に小さな神社の境内へと入った。そんな一角の石畳の上に、ほぼ廉太郎と同年代の少女が立っていた。

着崩したところが一切ない青の小袖と日本髪は絵に描いたような大和撫子の風情だが、背中から燃え立つ気はまるで牡丹のように咲き誇っている。その少女の手にはバイオリンが握られ、弓をゆったりと動かしていた。

丁度一曲終わったところらしかった。青い小袖の少女は弓を弦から離し、わずかに息をついたところだった。

物陰から様子を眺める。武家の教育を受けてきた廉太郎は、男女七歳にして席を同じゅうせずの教えを受けている。気安く話しかけることなどできない。

休憩はわずかな時の間だけだった。その少女は、ゆっくりと弓を弦に宛がった。

廉太郎の全身に寒気が走った。

少女が弾いているのは、非常にゆったりとした曲だった。すぐに廉太郎は気づく。

『G線上のアリア』だと。

この前、バイオリンの課題曲として教わった際、『ト音に設定されている弦だけで弾くことができるバイオリンの基礎曲の一つ』と教師は言っていた。一時間もしないうちに旋律を辿れるようになったくらい簡単な曲だが、廉太郎は彼我の差に絶望さえ覚えた。廉太郎の演奏は、ただ正しい音に当てていただけだが、少女の演奏は低音の深みが違う。一音一音の際立ちが違う。音が変化する際の自然さなど比べるべくもない。少女の演奏はまるで鳥のさえずりのようだった。それに比べれば廉太郎のそれは子供のオッペケペー節でしかない。

廉太郎は技術を超えた凄みをも感じ取っていた。鳥肌の止む気配がない。岩の間に染み入る水のような演奏は、廉太郎の心を侵食し、ついには内側の柔らかい部分にまで達しようとしている。その時、廉太郎は思わず身じろぎをして、足元の枯れ枝を踏み折った。

調和した音楽の世界が、たったそれだけで崩れ落ちた。

気づいた時には遅かった。少女は弓を引く手を止め、廉太郎に怪訝な目を向けていた。

少女はあからさまに不快な顔をして、足元に置いていたケースにバイオリンを収めると、足早に廉太郎の脇をすり抜けた。

「不埒ね」

尖りながらも柔らかな、さえずりのような声を残して。

足早に去ってゆく少女の青い小袖を見やりながら、廉太郎はいつまでも、その場に立ち尽くしたままだった。

どてらを羽織り、ランプの明かりを頼りに本を読む。火鉢は使わない。あまり大吉に迷惑をかけるわけにはいかないからだ。身を切るような寒さが体に沁みるものの、これくらいのほうが眠くならなくてよいと考え直し、廉太郎は眼鏡を上げた。

あの少女は何者なのだろう。

あれ以来、青い小袖の少女には出会えていない。

音楽学校に関係のない人だとは思えない。予科の人間ならば必ず教室で顔を合わせているはずだ。本科の人間だろうか。

同じ学校のこととはいえ、東京音楽学校でも男女で講義が分かれているし、本科と予科では顔を合わせる機会はほとんどない。本科に残らないことには再会も叶わなくなる。

あの日を機に、廉太郎の中で何かが変わった。

バイオリンの業前に如実な変化が出た。劇的にバイオリンが手になじむようになったのだった。あの少女の立ち姿を脳裏に思い描き、試行錯誤を続けた。一時はこれまで積み上げてきた操法を見失って成績を落としたが、少しして、彼女の姿勢はいかにバイオリンを弾きこなすかという試行錯誤の末に成り立っていたと思い知らされることになる。

この話は誰にもしていない。なんとなく気恥ずかしくて、自分の中にだけ留めている。

面映ゆい思いに襲われつつ、廉太郎が英語の原書を辞書片手に読んでいると、部屋の戸がゆっくり開いた。

顔を上げると、そこには寝間着に綿入りの黒半纏(はんてん)をまとっただけの大吉が廊下に立っていた。

「起きてたか。ランプを消し忘れているんじゃないかと心配になってな」

「油を使い過ぎですよね」

部屋の中に入ってきた大吉は、卓を挟んで反対側にどっかりと腰を下ろし、ランプを消そうとする廉太郎を手で制した。

「いや、いいんだよ。使ってるなら。むしろ、変にランプ油をケチって目が悪くなったらことだ。ただでさえお前は目が悪いんだから」

廉太郎の顔の眼鏡を指して、大吉は朗らかに笑った。

「すみません」

「謝るなよ。俺だって、おじさんに随分と助けてもらったんだから」

「ありがとうございます」

頭を下げると、大吉は柔らかな顔をして、問うてきた。

「どうだ、十二月の試験の自信のほどは」

廉太郎は正直なところを口にした。

「何とかなると思います」

「何とかか。お前、謙遜するなよ。ここんところ、随分数学も調子がいいじゃないか」

「いや、大吉兄さんのおかげです」

毎日のように大吉から手解きを受けたおかげか、廉太郎はこの一月で格段に数学の理解が深まった。以前は半分も解けなかった参考書も、気づけば八割方解けるまでになっている。

畳の上に置かれた数学の参考書の背表紙を撫でながら、呆れ半分に大吉は声を上げた。

「この数学の本を解けるんだったら建築にだって宗旨替えできるんだけどなあ……。お前はあくまで音楽がやりたいんだろう」

即答すると、大吉は満足げに頷く。

「なるほどな。いいことだと思うよ。だが、どういう風の吹き回しなんだ」

「いや、何もありません」

と、目の前の大吉は見る見るうちに口角を上げた。

「当ててやろうか。ずばり、きっかけは女、だな」

廉太郎の心臓が、飛び出さんばかりに高鳴った。顔に出てしまったのか、大吉はけらけらと笑ったままで続けた。

「図星か。どんな女なんだ」

「いえ、そういうんじゃありませんから」

「おや、女の存在は認めるのか」

「違いますよ」

頬が熱くなるのを自覚しながら、廉太郎はふと、上野の山で出会った少女のことを思い起こした。予科生なら顔見知りのはずだから、あの人はほぼ間違いなく、東京音楽学校本科の学生だ。予科を突破したなら会う機会もあるはずだ、と。

大吉は後ろ頭を掻いた。

「若いうちは女に入れ上げても構わないし、たまには悪所（あくしょ）に繰り出すのも悪くない。俺が学生の頃は、根津（ねづ）に入り浸っていたもんだ。俺はおじさんとは違って堅いことは言わないが、あんまりのめり込み過ぎて、自分を見失うんじゃないぞ」

根津は東京音楽学校のある上野山の西麓（ふもと）にある。昔から悪所として栄えていたらしいが、本郷にある帝国大学の学生たちが通い詰め、これを問題視した政府の命令で色町は撤去されたという。

「兄さんは、見失ったことはあるんですか」

「はっは、そんなことはないさ。だからこそ、今、この立場にある」

鼻息荒くそう口にした大吉は、寝間着の袂から懐中時計を取り出して目を細めた。しまった、とばかりに顔をしかめて。

「もうこんな時間か。──俺は寝る。お前は？」

「もう少し勉強をします」

「そうか。若いからって無理するなよ」

頷くと、人懐っこい笑みを浮かべて、大吉は部屋を後にした。

自分一人だけが取り残された薄暗い部屋の中で、廉太郎は数学の参考書を開き、反故紙に問題の途中式を書いてゆく。ランプの心もとない炎は、寝てもいいのだと廉太郎に囁く。大きな欠伸をしながらも、廉太郎は目をこすり、問題に取り組む。

少女の奏でるG線上のアリアが、廉太郎の頭の中で響き続け、囁きをかき消す。きんと冷え切った部屋の中、頭が冴え渡ってゆく感覚を抱きながら、廉太郎は鉛筆をノートに走らせた。

六月、廉太郎は東京音楽学校二階のホールの客席にいた。

廉太郎が足を踏み入れた時には、客席は半分ほどが埋まっていた。廉太郎が入り口でしばらくホールを見渡していると、客席に座ったまま振り返り、廉太郎に向かって手を振る石野巍の姿を見つけた。廉太郎の探し人だった。手を挙げてそちらに向かうと、石野は不敵に口角を上げた。

「よう、瀧。遅かったな」

石野は、つぎはぎだらけの茶麻半着に裾の傷んだ麻袴という貧乏学生そのものの格好をしていた。足元の下駄も歯が擦り切れてほぐれ、まるで牡丹刷毛のようになっている。しかし、智を秘めた目、そして整った鼻筋はどこか涼やかで、御大尽が庶民の格好に身を包んでいるような印象さえ受ける。廉太郎よりかなり年上のはずだが、実際の年齢は廉太郎も知らない。

石野は隣の席に置いていた荷物をどけて足元に置いた。廉太郎は頭を下げてその席に腰を下ろし、舞台を見やった。舞台の上には四つの椅子が並べ置かれており、向かって左の端に竪琴を横倒しにしたような形をした、三本足のテーブルのような黒い箱が置かれている。

薄汚い衿を正した石野は、ぽつりと言った。

「それにしても、お互い、演奏会まで辿り着けて、本当に良かったな」

予科の教室は、カリキュラムが進めば進むほど人が減り、三月には当初の三分の一になっていた。その頃になると合唱や楽器の重奏といった他学生と協力する科目も増え始める。石野とは合唱の講義で一緒の班になり、顔を合わせれば話すようになった。ぴりぴりしている予科の教室であっけらかんと朗らかに声を発する石野は、廉太郎の心の潤いになった。そんな石野のおかげもあって、廉太郎は一月後の七月に予科卒業にまで至った。

　この演奏会の聴講は、予科卒業見込みの生徒に渡された卒業証書だった。

　これから三年間本科で学び、才が認められた者は研究科に残り、最終的には日本の西洋音楽を支える人材となる。その入り口に、ようやく立てた。廉太郎は静かに喜びをかみしめる。

　そんな廉太郎の背に、華やかで柔らかな声が掛かった。

「あら、瀧君に石野さんじゃない。隣の席空いてる？」

　石野と共に振り返ると、二人の座る席近くの客席の通路に高木チカが立っていた。肩ほどまである髪を後ろで束ね、市松模様の小袖を着た若い女で、愛嬌があってとっつきやすい顔を柔和に緩めている。年齢を聞いたことはないが、きっと、廉太郎より少し年上なだけだろう。

「空いてますよ、チカさん」

「じゃあ、いいわねここ」

　そう口にして、チカはちょこんと廉太郎の横に腰掛けた。やはり予科で知り合った。男女席を同じゅうせずは東京音楽学校でも順守され、予科の講義でも男女は別カリキュラムが組まれているのだが、合唱の講義に限っては男女混成になる。チカとも合唱の講義で知り合い、顔を合わせればあれこれと話をする仲になった。

　廉太郎越しに石野はチカに話しかけた。

「お前も予科を突破できたのか」

「そりゃそうよ。わたし、天才だもの」

「なるほどな、器楽と声楽が最高評価。その分で他を補ったわけか」

「そんなとこ」

　チカは舌を出した。

　予科の学生には二種類あると小山作之助が言っていた。ほとんどの科目について七割こなす生徒と、特定の科目だけがよくできて他の成績が振るわない生徒。廉太郎もどちらかというと後者だが、チカは極端だった。数学ともなると赤点すれすれで教師に怒られているチカは、合唱や器楽となると人が変わったようになる。透き通った声質から紡（つむ）がれる繊細なソプラノは聴く者を震わせ、細指で奏でられる楽器は命を吹き込まれたかのように高らかに歌う。チカは自らを指して天才と口にしたが、あながち自惚（うぬぼ）れではない。

　それにしても、と独りごち、チカはまだ誰も立っていない舞台を見やった。

「今日の演奏会、楽しみよね」

　チカの言葉に廉太郎は頷いた。

「ええ、ですよね。なにせ――」

廉太郎は言いかけたところで口をつぐんだ。ざわついていた客席が、一気に静まり返ったからだった。張り詰めた気配を感じて舞台に視線を移すと、礼服に身を包んだ異国人が上手（かみて）から現れたところだった。黒髪、彫りの深い顔立ちででっぷりとした体形だったが、胸を張り、堂々とした立ち姿はひとかどの名士のそれだった。

舞台の中央に立ち、頭を下げた。万雷（ばんらい）の拍手を受けて頭を上げた男は少し困ったような顔をし、目を細めて息をつき、奥の黒い箱の前に置かれていた椅子に腰を掛けた。男が目の前の蓋を開くと、黒と白の鍵盤が現れる。

愛おしげに鍵盤を見下ろす男を眺めながら、廉太郎は胸の高鳴りを感じていた。洋琴の演奏を初めて聞くことができる、と。

竹田にはオルガンしかなく、予科ではオルガンや木琴は触れさせてもらったが、洋琴を触れる機会はなかった。この音楽学校の本科教室に一台、そしてこのホールに一台置かれているとは聞いていたが、目の当（ま）たりにするのは初めてだ。

演奏は前触れなく始まった。

突然鳴らされた第一音。そこからは怒濤（どとう）の連打が廉太郎の身体を貫いた。

洋琴の音はこれまで聴いてきたいかなる楽器とも異なるものだった。形の似た楽器はオルガンだろうが、オルガンの平板で抑揚のない音色とは全く違う。やがて、他の楽器にはない特質があることに気づいた。同じ鍵盤でも、強弱を表現することができるらしい。ある場面では岩の落ちるような大きな音を出していた鍵盤で、子供が囁くような音を奏でている。

あっという間に曲が終わった。

何も言えず、廉太郎は溜息をついた。廉太郎だけではない。誰もが拍手を忘れ、壇上の洋琴の前に座る小太りの男に視線を投げかけている。

ようやく、ぱらぱらと拍手が上がり始めた。するとその拍手を中心にして拍手の輪が客席のそこかしこに広がり、ホール全体を満たした。

「さすがはケーベル師だ」

石野がそう言えば、チカも頷く。

「噂には聞いていたけど、まさかこれほどなんて」

圧倒される廉太郎たちを前に、ケーベルは様々な曲を弾いた。跳ねるようなリズムを有した小品、川の流れのように雄大な曲、怪しさと魅惑を振りまく不穏な曲。同じ洋琴で弾き続けているというのに、他の楽器を操っているようにしか聞こえなかった。

チカの声は小刻みに震え、石野の顔は血色を失っていた。

これまで廉太郎には曲がりなりにも音楽への自負があったが、ケーベルの演奏はそんな青い自信を粉砕した。お前などまだまだひよっこ、演奏を通じてそうケーベルに叱られているような心地さえした。

怒濤の演奏も終わりを告げた。

石野とチカ、廉太郎の三人で音楽学校の門をくぐった時には、既に夕方が迫っていた。

いつもなら会話に花が咲くはずだった。だが、こういう時に口火を切るはずのチカが口を結んで空を見上げ、石野は顎に手をやって地面に目を落としていた。しばらく上野山を歩いたところで、誰からともなく自分はここで、と別れを切り出し、廉太郎は一人になった。

二人の気持ちも分かる。廉太郎とて、口を利く気になれなかった。

今日のケーベルの演奏を、廉太郎は思い起こした。あの演奏を自らの手で再現できる気がしない。洋琴には触れたことがないが、他の楽器の音色を聴いてもある程度手管（てくだ）を見破ることはできる。しかし、ケーベルの演奏は廉太郎にとりつくしまを与えなかった。

廉太郎は上野山の木々に隠された空を見上げた。枝葉の間から覗く空は、赤く燃え立っていた。

弱気が忍び寄ってくる。

廉太郎は自らを励ました。己は音楽をやってゆきたいと願った。その時に、覚悟を決めたはずだ。なのに今更怖気づいてどうする――。

ふと、利恵の面影が廉太郎の脳裏を掠めた。

才がないと嘆き、命数の尽きかけた身を呪いながら死んでいった姉に、夢を託された。死人の願いを叶えるために音楽をやっているわけではない。だが、自分の志には、わずかばかり、死した人間の怨念がこびりついていることに、廉太郎も気づいている。

「姉さん。上には上がいるみたいです」

吹き荒ぶ風が、廉太郎の言葉をかき消した。

この年の七月、廉太郎は一年に及ぶ予科の選抜を潜り抜けた。

数学や英語といった教養科目については中の下、決して褒められた成績ではなかったが、音楽の実技については一年を通じて上位を占め続けた。

瀧廉太郎、齢十六。現役最年少の東京音楽学校本科生が誕生した。

第二章

優しげな旋律と力強い伴奏が、絡まり合いながら辺りを漂っている。目を閉じた廉太郎が繊細な演奏に身を預けていると、ふいにぴたりと音が途切れた。怪訝に思った廉太郎が顔を上げると、いつの間にかピアノから離れ、腰に手を当て廉太郎の前で仁王立ちをする講師の橘糸重（たちばないとえ）の姿があった。

「瀧君。なんで目を閉じているのかしら？　言いましたよね、わたしの手元を見ておくようにと」

居並ぶ生徒たちからくすくすと笑い声が上がる。見れば、横に座る石野巍も口元を押さえている。

「すいません、つい」

廉太郎は素直に謝った。しかし、糸重は桜色の長着の袖を揺らしつつ、なおも力説する。

「楽器は技術で弾くものなの。だから、目を使いなさい。分かりましたね」

廉太郎が頭を下げると、糸重は教室全体に広がっていた忍び笑いに矛先を向けた。

「いつまでも笑ってないで続けますよ」

ぴしゃりと言い放ち、糸重はまた洋琴——ピアノの前に音もなく座った。開け放たれていた窓から風が吹き込む。盛夏を過ぎてもなお熱を帯びたままの風がカーテンを揺らし、部屋の熱気を高めた。真っ白な入道雲がカーテンの隙間から廉太郎たちを覗き見ている。糸重の細い十本の指は、軽快にピアノの鍵盤の上で踊っていた。

橘糸重は、東京音楽学校を作って西洋音楽を明治日本に根付かせようとした黎明期世代の薫陶を受けた、第二世代に属する教員である。もっとも、まだ糸重は若い。廉太郎と比べても五歳ほどしか年齢が変わらない。

糸重は小フレーズを弾き終えると、射抜くような声を発した。

「じゃあ、瀧君。ここの小節を弾いてくださいね」

廉太郎は糸重と入れ違いにピアノの前に座った。

先に糸重の奏でた音を思い出しながら、鍵盤の上に自らの指を滑らせた。糸重に言われた通り、指定の六小節を弾き切った。

「へえ」

糸重から声が上がった。

廉太郎からすれば納得のいく出来ではなかった。所定の運指はこなせている。だが、奏でられた音は平板で、味気ない。

「ケーベル先生のように弾けるようになるためには、どうしたらよいのですか」

廉太郎が心のままに述べると、糸重は、呆れた、と言わんばかりに首を振って、廉太郎の脇から手を伸ばしてピアノに指を添わせた。

「ケーベル先生は別格よ。あの域に近付きたいのなら、まずはわたしのピアノに追いつくこと。いいですね」

糸重の弾く伴奏部分のフレーズが、教室の中に溢れた。その音は、廉太郎のものとは比べ物にならないほど澄み切っている。

「次は――」

糸重が教室を見回した時、大きな鐘の音が響いた。終業を告げる鐘の音だった。

天井を見上げた糸重は景気よく手を叩いた。

「今日の講義はここまで。放課後、ピアノを弾きたい人は――」

廉太郎は即座に手を挙げた。教室中でまた笑い声が上がるものの、糸重は予想済みであったのか、一つ頷いただけだった。

「では、わたしから草野さんに伝えておきます」

講義が終わって糸重がいなくなると、潮が引くように生徒がピアノ室から去っていった。部屋の中に残っているのは、廉太郎の他には石野巍くらいのものだった。

しばらく待っていると、ピアノ室に草野キンがやってきた。

黒っぽい小袖をまとい、薄くなった白髪を日本髪にまとめている。腰がわずかに曲がり、暑いというのに衿元を正し、きびきびとした整った所作を取る姿は、かつて麴町の家で働いていた住み込み女中を思い起こさせた。

キンは生徒監である。東京音楽学校は女性にも門戸を開いているため、男女が共に机を並べていては間違いが起こるという下世話極まりない世論もあって、生徒の生活指導のために置かれているお目付役が生徒監だった。

やってくるなり、キンは部屋の隅に椅子を引き、音もなく腰を下ろした。不満げというでもなく、さりとて楽しそうにもしていない。ぴんと背を伸ばし、椅子に座る様は、それが己の仕事なのだと言わんばかりの自負に満ちていた。

椅子に座るキンが咳払いしたその時、ドアが開いた。

「失礼します。……ってなんだ、今日もいつもの二人か」

やってきたのは、高木チカだった。人懐っこい笑みを浮かべ、手を振って部屋に入ったチカは、ピアノ室を見渡して溜息をついた。

「でも、いつもの三人で練習するんじゃつまらないねえ」

「仕方ないだろうさ」石野は顔をしかめる。「皆もそろそろ専攻を考えて動いているのだろうしな」

　本科一年生は入学するなりピアノ、オルガンやバイオリン、クラリネットといった楽器のさわりを教えられ、一年次の末までに専攻楽器を決めることになっている。

「チカさんはどうするんですか」

　廉太郎が聞くと、チカはあっけらかんと答えた。

「え？　わたし？　わたしはピアノよ。やっぱり、ケーベル先生の演奏を聴いちゃうとねえ。目指したくなっちゃうよね」

　水を向けると、石野は首を横に振った。

「まだ決まっていない。確かに、ケーベル先生の演奏に圧倒されたからこそ、ピアノに手を出してみたい気持ちもあるが、かといって、あの演奏に伍してゆけるかといえば……」

　チカと石野は同時に廉太郎に顔を向けた。

「で、お前はどうなんだ、瀧」

「そうよ。瀧君はどうするのよ」

　二人に詰め寄られ、廉太郎はたじろいだ。

　廉太郎は頭の中にたゆたう混沌（こんとん）をそのまま吐き出した。

「実は、バイオリンとピアノで悩んでいるんです」

「ああ」石野は手を叩いた。「お前はバイオリンも達者だからな」

バイオリンについては竹田にいた頃から弾いていたし、予科時代、教室でも一二を争うほどの実力を誇った。だが、廉太郎がバイオリンに興味を惹かれるのは、全く次元の異なる事情があった。

予科時代に上野山で出会ったバイオリンの少女。彼女の演奏にずっと囚われている廉太郎がいる。彼女の演奏に届きたい。バイオリンを志望する心の裏側にそんな思いがないといえば嘘になる。

「ま、あと十か月もあるんだ。ゆっくり決めればいいのだろうしな」

石野はまるで己に言い聞かせるように口にした。

会話が途切れたのを見計らうかのように、チカはさっとピアノの前に座った。

「じゃあまずわたしからね」

チカはピアノの前に座り、その細い指を鍵盤に添わせた。恋人の交わす囁きを思わせる、優しい演奏だった。羽毛が落ちるかのように、鍵盤にタッチしている。チカの演奏を壊さないよう慎重に椅子に座った廉太郎の脇を、すぐ横の椅子に座った石野が肘で小突いた。

「すごいな、あいつは」

今、チカが弾いているのは、さっき廉太郎たちが橘糸重から教わったフレーズだった。女子生徒のピアノ講義は男子生徒の前に行われるから、二時限前に教わったことを復習していることになる。なのに、既にチカは糸重流の指使いを鍵盤の上に写し取っていた。

チカの演奏を背景に、石野は、そういえば、と小声で切り出した。

「知ってるか。幸田延先生がお戻りになるらしいぞ」

「誰です？」

廉太郎の反応も織り込み済みだったのだろう、特に落胆も見せずに石野は続ける。

「知らんのか？　海外留学していた、東京音楽学校の才媛だ」

幸田延は第二世代の筆頭格で、第一世代の音楽家から学んで西洋音楽勢初の欧米留学を果たし、留学中に教授の肩書を得た人らしい。

「バイオリンが専門らしい。――俺は、この人に学んでみたい気もする。幸田先生は、きっと今、日本で一番、最新の西洋音楽に通じてらっしゃる」

「なるほど。そういう考えもできますね」

石野はふと、声を低くした。

「なあ、瀧。お前、ここを卒業したら、どうするつもりだ」

廉太郎は何も考えていなかった。入学したばかりで、自分の未来図に思いを致すゆとりはない。

無言の廉太郎を尻目に、石野は熱っぽく続けた。

「俺は、なにがしかの楽器を究め、この国の西洋音楽を引っ張ってゆく、そんな音楽家になりたい。だとすれば、学ぶべきは最新の西洋音楽だ」

石野の口ぶりを耳にした廉太郎は、郷里の父親の面影を思い出していた。世の役に立つ人間になれ。だが、廉太郎はゆっくりとかぶりを振って、そんな呪いめいた言葉を追い払った。

「いいんじゃないですか、そんなに深く考えなくても。せっかく、本科は三年あるんです。楽器の専攻はさておき、やりたいことはおいおい考えていけばいいんじゃないでしょうか」

呆気（あっけ）に取られたような顔をしていた石野だったが、やがて、こらえきれないとばかりに噴き出した。

「お前には勝てないな」

石野が頭を振ったその時、チカが演奏を止め、こちらに近付いてきた。

「とりあえず、休憩。瀧君か石野さん、代わるよ」

「じゃあ瀧、お前が先に弾け」

促されてピアノの前に座った廉太郎は、鍵盤に指を落とす。まだ、糸重の、そしてチカの羽毛で撫でるような音色は出せない。廉太郎の奏でるピアノの音色は、東京見物にやってきたおのぼりさんのように肩肘張っている。

廉太郎はふと、ケーベルの演奏を思い出していた。火を噴きそうなほどに激しいかと思えば、子守歌のように優しげにも響く。あの音色が耳朶に居座り続けている限り、廉太郎は己の演奏を好きになれそうな気がしなかった。同じ楽器を弾いているはずなのに、再現できる音色があまりにも少ない。とりもなおさず、それがケーベルと廉太郎の間に横たわる大きな溝だった。

残酷な楽器だ、と廉太郎は目の前の楽器に語りかけた。

廉太郎は余計なことを考えるのを止め、己の指が奏でる旋律に身を沈めていった。

上野の山には、桜の花が咲き誇っていた。

行李からよそ行きの着物を出して身に着けた。前日に干し忘れて畳み皺が残ったままだが、気にしないことにして春風に舞う桜の花びらを見上げていると、後ろから声が掛かった。

「やっぱり瀧か」

振り返ると、畳み皺のくっきり残る鼠色の着物を纏った石野の姿があった。道行く女人がすれ違うたび、石野を指して振り返る。石野は身だしなみにさえ気を払えば男振りがいい。

「馬子にも衣装ってやつですね」

「言うなあ、瀧は」からからと笑いながら、石野は目を落とした。「ま、足元まではごまかし切れないがな」

言われて石野の足元に目を向けると、歯の擦り切れたいつもの下駄がそこにあった。石野らしいと思った廉太郎も長着こそ黒の御召だが、羽織は普段使いの木綿で、新しいとはいえ普段使いの下駄を履いていた。

「お互い学生、あんまり贅沢はできませんよね」

二人して頷き合い、春爛漫の桜の並木道を歩き始めた。

「それにしても」歩き出した廉太郎は切り出した。「学生にまで服装規定を申し渡すなんて、今回の演奏会はものものしいですね」

「今回のはいつもとは違うからな」

東京音楽学校では半年に一度ほどの頻度で定期演奏会を開いているが、そこでも観覧者の服装規定は定められていない。西洋音楽の啓蒙と音楽学校の成果発表会の側面を有しており、政府関係者や新聞記者なども招く外向きの会だが、客席に座る分には木綿の長着に袴で十分とされていた。

だが、今回の演奏会に限っては『観覧であっても必ず正装で来ること』と通達があった。前代未聞のことだったらしく、学校中がざわついていた。

「気持ちも分かる。学校からすれば、大勝負の会だからな」

石野がしみじみと口にしたところで、会場である東京音楽学校の建物が廉太郎の眼前に現れた。

定期演奏会とは雰囲気が違う。洋装姿の者が多いのはいつものことだが、玄関先で談笑している者の中に、肩から胸に黄色い飾り紐をあしらい胸に勲章をぶら下げる黒い肋骨服に身を包む人々の姿もあった。

「日清戦争の最中に軍人がお越しとはなあ」

大声で時世を語り合い、時には笑い合う軍服姿の男たちを横目に建物の中に入り、二階のホールへと向かった。

ホールの人波にチカの姿を見かけた。二人に気づくと大仰に手を振ってきた。なんと、チカは白の振袖姿だった。

「すごい格好だな」

椅子に座りつつ口にする石野に、チカは屈託なく笑いかける。

「だって、今のうちに着ておきたいんだもの。お父様にねだったはいいけど、もう何度も袖を通すこともないだろうし」

ふと、廉太郎は振袖に袖を通すことなく死んだ利恵に思いを致した。記憶の中の姉は、無表情で廉太郎を見据えている。

「どうしたの瀧君。ぼうっとして」

チカが怪訝な顔をして廉太郎を覗き込んでいた。廉太郎は慌てて首を振って、見惚(みと)れていましたとはぐらかす。

「それにしても、やはり注目度は高いな」

チカと廉太郎をよそに、石野は満席のホールを見渡しながらそう口にした。

石野につられるようにホールを眺めた廉太郎も目を見張った。いつもなら八割も埋まれば上々であるところ、今日は立ち見も出るようで、ホールの後方では着席を諦めている紳士が屯(たむろ)している。

「そりゃそうよね」とチカは軽く言う。「だって、今日は特別だもの」

この公演会は、留学していた幸田延の帰国報告を兼ねたものだった。見れば、周囲を護衛に守られた洋装の紳士――政府関係者の姿も多く目につく。音楽学校への〝投資〟の程を確認に来たのだろう。

観客たちは、今や遅しと待っている。アメリカ、西欧に学びにいった才媛が、何を吸収して戻ってきたのかと。

廉太郎の胸がいやにざわつく。少しでも期待を裏切れば、明日から針の筵(むしろ)に座るかのような日々が幸田延を待っている。純粋な期待とは別に、幸田延何するものぞ、とでも言いたげな底意地の悪い視線が会場に満ちているのを廉太郎は感じる。

しばらくすると、浮足(うきあし)立っていた会場がしんと静まり返った。

舞台に目を移すと、バイオリンを携えた幸田延が上手(かみて)から舞台の真ん中に現れた。真っ赤なレースのドレス。腰から下がふわりと広がったスカートは、西欧で流行しているスタイルだった。黒髪を結い上げ、花をあしらったかんざしで留めている。艶(あで)やかな姿であるにも拘わらず、鋭い眼光のおかげでそうは見えない。観客も拍手を忘れ、抜き身のような激情を身に纏う幸田延を見守っていた。

舞台の真ん中に立ち、客席に向かって深々と頭を下げた延は、口上も述べずにバイオリンを構え、そのまま弾き始めた。

最初は静かに曲が立ち上がった。優雅に流れる旋律は、小川のせせらぎを聞いているかのようだった。だが、曲が進行するに従って様相は一変した。どんどん音数が増えていき、演奏も激しく、情熱を帯びていく。気づけば音の奔流の中に突き落とされている。溺れないように水面から顔を上げようともがく廉太郎をあざ笑うようにもとの緩やかな曲調に戻り、母なる海に水が流れ落ちるように、曲が終わった。その間、三分ほどの演奏だったが、悠久の旅に身を晒(さら)してきたような思いがした。

舞台上の延が頭を下げて初めて、観客たちは拍手を始めた。

拍手しながら、石野は、むう、と唸った。

「すごいな、幸田女史は」

「ええ、本当」チカは顔を上気させてしきりに手を叩いている。「あれが、本場の西洋音楽……」

肩書や実績などどうでもよかった。己がどこにいるのかすら忘れて曲世界に没頭させられてしまうほどの演奏は、これまで二度しか聴いたことがなかった。あの上野山のバイオリンの少女の姿、そしてケーベルの演奏が脳裏に蘇る。

何も言えずにいると、二曲目が始まろうとしていた。今度は下手から海軍礼服に身を包んだ男がクラリネットを携えやってきた。万雷の拍手の中、二曲目が始まった。二人の重奏は会話を楽しむ男女のようだった。男が女を褒めれば、女はそれをさらりとかわす。女が男の不貞をなじれば、男はそれを鼻で笑う。明るい曲調と相まってそんな寸劇を思い起こさせるようだった。延の口元には笑みが見える。クラリネットを吹く男の頬もほころんでいる。やはりこの曲も三分ほどの小品だったが、軽やかさの中にも厚みのある、噛み応えのある演奏だった。

拍手の際に、石野はほう、と息をついた。

「吉本光蔵先生、さすがだな」

相手を務める吉本光蔵は海軍軍楽隊の教授を務める人物だった。

あられのような客の拍手を遮るように三曲目に入る。吉本が退場した後に現れたのは、でっぷりとした異国人、ケーベルだった。

会場の人々は押し黙った。

廉太郎もその一人だった。我が事のように息を呑み、周囲を見渡した。石野は身じろぎ一つせずに舞台の上を注視し、チカはハンケチで口のあたりを覆っている。

また舞台に目を戻そうとした。だが、あることに気づいて、釘付けになった。

廉太郎の席から三列ほど前の右斜めに、かつて上野山で出会ったバイオリンの少女が座っていた。少女はあの日のままだった。意志の強そうな目を前に向け、口を真一文字に結んでいる。座っているというのに背をしゃんと伸ばし、人形のように舞台の一点を見据えている。

彼女から目を離せずにいるうちに、次の演奏が始まった。廉太郎は慌てて舞台へと向いた。

モーツァルトの小品だった。旋律の作り方、曲構成に古典派爛熟期の癖を読み取った。伴奏であるためか、放逸で天衣無縫なケーベル流の演奏は鳴りを潜めている。それだけに、延のバイオリンの音色に引き込まれていった。一曲目の激しさ、二曲目の軽妙さとは異なり、三曲目は女のたおやかな黒髪のような、力強くも穏やかな演奏だった。

廉太郎はある時、自分の頰に冷たいものが走っているのに気づいて、思わず顔を拭った。それが己の涙であると気づいた時、廉太郎は戸惑った。

放逸に弾き鳴らしているように見える。だが、それが見当違いであることに廉太郎は気づいた。あまりに自然過ぎて作為を感じることができないだけだった。延はまるで呼吸するように弓を操り、弦の上を滑らせるように指を動かしている。だからこそ、技巧を感じる暇がない。

観客たちの喝采と熱狂の内に演奏会は終わりを告げた。

演奏者が袖にはけ、観客たちが席を立ち始めてもなお、廉太郎は席から動くことができなかった。チカや石野も同じらしく、しばらく誰もいない舞台を睨むように眺め続けていた。

係員に出ていくように促され、ようやく立ち上がった時、廉太郎は会場にバイオリンの少女がいたことを思い出し、見渡した。だが、会場には箒(ほうき)片手に片づけをする者たちの他には、演奏会の余韻に浸る幾人かの観客が残っているばかりで、あの少女の姿はもうどこにもなかった。

「それじゃ、行ってきます」

廉太郎は本郷西片(にしかた)町の下宿を飛び出した。

もともと麴町に住んでいた廉太郎だったが、本科進学が決まってから、『麴町から通うのは辛いだろう』

そんな大吉の一声で、大吉一家は本郷西片町に居を移した。下宿人のために引っ越す家主など聞いたことがない。廉太郎も最初は固辞（こじ）したものの、お前のおじさんには昔から世話になっていた、の一言で押し切られた。

廉太郎は、西方町の在り方が嫌いではなかった。坂が多いのは玉に瑕（きず）だが、帝国大学に近いためか、町全体に落ち着きがある。新聞で活躍している小説家や大学で教鞭を執る大学教授といった知識階級の人々も多く暮らしている。木造の平屋や二階家が続く裏道には、シャボンの上品な香りに満ちていた。

帝国大学の洋風建築群を横目に東に向かい、見えてきた不忍池畔（しのばずちはん）の道を行き、途中、上野山へと続く石段を上ってゆくと、温かな風が不忍池から吹き上がってくる。汗の浮かぶ額を手で撫でつつ、廉太郎はなおも石段を踏み締めた。

野鳥のさえずりに包まれた東京音楽学校の校舎を見上げつつ廉太郎が入り口の戸を押すと、向かって左の管理室から黒い小袖姿の老女、草野キンが現れた。

「……今日もあんたが一番乗りだ」

呆れたという風に口にしたキンは、廉太郎にピアノ室の鍵を手渡した。廉太郎はキンに礼を言って、人一人いない廊下を足音高く行く。

日曜日には講義はない。だが、熱心な学生のためにこうして教室を開放している。ピアノは競争率が高い。朝早く出ても、他の人が弾いていることも多いだけに嬉しい。

　ピアノ室の鍵を開けて中に入ると、埃っぽい空気が廉太郎を出迎えた。椅子が二十脚ほど置かれた部屋の隅で、真っ黒に塗られたピアノがうずくまっている。窓を開けて淀んだ空気を部屋から追い出した廉太郎は、ピアノの屋根を上げ、鍵盤を露わにした。

　白黒の鍵盤を見下ろしていると、怖くなる時がある。ピアノにこう訊かれている気がして、背筋が寒くなるからだった。

『お前は、わたしを弾きこなすことができるのか』

　廉太郎は専攻楽器を決めかねていた。

　果たして、自分が突き詰めたい楽器とは何なのだろう。そもそも、そんなものを今、決めることなどできるのだろうか。疑問が渦を巻き、廉太郎の頭から離れない。

　廉太郎が足踏みしている間にも、仲のいい同期は自分の専攻を決めつつある。チカは初志貫徹でピアノ、石野はこの前の幸田延の講演に触発されてバイオリンに進むことにしたという。

　廉太郎はピアノに指を添わせた。弾くのは、この前教わったばかりのショパン『夜想曲(ノクターン)二番』。最初のフレーズから展開の大きく変わらない三幕構成の曲で、本場の欧州ではあまりに簡単すぎて味気ないと嫌われているらしい。だが廉太郎は、この曲の研ぎ澄まされた華麗さが嫌いではなかった。

思いの丈を鍵盤にぶつけた。どのように弾けばいいのだろう。どう響かせればよいのだろう。手を縦横無尽に動かしながら、頭の中は計算と分析で渦巻き、今にも知恵熱が出そうだった。

水の中でもがくような錯覚の中に廉太郎はいた。息苦しさに苛まれつつ楽譜を辿り、曲のコーダへと至った、その時だった。

拍手の音が、部屋の中に響き渡った。

廉太郎が振り返ると、ドアの脇に幸田延が立っていた。あの演奏会の時のようなドレス姿ではなく、紫色の小袖に太鼓帯姿で、バイオリンのケースを抱えるように持って拍手をしている。まるで見えない糸に体を吊られているかのようなまっすぐな立ち姿と、凛として他の者を寄せ付けない鋭さを秘めた目がとくに印象に残る。舞台の上での堂々とした振る舞いのせいで見誤っていたものの、近くで見ると三十そこそこ、年相応に見えた。廉太郎は思わず椅子から立ち上がり、頭を下げた。

「挨拶はいい」

低めの声だった。それに、言葉の選び方もそっけない。

ピアノ室に足を踏み入れた延は、廉太郎の前に立った。

「今、弾いていたのはショパンの夜想曲二番だな」

「そうです」

延の言葉が難詰（なんきつ）するような口調であっただけに、廉太郎の声は知らず上ずった。

だが、延は意外にも廉太郎を褒めた。

「なかなか筋がよろしい。運指が滑らかだ。誰から教わった」

「橘糸重先生です」

「あれも、教えるのが上手くなったようだ」

発し主が幸田延であるだけに、尊大にも聞こえかねない言葉にも説得力があった。

廉太郎の脇をすり抜けてピアノの前に座った延は、廉太郎にバイオリンを預けて両手を鍵盤の上に乗せた。

「もっとも、十三小節目からのフレーズについて、少々間違いがあるがな」

台に譜面を置いていない。にも拘わらず、延は夜想曲二番の十三小節目から十六小節目をさらりと弾いた。気負いなどもなく、伸び伸びと弾いているように見えたのに、運指に淀みや乱れはない。

思わず、廉太郎は感嘆の声を上げた。

「先生は、ピアノも弾かれるのですか」

「当たり前だろう」延はこともなげに続けた。「専門はバイオリンと声楽だが、他の楽器も齧（かじ）っている。——どうも、ピアノはつまらなくてな」

延は演奏を切り上げ、鍵盤を右手の親指で強く叩いた。一点ハの音が部屋に満ちる。

「この通り、ピアノは誰が叩いても研ぎ澄まされた一点ハを奏でることができる。ピアノのこうしたところが嫌いでな。まるで、四角四面の人を見ている気分になる」

ふと延の顔に影が差した気がしたが、すぐに作り笑いで追い出した。

「ま、実際には、子供の頃に琴をやらされていて、弦楽器の呑み込みが早かったというだけのことだが」

「僕も琴をやっていました」

「男なのに珍しいな。親御さんが琴の先生でもしていたのか」

「いえ、琴を習っていた姉に教えてもらったんです」

ふむ……。静かに息をついた延は鍵盤を睨んだままで続けた。その謹厳な声に、わずかに親しみのようなものが紛れ込んだ。

「名は」

「本科一年の瀧廉太郎です」

「他の教授から名前を聞いている。十五で予科入学、そのまま本科に入った秀才がいる、とな。そういえば、小山先生も推しておられた……。なるほど、君だったか」

椅子から立ち上がった延は、預けていたバイオリンを受け取り、廉太郎にピアノを勧めた。その言葉に甘えて廉太郎がピアノの前に座り直し、鍵盤の上に指を伸ばすと、延は惚(ほ)れ惚(ぼ)れとした口調で言った。

「いい指をしている。長く力強い。可動域も広い」

「は、はあ」

「早く、弾いてみろ」

促されるがままに廉太郎は指を滑らせた。やはり曲はショパンの『夜想曲二番』。掌がじっとりと濡れている。唾を呑んで緊張を追い払いながら、曲に合わせて十本の指を鍵盤の上で躍らせる。

冷や汗交じりに弾き終えたその時、延は、手を叩いた。

「君は体を動かすのが上手い」

何を言われているのか、よく分からなかった。顔を見上げると、延は薄く微笑んでいた。

「楽器は音楽理論で弾きこなすものという誤解があるが、一番必要とされるのは、一定の姿勢を保持し、楽譜の要請のままに体を動かす身体操作の力に他ならない」

子供の頃から体を動かすことが好きだった。まさか、こんなところで活きてくるとは思わなかった。

「瀧君。楽器の専攻は決めたか」

「いえ、実はまだ……」

「教師として言っておく」延は鋭い声を発した。「バイオリンは避けたほうがいい」

「なぜ、ですか」

当然の問いだった。そもそも延自身がバイオリンを専攻している。その人の言とはとても思えなかった。

延は一瞬だけ暗い顔を浮かべた。その時、教師としての仮面が剝がれ、年齢相応の女性の素顔が覗いた気がした。だが、延はすぐにその表情を追い出し、元の硬い表情を取り戻した。

「君の同世代に途轍もないバイオリニストがいるが、あの子に巻き込まれてしまっては、君の芽が潰れかねないと思ってな。だから、君には別の道を歩いてほしい」

教師の顔に戻った延は、ケースからバイオリンを取り出した。飴色の胴がつややかに光るバイオリンは、学校に置いてある練習用のそれとは比べ物にならない品格を備えている。しかし、延もそれに負けぬ凛とした立ち姿をしていた。肩にバイオリンを乗せ、延は続けた。

「今、日本の西洋音楽はよちよち歩きをしているところだ。あまりに人材が足りない上、国の理解も薄い。今、東京音楽学校が高等師範学校付きになっているのは知っているだろう」

廉太郎が大きく頷くと、延はなおも続ける。

「師範学校の付属扱いは、西洋音楽に対する国の冷淡ぶりを示している。現状を打破するためには、有為の人材に活躍してもらうしかない。——瀧君。君は、音楽は好きか。人生のすべてを懸けることができるほど」

人生のすべて。延の口からその言葉が滑り落ち、床の上でけたたましい音を立てて割れた。空恐ろしくなった。日本の西洋音楽界を牽引する幸田延を前に、軽々（けいけい）に口にできることなどありはしなかった。

喉から言葉が出ない廉太郎を見咎（みとが）めるように、延は皮肉げに口角を上げた。

「突然のことだ。致し方あるまい。だが、もし、君が人生すべてを音楽に懸けられると考えるのなら——。わたしが個人的にレッスンをしよう。南千住の橋場（はしば）にわたしの家がある。休日は家で過ごしているから、その時に見てやる。わたしの家に楽器は一通り揃っている」

その代わり、教えるからにはみっちりとやる。全身から気を立ち上らせながら、延はそう口にした。

「覚悟が決まったら来い」延はバイオリンの弓を弦に沿わせた。「ときに瀧君、一曲、重奏をしよう」

面食らっていると、延は肩をすくめた。どうやら延は長い西洋留学の間に、向こう式の身振り手振りを覚えてきたらしい。

「おいおい、音楽家が重奏を渋ってはならんぞ。音楽の醍醐味（だいごみ）は調和（ハーモニー）にあるのだからな」

　それからは、延のバイオリンとの重奏を繰り返した。

　延のバイオリンは融通無碍な鵺のようだった。ある曲ではぐいぐいと旋律を引っ張り、ある曲では廉太郎のたどたどしい旋律を優しく包み込み、またある曲では廉太郎の連打に挑みかかるようにバイオリンの音色が絡みついてきた。

「楽しかったよ、今日はありがとう」

　延が去って一人になったピアノ室の中で、廉太郎は天井を見上げた。圧倒的なまでの実力差を見せつけられたというのに体中に心地いい疲労がのしかかっている。ふと鍵盤を見れば、廉太郎の汗で光っている。懐の手ぬぐいで鍵盤を拭いて、廉太郎は外を眺めた。気づけば、外の上野の景色は夕暮れに染まっていた。

　延との重奏から一週間後、廉太郎は途方に暮れていた。

　この日の朝一番も、廉太郎は開放されているはずのピアノ室を訪ねた。しかし、管理室のドアから姿を現した生徒監の草野キンは、眉一つ動かさずにこう口にした。

「ピアノは使えないよ」

　音楽学校のピアノを二台とも調律にかけているのだという。一週間前から掲示板に通達を出していたんだけどねえ、と吐息をつくキンにつられて管理室の横に掛けられている掲示板を見上げると、ピアノの使用中止を通達する貼り紙が所在なげにピン止めされていた。

肩を落としながら、廉太郎は音楽学校の玄関を出、息をついて観音堂の方へ向かっていると、道の途中でふいに声が掛かった。

「あれ、瀧君じゃない」

声の主はチカだった。楽譜を胸に抱いてころころと履物を鳴らし歩くチカは、廉太郎に気づくと、余った手を振って緩やかな坂道を軽い足取りで上り、廉太郎の前に立った。

「あれ、チカさん。どうしたんですか、日曜日なのに」

「開放日だから、ピアノを弾きに」

「今日、調律していて弾けないそうですよ」

「ええっ。それは困った」

チカも話を聞いていなかったらしい。今にも楽譜を取り落とさんばかりに肩を落とし、口をあんぐりと開けている。だが、すぐに気を取り直したのか、チカはカンカン照りの空を見上げた。その仕草が太陽の位置を見ているものだと廉太郎は気づいた。

「なるほど、今、概ね（おおむ）正午前ってところか。――ねえ、瀧君、実は、ピアノが弾ける場所があるんだけど、一緒に行かない？」

「そんなところがあるんですか」

「午後からなら空いてると思うよ。でもここ、わたしが見つけた穴場なんだよね。教えてほしかったら、甘味、奢ってくれないかなあ」

チカは上目遣いでちらちらと廉太郎の顔を覗き込んだ。

足元を見てくるチカに辟易しながらも、廉太郎はピアノへの飢えを我慢できずにいた。

親や従兄の援助があるとはいっても、廉太郎は貧乏学生だった。懐に手を突っ込んで銭入れを握ると、驚くほど軽い。だが、好奇心には勝てなかった。

「教えてください」

「よし、じゃあ、甘いものを食べてから行こうか」

チカと上野山の甘味処に入り、羊羹を奢った。廉太郎の昼食代はチカの為の羊羹に消え、廉太郎は空腹を我慢しながら茶をすする羽目になった。「あれ、瀧君、何か食べないの?」と縁台の横に座って羊羹をかじるチカの幸せそうな顔の小憎らしいことといったらなかったが、薄笑いでやり過ごした。そうして約束を果たしてから、チカに案内してもらった。

上野山を下り、不忍池を西に行き、下宿の西片町を横目に麹町まで足を延ばした。誰かに見られたら余計な誤解を招くかもしれないとどぎまぎする廉太郎をよそに自分本位に前に進むチカは、やがて半蔵濠（はんぞうぼり）にもほど近い道沿いの建物の前で足を止めた。

「ここよ」

チカが指した建物は西洋式のガラス窓を備えた造りの白塗り平屋の西洋建築で、建物正面に一本だけ立つ尖塔（せんとう）の上に十字架が燦然（さんぜん）と輝いている。茶色にくすんだ日本家屋が続く周囲の風景からは明らかに浮いていた。

「チカさん、ここの教会をご存じなんですか」

「わたしの家はキリスト教の信徒だから」

驚くことでもない。東京音楽学校に通う学生は上流階級の子弟であることが多く、概して西洋の文物に造詣が深い。チカの家はその典型なのだろう。

チカは、重そうな両開きのドアを開いた。ドアの隙間から漏れる光が暗い教会の中に差し込んでゆくと共に、中の様子が浮かび上がる。

入り口のドアから続く赤じゅうたんに対して直角に並べられた長椅子。その横に立てられた、人の背ほどの高さがある燭台（しょくだい）にはさっきまで火がついていたのか、黒くくすんだ蠟燭が挿されたままになっている。白漆喰（しっくい）の壁には極彩色のガラスが絵を形作り、暗い部屋の中に複雑な光彩を投げ入れている。奥の方にある二段ほど高くなっている踊り場には教壇のような机が置かれ、その後ろには大きな十字架がかけられていた。漂う甘い香りは、荘厳な場の雰囲気にぴったりと合っている。礼拝室は、音楽を通じて廉太郎が憧れ続ける西洋の気配に満ちていた。

「お邪魔しまーす」

チカは物怖(ものお)じすることなく中に入っていった。廉太郎はチカの背に隠れるように後に続く。

奥から足音が聞こえてきた。チカのものでも廉太郎のものでもない。

やがて、祭壇の脇にある廊下から、一人の男が現れた。

年の頃は三十ほどだろうか。広い額に大きく聡明そうな目、鷲鼻(わしばな)の異国人だ。だが、胸の辺りを十字架が白く染め抜かれた黒衣を纏っているために、どういう立場の人間か、即座に理解ができた。

「こんにちは、牧師様」

チカが親しげに声を掛けると、鷲鼻の黒衣の男——牧師——は相好を崩した。

「ようこそ、教会へ。チカさん、今日もお元気で何よりです」

流暢(りゅうちょう)に慇懃(いんぎん)な挨拶を交わす牧師は、やがて廉太郎の姿に気づいた。

「おや、そちらの人は？」

「同じ学校の同級生ですわ、牧師様」

いつもより丁寧な言葉遣いをしているチカに、同級生の新しい一面を見てしまった気がして廉太郎はどぎまぎしたものの、そんな感想はとりあえず脇に置いた。

牧師はようやく理解したように、ゆっくりと頷いた。

「なるほど。そういうことでしたか。ではこちらに」

牧師の案内のままに、礼拝室の裏にある部屋に連れて来られた。そこは二十畳ほどの広さがある板敷きの部屋で、普段は教室にでも使われているのか、黒板が壁に掛けられており、長机と椅子がいくつも並んでいる。その奥の壁面沿いに、大きな箱が息を潜めて佇んでいた。

黒光りするそれは、まるで西洋式の食器棚のようだった。だが、足元に三つ、足踏みペダルがあり、背もたれのない椅子が目の前に置かれていることで、それが何なのか即座に見て取れた。

「ピアノ、ですか」

「ええ」牧師は満足げに頷いた。「アメリカの教会から頂いたものです」

「でも、普通のピアノとは違いますね」

ピアノと言えば、畳三畳分を占める、かなり大きなものだ。だが、目の前にあるそれは高さが一・二メートル弱あるほかは、一畳の中に収まってしまいそうなほどに小さい。三つ並ぶ足踏みペダルによってピアノと分かるが、もし一つしかなければオルガンかと疑うほどだった。

牧師は楽器に詳しいわけではないらしい。困った顔をする牧師に代わり、チカが話を引き継いだ。

「ああ、瀧君が言ってるのはグランドピアノでしょう。学校にあるみたいな。あれが本式なんだけど、略式のピアノもあるのよ。その代表格がこれ、アップライトピアノ」

弦を水平方向にではなく上下に張ることにより小型化に成功している種類で、欧米では一般家庭用品、練習用品として人気らしい。もっとも、その機構上、グランドピアノとは打鍵感に違いがあって、これを嫌う音楽家もあるという。

「違いなんて、わたしには分からないけどねえ」

あっけらかんと笑うチカを尻目に、廉太郎は新しい楽器を前にした喜びに打ち震えていた。今すぐ弾きたいという思いに駆られ、牧師に顔を向けた。すると、嫌な顔一つせずに牧師は手を伸ばして椅子を勧めた。

目の前に座った廉太郎は鍵盤を開いた。グランドピアノと変わらない八十八の鍵盤が廉太郎を迎える。

廉太郎は右手人差し指で鍵盤を叩いた。正確な一点ニが部屋に満ちたものの、指先に何となく違和感を覚える。今週の課題で覚えたバッハの『小フーガト短調』のフレーズを弾いてみる。やがて、わずかな違和感が廉太郎の手に残った。

「鍵盤の返りがやや遅い気がします」

「すごい、瀧君、大当たり。ハンマーの仕組みがグランドピアノと違うらしくて、ちょっとだけ反応が鈍いんですって」

愛想笑いを返した廉太郎は、高鳴る胸を手で押さえた後、十本の指を駆使して『小フーガト短調』を奏で始めた。

この曲は本当ならオルガンで弾くものだが、ピアノでも十分形にはなる。荘厳にして耳に残るフレーズを右手で弾いた後、それに重ねるように、少しだけ最初のフレーズをいじったフレーズを左手で重ねてゆく。さらにそのフレーズを微妙に変えたフレーズを重ね……と変化を重層的に響かせながら右手と左手で掛け合いをしてゆく。

バッハはすごい、と廉太郎は思う。ずいぶん昔の人だと教わったが、音の応酬がこんなにも面白いものだと知っていたのだ。

ふと、利恵との琴の重奏を思い出した。今にして思えば、稚拙極まりないものだった。それでも、音と音がぶつかり合い、混じり合うあの感触は今でもありありと思い出すことができる。

昔のことを思い起こしながら、廉太郎は最後の一音を叩いた。

協和音の余韻の中で、廉太郎は雷に打たれたような衝撃に襲われていた。

そうだったのだ、と。

己が好きだったのは、音と音のぶつかり合いだった。

廉太郎は椅子を蹴るように立ち上がった。茫然と廉太郎の演奏を聴いていたチカと牧師に、廉太郎は宣言するように言った。

「僕は、ピアノを専攻することにします」

最初、何を言われたのか判然としなかったのか、チカは目を白黒させていた。だが、ややあって、間抜けた声を発した。

「え、まだ専攻決めてなかったの」

「はい、決めました。バイオリンも考えましたけど、僕にとってはピアノが一番性に合っているみたいです」

音と音のぶつかり合いの中に、廉太郎はいつも死した姉の影を見る。バイオリンはあくまで旋律を力強く引っ張る楽器だった。もしも利恵に逢おうと思えば、協和音を作らねばならない。その点、ピアノなら、いつだって利恵に逢うことができる。オルガンでもいいが、その平板な音色は廉太郎の手になじまない。

目をしばたたく二人を見やっていると、ふいに部屋の中に足音高く子供たちがやってきた。興奮気味に廉太郎の傍に集まる五歳ほどの子供たちは、今の曲、兄ちゃんが弾いたの？　と目を輝かせている。そうだよ、と答えてやると、すごーい！　と声を上げた。

「じゃあ、また他の曲を弾いてあげるよ」

目をらんらんと輝かせる小さな観客たちを近くの椅子に座らせて、廉太郎はピアノの前に座った。

一月ほど前に習ったモーツァルトの『トルコ行進曲』を叩き始めた。叩く、と称するのが適当なくらいに連打に次ぐ連打、速度のついた軽妙なフレーズが印象深い曲である。実際にちらと振り返ると、子供たちは熱のこもった目を廉太郎に向けている。

だが、まだ足りない。

この曲を教えてくれたのは、講師の橘糸重だ。だが、彼女の奏でるそれと比べると音の一つ一つが自己主張し過ぎて大味になっている。アクセントを残しつつ、それでも流れるような演奏にするためにどうしたらよいのか。廉太郎にはまだ分からない。

一つ、決めたことがある。

今度の日曜、必ずや幸田延の許を訪ねよう、と。

次の日曜がやってくるまで、廉太郎は気もそぞろだった。

新しい曲を教えてもらう時も、漢詩の講義の際も、他の楽器の講義の際も半ば上の空だった。もっとも、廉太郎が講義に身が入らないのはいつものこと、教授陣は苦笑いをするばかりで許してくれたが。

金曜日、廉太郎は管理室に行き、楽器専攻願いを出した。生徒監の草野キンはあんたが最後だよとぼやきながらも、不備がないかを見やった後、「ま、折角選んだんだ、しっかりやりな」と言って届けに受理の判を捺した。

日曜、廉太郎は木綿の長着に袴、白足袋を合わせて延の家へと向かった。空には分厚い雲が垂れ込めている。雨でも降るのだろうかと心配にはなったものの、何とかなるさ、といつもの通学路である不忍池脇の道を歩いた。

延の家があるという南千住の橋場は、上野山の北東にある。墨田川が大きく南に湾曲する辺りだった。上野は博物館や美術学校、音楽学校が置かれているためか、どこか作り物くさい。しかし、上野山を横目にしばらく歩くと、背の低い板葺(いたぶ)きの建物の並びが廉太郎を迎える。街道筋は本郷の取り澄ました町並みとはまた違う江戸の下町の雰囲気を濃厚に残しているものの、街道から外れて橋場近辺までやってくると少し様相が変わる。裏長屋は減り、代わりに廉太郎の住む借家のような二階建ての庭付き住宅が軒を連ねている。

近隣の人たちに話を聞きながら、延の家を目指した。

「ああ、あの先生の家」

延のことを口にすると、皆そう言って案内してくれた。

延の家は二階建て住宅街の北の端にあった。大門が立ち、生け垣の奥に二階建ての建物が見える。瓦葺きの一軒家で、門の白木柱も真新しい。観音開きの門を開き、玄関の引き戸を開いて声を上げると、奥から女中らしき老女が現れた。

「東京音楽学校の瀧と申します。幸田延先生は御在宅でしょうか」

女中は眉をひそめて下を向いた。なんでも、延は今、東向島の兄の家に行っているらしい。

ここまで来て、何の成果もないのは癪だった。少なくとも「個人教授してほしい」と願うくらいはしておきたかった。女中に東向島の兄とやらの家の在所を聞き、廉太郎はさらに東へと足を向けた。

近くにある水神の渡しで墨田川を渡った。どんどん暗くなってゆく空色を窺いながらも東向島に向かい、隅田川沿いに歩いてゆく。

しばらく土手沿いに歩いていると、何のいたずらか、雲が割れて青空が覗いた。先ほどまでは空の色を映して灰色にくすんでいた隅田川の水面が色を変える。穏やかな川面に青々とした空の色を映した隅田川の光景が廉太郎の眼前に現れた。

強く吹く風が廉太郎の衿をはためかせる。川沿いの風を全身で感じながら、廉太郎は東向島の昔ながらの下町に入っていった。

女中に教えられた通りに道を行くと、長屋街の一角に立つ一軒家が廉太郎の目に入った。長屋と同じく粗末なつくりをしていた。表札は立っていない。だが、

蝸牛庵

と揮毫された小さな扁額が門に掛けられていた。

廉太郎は扁額の三文字を見上げて小首をかしげた。かたつむりの庵とはどういうことだろう。漢詩の先生に質問してみようと心に決めながら、廉太郎は軋む門扉を押して中に入った。

門から二間ほど奥まったところに玄関がある。右手の庭もそれほど広くはないが、苔むした岩に囲まれた小さな池があり、鱗を輝かせてうねる鯉が泳いでいる。家主の行き届いた作庭ぶりを見やっていると、足を投げ出すように縁側の縁に座り庭をぼうっと眺めていた延と目が合った。この日の延は、いつもはきっちりと重ねている衿を心なしか緩くまとめ、帯も軽めに締めているようだった。

「むっ、瀧君ではないか」

足を投げ出していた延は、慌てた様子でその場で正座に改めた。そのままで、と言おうとしたものの、後進の者が口にすることではないと考え直して、頭を下げた。

「こんにちは、先生。先生がこちらにおられると聞きましたもので、お邪魔いたしました」

「ああ、よく来た……と言いたいところだがな」延はわずかに愁いを帯びた目を屋敷の奥に向けた。「ここがどういう場所か分かっているのだろうな」

問いの意味が分からずに硬直していると、やがて深い影の奥から、のそりと一つの影が現れた。

「延、客か」

思いの外若々しい声だった。だが、地の底から響くような低音が、廉太郎の腹の底を揺らした。

「ええ、生徒です」

「生徒？　音楽学校の学生か」

奥から現れたのは、仕立ての良い黒羽織に鼠色の長着、白足袋姿の大男だった。太い身幅は羽織に隠れてはいるが、衿から覗く太い首は隠しようもない。黒髪を七三に分け、神経質に口を真一文字に結んでいる様はお稽古事の若先生のような雰囲気を醸している。とにかく、先に女中が言っていた延の兄であろうその男は、すっと通った鼻筋をした顔をこちらに向けた。

「立ち話もなんだ、上がりたまえよ」

ぎょろりとした大きな目が廉太郎をねめつける。

尊大にさえ聞こえる男の口ぶりは堂に入っていて、いきなり横っ面を張られたような衝撃に襲われた。

招かれるがままに玄関を上がり、延のいた縁側に面した客間に通された。男と延の差し向かいに座る。延だけでも冷や汗ものだというのに、それ以上の難物がいるとは思ってもみなかった。物怖じしながらも、大吉夫婦が持たせてくれたお土産を差し出すと、男は土産を一瞥した後、ふむ、と声を上げて、腕を組んだ。

「東京音楽学校の生徒ということは、よほど優秀なのだろうな。それほどの者が芸に身を投じるとは、実に嘆かわしいことだ」

　水が引いていくかのように緊張が止んだ。思わず、なけなしの反骨が廉太郎の中で鎌首をもたげた。代わりに、故郷の父と顔を合わせているような気になってきた。

「芸とおっしゃいますが、僕はあなたのおっしゃる芸に生きようと決めたんです。だからこそ、今日こうして延先生にご挨拶に伺ったのです」

「芸に生きる、とな」

「はい。音楽は、一生を懸ける価値のあるものだと思っています。もちろん、お国のために法を作り、殖産興業に身を捧げるのも生き方の一つでしょう。でも僕はそういう風には生きられないのです」

　男は我が意を得たりとばかりに口角を上げた。先ほどまでいかめしい面をしていたというのに、白い歯を見せ満足げにしている。その表情の意味を摑みかねていると、男は己の太腿を何度も叩いた。

「なかなか面白い。音楽に入れ揚げる若造と舐めてかかってしまったが、なかなかどうして。これは拾い物かもしれないな、延」

水を向けられた延は眉を吊り上げた。

「兄さんの言えた口ではないでしょうに。兄さんだって、音楽家と似たようなものでしょう」

「はは、確かに」

気になって、恐る恐る問うた。すると男は、まだ名乗ってなかったか、と後ろ頭を掻き、名乗った。

「わしは幸田露伴を名乗って小説家をやっている」

文学に疎い廉太郎でもその名前は知っている。『五重塔』で一躍有名となった、森鷗外や坪内逍遥と並ぶ小説家だった。廉太郎が面食らっていると、延は呆れ顔にも似た表情を浮かべた。

「そんな偉いものではないさ」

幸田家は徳川家の茶坊主に端を発していて、厳格な家風でありながら芸事に優れた者が多いのだという。とはいっても露伴は幸田家の中では落ちこぼれらしく、一度技師として就職したはいいが仕事が性に合わず、逃げ帰ってきたという経歴の持ち主らしい。

「しばらくわたしの給金で暮らしていたんだ。遊び人みたいなものだろう」

「昔の話を」

露伴はいささか困った風に手を振ったものの、延の冷たい視線にやり込められた。露伴も外国帰りの妹は怖いらしい。

微笑ましく見ていると、奥から声がした。

「兄さま、姉さま、お客様ですか」

足音がどんどん近づいてくる気配を感じる。そしてすぐに、部屋の戸が開いた。

思わず廉太郎は声を上げてしまった。戸を開けて現れたのが、予科時代に上野山で出会った、バイオリンの少女だった。

ようやく会えた、そんな思いと、なぜここに、という疑問が廉太郎の中で交錯（こうさく）する。

向こうには見覚えがないらしい。小首をかしげ、怪訝そうに頭を下げた少女は不審げに延に目配せをしている。延は無感動に言った。

「こちらは瀧廉太郎君。東京音楽学校一年生。お前の二年下の生徒だ、幸（こう）」

「えっ、これが、瀧廉太郎なの」

これ、という言い回しに露伴は顔をしかめたものの、たしなめはしなかった。代わりに延が、こら、と声を上げた。

「失礼だろう」

「だって、こんな子供っぽい人だとは思わなくて」

あまりに直截（ちょくせつ）な言いぶりに傷つかないことはなかった。だが、廉太郎はわずかな失望と、それを上回る目の前の女性の甘い香りへののぼせを呑み込みながら、名を名乗った。

「東京音楽学校の瀧廉太郎です。ピアノを専攻する予定です。今後、延先生の教えを乞おうと思ってます」

驚きを隠さなかった少女は、廉太郎に歳を訊いた。十六だと話すと、少女はなおも驚きの顔を浮かべた。

「わたしより一歳年下？　音楽学校の現役最年少ってこと？」

「お前以来の秀才ということだ」

延にそう言われつつ、お前も自己紹介をしろ、と突（つっ）かれて、ようやく少女は名乗った。

「ああ、わたしは幸田幸。音楽学校本科三年生。バイオリンを専攻しているわ」

わたしの妹だ、と延は付け加えた。

バイオリンの少女との再会は、驚きの色に彩られた。

厠（かわや）から戻った廉太郎は蝸牛庵の縁側をよたつく足取りで歩いていた。

酒を随分呑まされた。正月に大吉の酒に付き合ったことはあるが、ここまで酩酊（めいてい）するのは初めての経験だった。まるで足が己のものでないかのようだった。雲の上を歩いているような感覚で縁側を行くと、酒臭い息が肚の底から噴き出した。すっかり暗くなった庭では、打ち付けるような雨が屋根の上で轟音を発している。遠くで雷の落ちる音もする。

いよいよ、今日は帰れない。廉太郎は覚悟を決めた。

蝸牛庵を訪ねた廉太郎は、個人レッスンをつけてほしい旨を正式に頼み込んだ。よかろうと延から返事を聞くことができたことに安堵した廉太郎だったが、時折しも曇り模様だった天気がついに崩れ、大雨となった。

『泊まってゆけばいいではないか』

屋敷の主人である露伴はこともなげにそう言った。

さすがに廉太郎は固辞した。濡れて帰ればいいですからと。だが、露伴が承知しなかった。

『これでは渡し舟も出まい。相当遠回りすることになるぞ』

渡し舟以外の方法で本郷に戻るとすれば、北にある吾妻橋か、ずっと南にある厩橋まで迂回しなくてはならない。盥をひっくり返したような大雨の中、そこまで歩いて帰るのはさすがに骨が折れそうだった。それに、これ以上固辞しては、と躊躇するほど、露伴の態度はあまりにも居丈高だった。『この露伴の厚意を断るとは失礼千万』とでも言いたげな親切の押し売りに寄り切られ、この日は蝸牛庵に泊まることになったのだった。

そして今、露伴を囲んで食事、もとい、酒盛りに興じていた。

延と幸、女中が用意した食事に、露伴秘蔵の酒が並ぶ。露伴は酒を呑むとひょうきんになるようで、三合も酒を飲んだ頃には赤ら顔で廉太郎の背中を叩き『君は将来大物になるぞ』などと調子のいいことを言っては味噌を舐めた。怖い人だし、酒を飲んでもなお油断ならない人だが、悪い人ではなさそうだ、という感想を廉太郎は持った。それにしても、うわばみにもほどがある。頭もくらくらするし、手先が痺れ始めている。

休憩とばかりに縁側に腰を掛け、一向に止みそうにない雨空を見上げていると、縁側の障子が開いて幸がやってきて、無言で廉太郎に湯呑みを突き出してきた。自分のために持ってきてくれたのだ、と気づき、頭を下げて受け取って一気に飲み下した。冷たい水が灼けるように熱い胃の腑に流れ込む。

「ありがとうございます」

人心地ついてから礼を述べると、幸は不満げに鼻を鳴らした。

「姉さまが様子を見てこいって言うから」

仕方なく、とでも言いたげなのは廉太郎にも容易に見て取れた。

沈黙、そして瓦を叩く雨音が辺りに響く。雨が降るたびにご機嫌に音を響かせていた麴町の家の水琴窟のことが思い出され、今はもういない人の面影を脳裏に描き出した。酒精のせいで、厳然と仕切られているはずの過去と現在がゆっくりと混じり合い、昔と今は協和音だったのだと気づいて不思議な思いにもなる。

酒臭い息を吐きながらそんなことをつらつらと考えていると、幸がぽつりと、意地悪そうな声を発した。

「姉さまのレッスンは厳しいのよ」

「それはそうでしょう」

「あなたが思う以上よ」

「重奏をしてもらった時にもかなり注意されましたから覚悟はしてます」

幸は目を丸くした。だが、やがてその意志の強そうな目に、わずかな迷いが覗いた。

「姉さまと、重奏」

「少し前の日曜、たまたま」

幸はその場にへたり込み、しばらく茫然として滝のように庇から流れ落ちる雨水を眺めていたものの、ややあって、肩を震わせながら口を開いた。

「なんで姉さま、こんなどこの馬の骨とも知れないのと」

酒も入っていた。いつもは利いているはずの自制が外れ、気づけば反発の声が鋭い錐となって廉太郎の口から飛び出していた。

「いくらなんでも無礼でしょう。幸さんとはそんなに年が離れていないのに〝どこの馬の骨〟なんて。それに、延先生は快く重奏をして下さいましたよ」

「それがありえない、って言ってるの。姉さまは学生とは絶対に重奏しないはずなのに。――わたしとだってしてくださらないのに」

どうやらこの辺りに幸の本音があるらしかった。

きっと部屋を睨んだ幸は障子を開き、飛び込むように中に入っていった。止めるべきだっただろうか、と後悔していると、しばらくしてバイオリンケースを持って戻ってきた。手際よく蓋を開き、茶色に光るバイオリンを取り出すと、幸はゆっくりと弓を弦に当てた。

「夜にバイオリンを弾いたらご近所迷惑……」

「この雨なら外には響かない」

ぴしゃりと言われては、廉太郎はもはや出る幕がなかった。

幸は息を大きく吸い、右手の弓を引いた。

その時、廉太郎は全身の酒精が抜けていくような錯覚に襲われた。雨音も一気に遠くなる。それどころか、自分が今蝸牛庵にいること、幸田露伴や延と宴を囲んでいたことも忘れ、ただ叫びのような音色とその音色を奏でるバイオリン、そしてその弾き手の姿ばかりがすべてになる。

聴いたことのない曲だった。哀調に支配された、ゆったりとしたその曲は、普通の弾き手ならばそのまま哀惜の念を想起させる小品だったのだろう。だが、今、廉太郎の鼓膜を揺らしているバイオリンの音色は違う。聞く者の鼓膜を発火させるかのような熱を帯びている。曲世界に耽溺（たんでき）しながらその正体に迫るうち、その源泉が怒りの感情であることに廉太郎は気づいた。荒々しく動く弓、そこから紡がれる強い怨念が、廉太郎の身も心も包み込み、舐めるように焼いてゆく。

圧倒されながらも、廉太郎はバイオリンの音色に歌を合わせた。

廉太郎は歌についても予科時代からずっと学んでいる。東京音楽学校においては専攻とは別に唱歌が必修になっている。学年では一二を争うほどのテノール歌いだった。旋律だけの音楽はつまらない。どんなに熱があり、どんなに美しくても、旋律だけでは寒々しくてならない。

廉太郎は声を発しながら、協和音を探した。ヘ音の短調であることは既に見破っている。あとは、この旋律を引き立てるような協和音をいかに構築するか。酒で頭がぼうっとしているせいで、今一つ学校で学んだことが形にならない。子供の頃、利恵との遊びの中で培ったものが、そのままの形で飛び出した。

曲全体の構成は判然としなかったが、予測しながら組み立てる。廉太郎は幸と目を合わせようとするが、幸は雨降りしきる庭へと目を背けた。

幸が最後の一音を弾き終えた。

協和音の余韻は雨音でかき消された。あの幸せな一瞬がやってこない。そのことを残念に思っていると、唇をわななかせて、幸は怨嗟（えんさ）の言葉を放った。

「なんで、そんなことするのよ」

「つい、なんとなく」

「あなたって人は——」

何かを言いかけていた幸であったが、内側から障子が開かれたことで阻まれた。

障子の向こうには、顎に手を遣（や）り何度も頷いている露伴と、幸を値踏みするように眺める延の姿があった。

「二人合わせて六十点、というところだな、今のは」

延はまるで講義に立つ教師のような口ぶりで続けた。

「まず、瀧君。君のテノールは五十点。協和音について多少の誤解があり、調子が少しずれている、そこでの減点だ。そして幸、お前は十点。バイオリンの技量は大したものだが、それ以外がなっていない」

なお、これは各人の持ち点が百点での評点であると心得るべし、そう延が言い放つと、横の露伴は我が事のように肩をすくめた。

幸は、今にもバイオリンを取り落としそうなほどに脱力している。顔も真っ青になっており焦点が定まっていない。

「あ、あの――」

言いかける廉太郎を残し、幸は荷物をまとめて屋敷の奥へと引っ込んでしまった。すれ違った時、幸の双眸から涙がこぼれているように見えたのはさすがに勘違いではあるまい。

雨音だけが響く中、辺りを見渡した露伴が取り成すようなことを言った。

「幸の演奏は悪くなかった気がするが。ちと厳しすぎるんじゃないのか、延」

「何をおっしゃいますか。先の演奏は、瀧君のおかげでようやく形になっていたんですよ。門外漢（もんがいかん）が口を挟むものではありませんよ」

「相変わらず手厳しい」

肩をすくめて露伴は元いた部屋に戻っていった。それを見計らうかのように、延は、

「すまんな」と廉太郎に声を掛けた。

「見苦しいものを見せてしまった」

「いえ、そんなことはありませんが」

取り繕おうとしたが、延に気遣いは無用だった。そもそも、延は傷口を広げるつもりでいるらしい。

「あの子のバイオリンをどう思う」

廉太郎は正直に答えた。

「少なくとも僕の耳には、あの演奏に穴を見つけることはできません」

「だろうな。音楽家は、手と耳目で出来ている。手を鍛えれば、やがて耳目が鍛えられる。耳目が鋭敏になれば、やがて己の手が許せなくなって腕が上がる。君はまだ完成の途上、まだまだ耳目が未完成なのは致し方ないことだ」

延は淡々とした口調で続ける。

「自慢でもなんでもない。少なくとも、君よりはわたしのほうが耳目は練れている。その上での発言だと思ってほしいのだが……。今、あの子のバイオリンは、歪んでいる」

あの子。幸のことだろうと推量する間にも、延は淡々と続ける。

「あの子のバイオリンには、かくありたい、かく見られたいという思いが強すぎる。結果として、ひどく歪なものに成り下がっている」

「そう、なのですか」

幸の演奏を聴くのは二回目だった。だが、一度目のそれより、今さっき耳にした演奏のほうがはるかに熱を持っていたし、聴く者に迫ってくるだけの切実さを有していた。それの何が悪いというのだろう。

延はなおも雨脚が強まる外の景色を睨みながら続ける。

「この、雨のようなものだよ」

廉太郎は外の庭に目を向けた。先ほどまでは気にならなかった雨音が耳朶を叩く。

「いや、むしろ嵐か。途轍もない力を持っているがゆえにすべてを塗り潰す。それではあの子は一人でしかバイオリンを奏でられなくなってしまう」

「それはつまり」廉太郎は続ける。「他の人間と演奏できない、ということですか」

「物分かりがいいな、君は」延は廉太郎を見据え、薄く笑う。「バイオリンという楽器は人の声と似ている。独唱が存在するようにバイオリンの独奏も存在するが、基本は他の楽器と共に奏でる楽器だ。——だが、あの子のバイオリンは、あまりに前に出過ぎているんだ」

幸の火のような演奏は、時折延の声すらもかき消す雨音ともよく似ている気がした。良くも悪くも、すべてを彼女の色に染める。幸の演奏はそういう類(たぐ)いのものだ。

それに対して——。延は廉太郎に厳しい目を向けた。

「君はあまりに自分がなさすぎる。わたしが今日の演奏にやや辛い点をつけたのは、協和音への誤解もさることながら、あまりに無色透明だからだ。他人に合わせることのできる器用さが君の器を小さくしていることに気づけ。君はピアノを専攻することに決めたのだろう。ならば、その十本の指で、己の心の中の風景を切り取るつもりで弾いてみろ」

何を言われているのか、頭が追いつかない。だが、これまでの自分が否まれていることは痛いほどに分かった。廉太郎は気づけば首を振っていた。

「僕は今まで、そういう音楽はやってきませんでした。僕の音楽の振り出しは、誰かの音に合わせることでしたから」

「ピアノには伴奏楽器の面がある。君の個性はいい方向に働くこともあるだろうが、その君を間違った方向にも導くだろう。覚えておいてほしい、君は、もっと、自分の個性を表に出していいんだ」

廉太郎は思わず噴き出した。幸とあべこべだった。

廉太郎の笑みの意味を察したのだろう、延は言い訳するように言葉を重ねた。

「結局のところ、何事も塩梅なんだ。幸はもっと己の激情を内に秘めたほうがいい。そして君は、もっと心の内に激情を育てたほうがいい。そういう話だ」

延の後ろに、露伴の影が差した。見れば手には徳利をぶら下げており、千鳥足でいる。顔は真っ赤だが目を見ると素面のようにも見える。

「ふふん、それは違うぞ、我が妹よ」

「兄さん、なんですか、突然」

呂律が既に回っていない。そんな状態でも、露伴は徳利から直接酒を呷ったまま、自信ありげに言葉を重ねた。

「激情は誰でも持っているものだ。だが、うちの幸はその歯止めがなく、そこの瀧君はあまりに統御が利き過ぎているだけさ。——うまく弟子の歯止めを構築してやったり外してやったりするのが指導者の務めであろうが。これだから……お前……は」

途中から露伴はその場にすとんと腰を下ろした。頭を難儀そうにぐわんぐわんと振り、意味の取れないうわ言を述べていたものの、ついには力尽きたのか仰向けに倒れた。慌てて顔を見れば、幸せそうな寝息を立てて目を閉じている。

露伴の傍で身をかがめた延の顔には影が差していた。

「わたしは教育者だが、限界はある。だからこそ、わたしは君に興味がある。——瀧君、うちの妹と共に、成長してくれ。そしてできることなら、妹と共に、日本に西洋音楽を根付かせ、発展させてくれ。妹も、そして君も、それだけの才を持っているがゆえだ」

「僕に、才、ですか」

「ああ。十六歳で本科に進んだ君の才は、教授のわたしが請け合おう」

延の言葉は廉太郎の心を貫いた。最初、どう答えたらよいかも分からないままに固まっていた。だが、ややあって、廉太郎は頷いた。

「頑張ります。どこまで行けるか分かりませんが」

姉さん――。雨音に耳を澄ましながら、廉太郎はふとあの世にいるはずの姉に、心中で話しかけた。姉さんの目は正しかったみたいですよ、と。
雨は降り続いている。まるで、人の声をかき消さんばかりに。

「そうか、ピアノ専攻か。うん、君らしいね。頑張るといいよ」

音楽学校の一室。面談室として使われている小さな部屋の中で、机を挟んで差し向かいに座る小山作之助は満面に笑みを湛(たた)えた。

予科からずっと廉太郎に目をかける作之助は、今でも廉太郎の担任についている。今日は今後の進路相談、成績指導だった。いつもなら作之助とはざっくばらんな話をするところなのだが、今日は少し勝手が違う。

作之助の横に、もう一人、教員が座っていた。教員と知れたのは、教員の制服である洋装を着こなしていたからだった。

二十そこそこといった年恰好の青年は黒々とした髪の毛を後ろに撫でつけ、細い眉をひそめ、頬のこけた顔を廉太郎に向けている。黒い背表紙の成績簿に何かを書きつけながら、廉太郎と作之助を見比べている。

やりづらさを感じながら、廉太郎が作之助と話していると、会話の切れ間に青年が口を挟んだ。

「オルガンに来る気はないか」

廉太郎の口から、変な声が出た。

少し乱れた髪を後ろに撫でつけながら、その教員は続けた。

「実はオルガン志望者が少ないんだ。ピアノは高木チカを始め人が揃っている。もし君がオルガンに来れば、僕に並ぶほどのオルガン奏者になるだろうに」

作之助は、やめなさいとその教員を制した。

「すまないね」

作之助は頭を下げた。

そういえばこの方は？　自己紹介を促すと、その青年は名乗りを上げた。

「島崎赤太郎（しまざきあかたろう）という。今は研究科の助教としてオルガンを教えている」

「この通り若いけれど、オルガン演奏にかけては第一人者の一人だ」作之助が補足した。「赤太郎君は今後、私と共に君の担任になる」

「そうだったんですか。……島崎先生、よろしくお願いします」

手を伸ばした廉太郎に気づかない様子で、島崎はしきりに成績表の上に視線を彷徨わせていた。廉太郎はおずおずと握手の手をひっこめたものの、作之助が別の話題を切り出したことで、ばつの悪い思いをせずに済んだ。

「そういえば瀧君、君に一つ朗報がある。今年の十二月、音楽学校の演奏会が開かれることに決まった」

半年後の話だ、と頭の隅で考える廉太郎の前で、再び満面に笑みを湛えて作之助は続ける。

「君が、この演奏会に選抜された」

「ほ、本当ですか」

「嘘をついてどうする。二年生進級予定者では、君の他に高木チカ君、石野巍君にも声が掛かる」

あの二人が――。我が事のように嬉しい。

島崎が水を差すようなことを口にした。

「これは学士発表会。模範演奏者を除き、研究科以上の者は参加しない。つまりは、本科で多少目立っている者だけが参加する会だ。ゆめゆめ天狗にならないように」

場の冷え込んだ気配を察したか、作之助が殊更に明るい声を発した。

「いずれにしても、あの幸田延教授の推挙でもある。頑張りたまえよ」

毎週日曜日、廉太郎は幸田延から稽古をつけてもらっている。最初は延の「ここで感情の奔流を！」というような漠然とした指示にまるで応えられない己に不甲斐なさを覚えていたものの、次第に延の指示の尻尾が摑めるようになってきた。延の個人教授の日々も、この成果を生んだのかもしれない。

作之助は、あともう一つ、と指を折った。

「瀧君、君に伝えなくちゃならないことがある。二年次から、君には僕が開いている研究科の作曲講座を聴講してもらう。君は和音に鋭い。ピアノのような多音楽器の演奏にも生きてくるだろうが、作曲の場面でも大きな武器になる」

「事実」島崎は成績簿を眺めながら無感動に付け加える。「君の作曲講座での成績は、本科三年生をも上回っている。本科の講師では、君に作曲を教えることができないというのが我々教員の総意だ」

作曲の講義に物足りなさを感じていたというのが廉太郎の本音だった。作曲だけではない。ピアノの器楽講義や音楽理論講義でも、時間じゅうぼうっと窓の外を眺めているばかりになってしまった。それを見咎めた講師が意地悪な質問をぶつけ、難なく廉太郎が答えてからは、注意も絶えた。そんな授業態度が教授陣に報告されたのだろう。

「すみません。小山先生」

さすがに悪いと思い頭を下げたが、意外にも作之助は首を振った。

「特定の学科に関して、君が本科生離れしているということだよ。だとすれば、我々の側が君の才を伸ばすために形を変えなくてはならない。今回の研究科聴講の話はその第一歩だ」

かくして、廉太郎は二年生から、研究科の作曲講座の聴講まで認められた。その僥倖を胸に秘めながらも、廉太郎は十二月の、初の演奏会に向けて闘志を燃やしていた。

西片町の下宿は宵闇に包まれていた。まだ夜も暑い。自分の部屋の文机の前で胡座をかく廉太郎は、麻の寝間着の衿をくつろげ、火照る体を冷ましていた。あくびをしてそっぽを向くと、部屋の隅に置かれた崩れかかった書写楽譜の山が目についた。そろそろ部屋の掃除をしなくてはとぼやき、また文机に意識を戻した。

文机の上には、ランプの炎に照らされた手書きの五線譜が置かれている。ト音記号を自ら書き入れ、万年筆で音符を書き足してゆく。講義で取ったノートと五線譜を見比べながら、ああでもない、こうでもない、と思案していると、後ろの戸がゆっくりと開いた。

部屋の中に入ってきたのは、家主の大吉だった。仕事からの帰りなのか官吏服を着たままだったが、部屋の中に入ってくるなり上着のボタンをいくつか外して襟口をぱたぱたと前後に動かした。

「熱心だな」

「ああ、すみません。静かにしていたつもりだったんですが」

廉太郎は二階の一間に下宿させてもらっている。ランプは意外に明るい。きっと閉まりきらない戸から明かりが漏れていたのだろう。

「兄さんも大変ですね。こんなに夜遅く」

「まあな。宮仕えの辛いところだ」

日清戦争の勝利に沸き、三国干渉の成り行きに憤慨する世論に圧(お)された陸軍の軍備拡張は年をまたいでもなお続いている。陸軍付きの建築技師である大吉の許にはいくつも新規の仕事が舞い込んでいるようで、大吉の帰りは連日遅い。その目の下には黒い隈が浮かんでいた。

そんな大吉は、五線譜を見下ろしながら後ろ頭を掻いた。

「これが作曲か。何をしているのかさっぱりわからない。やっぱり大変か、作曲の講義は」

二年進級と同時に、正規の作曲講義とは別に、研究科の作曲講義を聴講する形になった。だが、この講座を持つ小山作之助は、聴講生だからといって特別扱いすることはなく、研究生たちと同じ宿題を課し、同等の理解を廉太郎に求める。おかげで本科での講義とは別に、廉太郎には重い課題が課され続けている。

それでも楽しい。時間いっぱい放っておかれるよりははるかにましだった。それに、自分が感覚で理解していることを、理論で裏付けされるのは安心もする。羅針盤(らしんばん)を最初に手にした船乗りもこのような気持ちだったのだろうか。

様々な思いを一切合切呑み込み、廉太郎は端的に述べた。

「楽しいです」

頷いた大吉は、そういえば、と声を発した。

「十二月の発表会についてはどうなった。あと三か月だろう」

「はい。用意は進んでますよ」

「そうか。何を弾くんだ？」

「ラインベルゲルというドイツの作曲家の『バラード』という曲です」

『三つの性格的小品』という作品集の中に収められている、ドイツ音楽の典型を示す曲だという。十二月の演奏会について延に相談したところ、紹介されたのがこの曲だった。

「一人で弾くんだろう」

「ええ。僕一人です」

「出世したなあ、お前も」

「まだまだですよ」

紛う方なき本音だった。本科生しか登場しない演奏会なのだからある意味で当然、廉太郎はそう考えていた。それに、下を見て安心しては、上に登ってゆけない。階を駆け上がるためには、下の段ではなく上の段をこそ睨むべきだろう、とも。

「無理はするなよ」

そう言い残して、大吉は部屋を後にした。

一人になった廉太郎はしばらく作曲の宿題をこなしていた。ピアノを弾くように指を動かし脳裏に音を思い浮かべ、和音の構成を想像しつつ音符で五線譜を埋める。だが、少し眠気がやってきたからか今一つ頭の中で和音が響かない。のそりと立ち上がった廉太郎は閉め切っていた戸を開いた。夜も更けて、冷え始めた外の空気が一気に部屋の中に吹き込み、眠気を熱と一緒に奪っていった。

また文机の前に腰を下ろした廉太郎は、ふと、今日学校で貰（もら）った十二月の演奏会の座組表を眺めた。そこには、学生の名前と楽器、演奏曲が並んでいる。廉太郎は第二部のピアノ独奏に名を連ねている。だが、その下に、見慣れた名前があった。

幸田幸。

バイオリン独奏という形で掲載されている。シットの『コンサルチノ』という曲を演奏するらしい。

殊更に意識せざるを得なかった。

蝸牛庵での邂逅（かいこう）以来、幸とは言葉を交わしていない。音楽学校では男女の講義は別で、唯一一緒なのは合唱の講義くらいのものだが、講義で生徒の会話は許されていない。合唱の講義では何度か顔を合わせたが、話しかける機会を逸したまま今に至っている。

幸はどんな演奏をするのだろう。

興味が廉太郎を急き立てる。

作曲課題を脇に置いて、廉太郎はラインベルゲルのバラードの五線譜を取り出した。学校の書庫にあった楽譜を書写してきたものだった。

楽譜を眺めていると、作曲者の性格が透けて見えることがある。この人は着想を大事にしている人なのだろうな、この人の作曲法からすると相当謹厳な人なのだろう。楽譜を追い、その癖を読み取る中で、作曲者の息づかいが浮かび上がることがある。既に廉太郎はラインベルゲルの呼吸に触れていた。理論に裏付けされた曲作りの姿勢が最後の一小節までみなぎっている。友人との語らいでも四角四面にものを語るラインベルゲルの姿が脳裏に浮かんだ。

この曲を、どう弾く?

廉太郎はただただ、そのことだけを考え続けた。

そして十二月の土曜日、ついに演奏会の日がやってきた。

本科生の発表会ということもあり、定期演奏会のような混雑はない。だが、新聞関係者や、西洋音楽に造詣の深い政治家の姿が庭先にぽつぽつ見受けられる。小山作之助から借りた洋装を身にまとった廉太郎は学校の表門から二階へと向かった。

ホールへはまだ入ってはならないことになっている。係員代わりの学生の先導で控室に通された。ホールの横にある控室は二十畳ほどの空間で、硬い顔をした本科生たちが所在なげに椅子に座ったり、立ち尽くしたりして開場の時を待っていた。

空気が淀んでいる。それに、ぴりぴりとした気配が満ち満ちていて居心地が悪い。部屋の隅の壁に寄りかかって待っていると、近くに知り合いが近寄ってきた。先輩から借りたのだろう、真新しいイブニングをびしりと着こなしている。だが、青白いを通り越して顔が青黒く、折角の男前が台無しだった。

「石野さん、顔色悪いですよ」

「言うな」

「確か、今日は第二部の四部合奏でしたね」

「ああ。先輩方と演奏することになっている」

石野は部屋の隅で談笑する三人を手で示した。三人とも三年生のはずだ。石野は第二部の開幕を飾る弦楽器四部合奏の第二バイオリンを担当することになっている。

「実は、三年にバイオリンをやっている先輩がもう一人いるんだが、その先輩を差し置いて俺が登壇することになったみたいでな……。何とも気まずい」

らしからぬ発言にも思えたが、案外これが石野の本当の姿なのかもしれないと廉太郎は考え直した。

そこに白い振袖姿のチカもやってきた。

「お二人さん見っけ。ああよかった、二人がいてくれて。息苦しくって」

チカはほっと息をつく。

「確かチカさんは、第一部のピアノ連弾でしたよね」

「先輩と二人よ。わたしはあくまで補助みたいなものだから気楽だけどね」

石野は目を見開いている。チカの姿には何の気負いもなかった。

「ま、精々頑張ろうか」

チカの態度を受けて、石野も少し気が休まったらしい。顔に少しだけ血色が戻った。

部屋の中の空気が、また一段と重くなった。肩に重荷を背負うようにして、一人の人物が部屋の中に入ってきたからだった。

やってきたのは、鮮やかな青い染めの着物をまとった、幸田幸だった。手に抱えるようにしてバイオリンケースを持ってやってきた幸は誰とも目を合わせることをしなかった。皆、幸の放つ気に圧倒され道を譲っている。そうして開かれた道は、なぜか廉太郎たち三人の前まで続いている。

研究科の幸がなぜここに、と首をかしげたが、研究科の学生が模範演奏で出演するという話を耳にしていたことを思い出した。

廉太郎たちの前に立った幸は、廉太郎をその意志の強そうな目で見上げてきた。

「あなたには負けないわ」

幸がそう言い放ったその瞬間、部屋はしんと静まり返った。そして遅れて、部屋全体がざわつき始める。皆、混乱していた。あの天才、幸田幸が瀧と勝負？　そんなに瀧って凄いか？　いや、あいつ、幸田延先生から直に教えてもらってるらしいぜ。噂話が一斉になされ、皆の好奇の視線が廉太郎に集まる。廉太郎がどう答えるのかを楽しみにしているようだ。

だが、廉太郎には、どうしても勝ち負けという割り切りができなかった。

困惑しながらも、己の思いのままを口にした。

「精一杯、頑張ります」

その答えを取り繕いと取ったのか、幸の機嫌は好転しなかった。ふん、と鼻を鳴らし、きっと廉太郎を睨みつけてから、生徒の人垣を割り、部屋の隅へと歩いていった。

一触即発の危機が去った頃、係の人が開場を告げた。第二部に出る人は控室の他に会場に行ってもよいとお達しが出たゆえ、第一部に出演するチカを控室に残し、石野と二人で会場に入った。

客席は七割程度埋まっている。後ろの空いた席に石野と共に並んで座り、第一部の観客としてプログラムの進行を見守った。

退屈な演奏会であることは否めなかった。全体に演奏者の質が低い。最初のピアノ連弾では最初の小節で一人がしくじったことによりもう一人も崩れ、立て直しできないままに終わった。唱歌についても音の外れた箇所があった。第一部について廉太郎の胸を震わせたのは、幸田幸も参加していたバイオリン五重奏と、チカの参加していたピアノ連弾くらいのものだった。特にバイオリン五重奏はなかなかの完成度だった。伴奏に回る他の四人の演奏に力がないのは認めざるを得ないところだったが、主旋律を担当する幸の力強い先導によって曲に強い輪郭が与えられている。その演奏を、

「さすがは延先生の妹、堂々たる演奏だな」

と横に座っている石野がしきりに褒めていた。自身もバイオリニストだけに、廉太郎には見えない凄みを知ることができるのだろう。

だが、廉太郎は別の感想を持った。

以前、蝸牛庵で見た演奏よりも激情が増している。まるで叫びのようだった。何を叫んでいるのかは分からない。ただただ、激情のまま、怒鳴り声を上げている。ふと、蝸牛庵の縁側で一心不乱にバイオリンを奏でる幸の姿が頭を掠めた。

熱量に圧倒されはするが、音の塊が大きすぎて心の中にまで染み込んでこない。観

客だけではなく、共に曲を弾いている者たちも幸の演奏に萎縮して調和を失っていた。廉太郎は冷静に幸の音に寄り添いながら、そう感じた。

そうこうしているうちに第一部が終わり、廉太郎たちは控室に戻る。

控室にはほとんど人は残っていなかった。第一部に大きな重奏を集めており、第一部の演奏者たちが客席に移ったがためらしい。開場前の熱気はもうどこにもない。

石野は廉太郎から離れ、三年の先輩たちの許に駆け寄った。しきりに頭を下げながら、石野は先輩たちの言葉を聞いている。最後の打ち合わせをしているのだろう。

廉太郎はその辺の椅子に腰を掛け、自ら写したラインベルゲルのバラードの五線譜を開いた。

半年近く、この曲を練習してきた。わずかな時間の合間を縫って麴町の教会で弾かせてもらい、日曜日には延のレッスンも受けた。この曲を完全に咀嚼（そしゃく）できているかといえば怪しい。もっと別の解釈があったのではないか、そんな不安が土壇場になって廉太郎の心中に湧き上がる。演奏会の重圧に潰されそうになりながらも廉太郎が楽譜を目で追っていると、係員が、そろそろ袖に移動してください、と肩を叩いた。

廉太郎は立ち上がり、舞台袖へと向かった。

舞台では、廉太郎の前のプログラムが進行中だった。小山作之助が指揮台に立ち、三年生たちが唱歌を披露している。四部の割合がちょうどいい和音を成している。もっとも、下手側の舞台袖で聴いていて具合がいいということは、バランスを失している証左だった。指揮をしている作之助もしきりに声量を求めているが、ソプラノが応えられていなかった。演奏が終わった後も、まばらな拍手が響いただけだった。今日の客席は正直だった。

廉太郎は気を引き締めた。

唱歌の演奏者たちが上手に消えたのを見計らい、係員が廉太郎に舞台に出るよう指示を出した。廉太郎は、一歩ずつ舞台へと歩を進めた。

拍手が下りてくる。舞台中央まで向かう道がどこまでも続いているようにさえ見える。

椅子に座る前に客席に頭を下げると、頭上に驟雨のような拍手が落ちてくる。だが、廉太郎は知っている。これはあくまで社交辞令に過ぎない。今日の客席は、全く忖度をしない。

ピアノの前に座り、上着に入れていた手ぬぐいでピアノの鍵盤を軽く拭いた。これは延から言われて取り入れたものだ。『演奏する前に何か一動作を入れろ』と。

手ぬぐいを鍵盤から離した瞬間、てきめんに違いを感じた。浮足立っていたはずの自分の心が一気に凪いだ。あれほどまでに意識していた客席からの視線も高鳴る自身の心音も一気に遠ざかり、目の前の鍵盤の姿だけが光の中で浮かび上がっている。

譜面を広げ台に置くと、廉太郎は鍵盤の上に指を置いた。

指に気を込めた。

聞こえるか聞こえないかの打鍵。かすかに響く主旋律。そこから、次第に打鍵を強めてゆく。

バラードの旋律を指に染み込ませている間、廉太郎はこの曲をどのように弾くべきか、ずっと考えていた。原譜には優雅(galant)にと指示があったが、この語をどう解釈したらよいのか、それがどうしてもわからなかった。だからこそ、何十回となくピアノに向かった。

それはまるで、ラインベルゲルとの時空を隔てた対話のようだった。

『どういう意図でこの曲を紡がれたのですか』

『この曲にどういう願いを乗せておられるのですか』

物言わぬ相手にずっと問いかけ続けるかのような作業だった。

そんな中、楽譜の向こうにいるラインベルゲルの口にした答えが、これだった。

子供たちのひそひそ話のように曲を起こし、少しずつ音を大きくしてゆく。けれど、最後まで強くは叩かない。この曲の持つ懐の深さを表現するためには、これしかないだろうと思った。客席の中には、音が聞こえない人もあるかもしれない。それならそれでいい、そのくらいの思い切りで曲を構成した。

　正しいかどうかは誰にも分からない。そもそも正解などない。あるのはただ、音の大海を前に怖気づかないための、己のためだけの羅針盤だった。

流れるような主旋律、そしてときに主旋律から大きく離れたり接近したりを繰り返す副旋律。その絡み合う様を右手と左手に振り分けて演じ切る。

長いようで短い旅の末、最後の一音にまで至った。

汗をかいている。手だけではない。額、頬、背中から、一気に汗がほとばしる。

　客席は依然として静かだった。不気味なほどに。だが、廉太郎が手ぬぐいで鍵盤を拭き、五線譜を畳んだところで、堰（せき）を切ったように拍手が巻き起こった。最初の拍手と同等、いや、それ以上の強さの拍手だった。それはまるで、夏の日の日差しのように廉太郎の肩に降り注ぐ。

　椅子から立ち上がり、廉太郎が頭を下げると、また拍手が注がれた。

　ふと、下手の袖に目をやった。そこには幸田幸が立っていた。だが、廉太郎のことなど見ていなかった。目を閉じ、バイオリンを携えたまま、己の世界の中にある。

　廉太郎は拍手に押し出されるようにして上手の舞台袖に向かい、客席から己の姿が見えなくなったところで手ぬぐいで顔を拭き、上着を脱ぐと客席へと向かった。

　いつの間にか客席は満席に近くなっていた。きょろきょろと見回すと、一番後ろの席に陣取っている石野とチカが手を振ってきた。

「お疲れさま」

チカが笑顔で迎えてくれた。

「どうでしたか」

チカは首を振り、目尻を指でなぞった。

「本当にすごかった。あんな演奏ができるなんて」

石野も小さく頷いた。

「頭一つ、いや、頭二つ飛び越えていた」

だが、二人は声を揃えて付け加えた。今度は自分が主役だ、と。

「それにしても」廉太郎はチカが押さえてくれていた客席に座りながら、満席になったホールを見渡した。「なんでいきなりこんなに客が増えているんですか」

「決まってるだろう。次の演目のせいだ。おっと、始まるぞ」

石野と共に、客席の視線が一点に向いた。もちろんホールの舞台だ。先ほどまで廉太郎が立っていた舞台には、ただ一人、青い小袖をまとう少女が立っている。そして、ゆっくりと頭を下げた後、手に持っていたバイオリンを構えた。その一挙一動を、客席は熱のこもった視線で見据え続ける。

「今日の目玉は、間違いなく幸田幸だろう」石野は無感動に言った。「あの幸田延教授の妹、そのバイオリン独奏となればな」

「もともと、幸さんは、一年生の頃から有名だったし、研究科の中でも飛び抜けているからね」

チカも合の手を入れる。

三人の会話をよそに、壇上の幸は第一音を高らかに響かせた。

最初の一音は、あとから思うと戦(いくさ)の始まりを告げる号令のようだった。いきなり相当張り詰めた緊張からの入り、そこからわずかに下がってからのさらなる高揚。いきなり横っ面を張られたような滑り出しに、思わず廉太郎は身をのけぞらせた。

緩急自在、アクセントも綺麗にかかった旋律が縦横無尽に駆け回る。奔馬(ほんば)が平野を駆けているかのようだ。廉太郎は原曲を知らない場合、ついどのように伴奏を合わせようかと考えてしまう。意識しているわけではなく、頭の中にそうした領域があって勝手に計算を始めてしまうのだが、この幸の演奏ぶりを前にしてはそんな癖もすっかり鳴りを潜めてしまう。聴き惚れる、とも違う。引き込むような演奏、とも違う。言うなれば、人の耳を引っ張り、無理矢理聴かせるかのような、そんな演奏だった。

観客たちも茫然としている。圧倒されている。

以前延は幸の演奏について、あまりに激情が漏れていると言っていた。だが、幸はむしろ激情の嵩(かさ)を上げ、今日の日に臨んだ。伴奏など必要ないほどに、自らの音を研ぎ澄まして。

先に幸が口にしていた「負けない」という言葉の意味するところを、ようやく廉太郎は理解した。

曲は終わりへと差し掛かろうとしていた。会場の静寂と、幸の津波のような演奏が対照をなす。誰もが固唾すら呑めずにいる中、高らかに、幸は最後のフレーズもしくじり一つなく弾き切った。

凜とした音色の余韻がホール中に響き渡り、消えようとしていた。しばらくすると、まるで眠りから覚めたように、一人、また一人と拍手を始めた。その輪がどんどん広がっていき、やがて大きな拍手へと変貌してゆく。ついにはうねるように響き始めた万雷の拍手の中、嬉しそうな顔一つ見せずに幸は頭を下げ、上手に消えた。

横に並んでいた石野もチカも、声がなかった。いつまでも、幸の立っていた辺りを睨んでいるばかりで、何を言おうともしなかった。

廉太郎とて迂闊に声を発して、余韻をぶち壊しにしたくはなかった。

会場の拍手はいつまで経っても鳴り止まない。今日の客はフェアだった。間違いなく、今日いちばん拍手を貰っていたのは幸だった。

演奏会がすべての演奏を終え、客が帰途についた後、舞台の上で反省会が持たれた。主に講評に当たったのは小山作之助だった。舞台に学生を整列させ自らは指揮台の上に立つと、君たちは本科生であるゆえ実力が至らぬのは当然であり、今回失敗をしたという自覚のある者は次の機会までに腕を磨くように、と総論を述べ、小山は二人の名前を特別に挙げた。

「瀧廉太郎君の演奏は初の独奏とは思えぬ立派なものだった。まだ演奏技術に難はあるが、創意工夫の意欲に溢れていた。今後のなお一層の努力に期待したい」

本科生たちから温かな拍手が上がる。脇を石野に小突かれた。嬉しくないといえば嘘になる。緩む頬を隠すように廉太郎は頭を下げた。

「そして、幸田幸君。君の独奏は実に見事だった。君の演奏の素晴らしさは、この会場にいた誰もが認めるところだ。一部の五重奏においても、他の学生たちを引っ張るよい働きであったと思う。今日いちばんの活躍をしたのは、研究科模範生として参加した幸君だ」

本科生たちは拍手を惜しまなかった。だが、その拍手の真ん中にいるはずの幸は、大好きなおもちゃを失くした子供のように下を向き、唇を結んでいた。ふとした時に、顔を上げた幸と目が合ってしまった。咎めるような視線に慌てて目をそらすと、客席の中頃でこちらを眺める幸田延の姿が目に入った。腕を組み、幸を見据える延の表情には、ありありと不安が覗いていた。

後日、新聞数紙にこの演奏会の記事が載ったと聞き大吉に買ってきてもらったものの、幸田幸の演奏を褒め称える評論ばかりが紙面の多くを占めていた。唯一廉太郎の演奏に触れている記事もあったが、そこには一言、「児戯ノ如シ」とだけ書かれていた。世間の反応の薄さ、容赦のなさに初めて触れた廉太郎は肩を落としながらも、次への闘志を燃やしていた。

「そっちへ行ったぞ瀧」

「任せてください」

石野巍の声に応え、廉太郎はコートのベースライン際を走った。ラインぎりぎりをえぐるようにバウンドして球が伸びる。その軌道に追いついた廉太郎は大きく振りかぶり、ラケットの打撃面（スイートスポット）に当て、手の内の衝撃を握りで抑え込みながら、敵陣の奥深くに鋭く球を打ち返す。右のベースライン際を捉えた廉太郎の剛球に何とか追いついたものの、敵方はネット前に球を上げるので精一杯だった。それを見越してネット際で構えていた石野がボレーしてゲームセット。

「やったな」

ネット前にいた石野が廉太郎に駆け寄り、握手を求めてくる。廉太郎は上がった息を整えながら共に戦った石野の手を取り、遠慮なく、強く握り返した。

試合が終わるとコートの周りにいた本科生たちが廉太郎たちに近付き、もみくちゃにしつつ、胴上げした。廉太郎の名前が祭り囃子のように繰り返される中、廉太郎の体は宙に浮いた。

日本唯一の音楽学校という特殊な立ち位置ゆえに、東京音楽学校生の年齢は総じて高い。廉太郎はようやくここで十七歳、一年生はおろか、予科の学生でさえほとんどは年上だから、皆後輩のように廉太郎を扱う。

廉太郎と共に宙を舞っていた石野は、そそくさとこの場から離れようとしている美術学校の学生に向かって声を発した。

「これからは譲り合いでこのコートを使うんだぞ、いいな」

おずおずと消えようとしていた美術学校の学生たちはびくりと肩を震わせ、頭目格の学生が頭を下げたことで答えに代えた。これを見た音楽学校の生徒たちは快哉を叫び、廉太郎と石野をまた宙へと舞い上げた。

美術学校とのテニス対決などという〝他流試合〟のきっかけは、些細な出来事から始まった。上野山には、近隣の美術学校や音楽学校の生徒のために整備されたテニスコートがある。本当は譲り合いで使うものだが、放課後、美術学校側が占領し続けているのが問題になった。石野たちが抗議に行くと「お前らみたいな軟弱な連中にはもったいない」と侮辱され、売り言葉に買い言葉、「じゃあ、もし俺たちが勝ったらお前たちは出ていくんだな」と喧嘩を吹っかけ、テニス対決で白黒つけることになった。そこで駆り出されたのが廉太郎だったのである。廉太郎は運動が得意だった。高等小学校の頃から足の速さは学年随一、音楽学校に来てからは年若ということもあって誰よりも体力がある。そこを見込まれた。

石野に助っ人を頼まれてからというもの、三日余りでラケット捌きを身に沁み込ませ、一週間で左右の打ち分けを習得し、二週目の今では、球に回転を掛けることまで覚え始めている。

胴上げから解放され、廉太郎は眼鏡を上げた。そうしてコートから出て、汗拭きに手を伸ばそうとしたところで、廉太郎に近付き声を掛けてくる者があった。

「瀧廉太郎さん、ですね」

音楽学校の生徒で廉太郎を呼び捨てにしない人は珍しい。他学校の学生だろうか、いや、そんなに自分は有名ではあるまいと怪訝に思いながらも廉太郎が顔を上げると、そこには一人の男が立っていた。

まだ春が始まったばかりだというのに、既に夏用の白絣に夏袴といういでたちだった。長着にも袴にもところどころつぎはぎのある貧乏学生を絵に描いたようななりで、角刈りにした頭の上に学生帽を乗せている。黒く灼けた顔、精悍な顔立ちは、かつてこの東京の町を歩いていた武士のようないかつさだが、不思議と愛嬌がある。その正体を見定めようと目を細めていると、その男は学生帽を脱いで名乗った。

「本科一年の鈴木毅一といいます。ご活躍をいつも仰ぎ見ている者です」

ここまで慇懃な挨拶をされたことがなかった。廉太郎が戸惑っていると、二人の話を聞きつけたのか、石野がにやにやしながら近寄ってきた。

「なんだ、瀧、お前、下級生にずいぶん気に入られているんだな」

「いや、別に何も」

鈴木毅一は太い首を何度も横に振った。

「最近、音楽雑誌に掲載されていた、瀧さんの『日本男児』の楽譜を拝見しました」

昨年から参加している研究科の作曲講義の後、教師である小山作之助が廉太郎だけを教室に残した。何か変なことをしただろうかとびくついていると、作之助は満面に笑みを湛えながら、見覚えのある手書きの楽譜を目の前に差し出した。

『君の書いた曲を、雑誌に載せたい』

出版社と雑誌のページを埋める約束があり、そこに載せる楽譜に悩んでいたのだという。そんな中、学生から上がっていた課題を眺めているうちに、廉太郎の書いた歌曲用の楽譜に目が行った。

『リズムもよくて、とっつきやすい曲に思えてね。どうだろう、これを私が校訂して、歌に仕立てるというのは』

力を込めて書いたわけではなかった。作之助の言う通り、戊辰戦争の際に歌われた『トコトンヤレ節』でも採用されているピョンコ節という俗っぽい調子を使っているし、音程の幅も大して広くない。いつ書いたのかさえ廉太郎には記憶がなかったが、手書き譜の最後には己の名と、去年の九月の日付が付されていた。

まさか課題を適当にこなしましたとは言えず、結局作之助の熱意に押されて雑誌側に提出したのだった。

「申し訳ないんですが、その話はしないでください」

「なぜですか」

「話さなくちゃなりませんか」

自分でも驚くほど、廉太郎の口から低い声が出た。目の前の鈴木は一瞬肩を震わせ、そのこわもてをしおれ花のようにしぼませた。

気に食わなかったのは、その歌詞だった。別の人が廉太郎の曲につける形でなされた歌詞は、日清戦争の戦勝ムードに浮かれる人々に迎合する勇ましい内容だった。軍歌が嫌というわけではないが、自作が浮薄（ふはく）な世相に乗ったお仕着せとなったことに、廉太郎には不満がないではなかった。

この話は世話になっている作之助が肝煎（きもいり）だったし、雀（すずめ）の涙とはいえ礼金も入ったこともあるし……と言い訳を積み上げて不満を呑み込んだところだっただけに、折角閉じていた記憶の蓋をずけずけと開かれた心地がした。

「で、僕になんの御用でしょうか」

廉太郎の声は冷たかった。だが、目の前の鈴木毅一は、手ぬぐいで頬の辺りを拭きながらも、まっすぐな目で廉太郎を捉えた。

「実は僕は、子供向け唱歌を作りたいと考えているのです。ご存じでしょう。今、教育の現場では、子供の教育のために唱歌が用いられていることを」

廉太郎も知っている。教育の現場では、手洗いうがいの重要さや、早寝早起き親孝行の奨励といったテーマを乗せて、音程の変化に乏しい曲を子供に歌わせている。廉太郎の耳にはそれらの曲は取り澄ましたオッペケペー節にしか聞こえない。

「まさか、修身のための作曲をしろということですか」

「違います」鈴木は力強く反駁した。「僕の考えているのは、そんな浅はかなものじゃありません。少し、お時間を頂けませんか」

「すみません。これからレッスンがあるので」

廉太郎は意識して冷たい声を発した。そうですか、と肩を落として道を譲る鈴木毅一だが、なおも廉太郎を見る瞳には光が宿っている。

「必ずや、話を聞いていただきますからね」

不吉に響く鈴木の言葉を背中で聞きながら、廉太郎は音楽学校の建物へと急いだ。

レッスンがあるのは嘘ではない。これから小山作之助による作曲講義がある。さらに、三日後には幸田延による定例のピアノレッスンが入っているから、作曲講義の後には自主練習もしておきたかった。

作曲をやってくれ、か。廉太郎は独り言ちた。

ここのところ、作曲に精を出していないことに廉太郎は気づいた。今度やってみるか、と心に決めて音楽学校の門をくぐろうとしたその時、ふいに声をかけられた。

「天下の音楽学校の学生が平日にテニスとはいいご身分だ」

あからさまな悪意が廉太郎を刺す。声のほうに向くと、道端に、一人の青年が立っていた。

鳥打帽に茶の羽織、裾をからげた長着という姿で、白の半ダコが割れた裾から覗いている。羽織は上等な品のようだったが、長着の衿は擦り切れて穴が開き、裏地が見えてしまっている。年の頃は廉太郎やここに通う学生たちと変わらないというのに、既に落ち着きを全身に纏っている。

見ていたんですか、と声を掛けると、その青年は鼻を鳴らした。

「お前、瀧廉太郎だろ。いいのか、球遊びにうつつを抜かしていて」

「どういう意味ですか」

「言葉のままだ。お前の演奏は、うわべを取り繕っているだけの張子(はりこ)だ」

伝法な口を利く男からは、学の匂いも感じられた。

廉太郎がやや鋭い声で誰何すると、青年は口を開こうとしたが、学校の出入り口から飛び出してきた教授陣によって阻まれた。教授の姿を認めたその青年は、ちっ、と舌を鳴らすと鳥打帽を深くかぶり直し、くるりと踵を返して上野山の雑踏に消えた。

廉太郎は飛び出してきた教授陣の中に島崎赤太郎の姿を見つけ、疑問をぶつけた。

「あの人は一体何者なんですか」

島崎はこれ見よがしに顔をしかめた。

「ああ。ここのところ音楽学校を嗅ぎ回っている新聞屋だ」

新聞記者といえばフロックコートにシルクハットという印象があるが、島崎が言うには、そうした新聞記者——主筆——の手足となって記事の種を見つける手下がいるという。会社から支給される羽織に自前の長着で跋扈し、新聞社の名を笠に着て、取材相手を脅してでも記事の種を嗅ぎつける。誰が呼んだか〝羽織破落戸〟の蔑称がある。

「羽織破落戸にも困ったものだよ。ああした連中とは付き合わぬようにな。君の将来にも関わる」

生返事をした廉太郎はふと、作曲の講義の刻限が近付いていることに気づき、音楽学校の玄関へと急いだ。

音楽学校のピアノ室は、この日も心地いい静寂の中にあった。

課題曲とされていたいくつかの小品を弾き終えると、ピアノの脇に立っていた延は長い溜息をついた。

「どうやら、教えることはないようだ」

その口ぶりは、どこか晴れ晴れとしていた。

反論が廉太郎の口を衝いて出た。

「まだまだです。僕のピアノは完成してません。そんなことを言わずにもっと教えてください」

延は、子供を諭すかのように首を横に振った。

「わたしの専門はあくまでバイオリンだ。他の楽器は学生より少し詳しい程度でしかない。君の演奏を聴いて感想を述べることはできるし、漠然とした指摘もできるだろう。だが、突っ込んだ助言はもはや難しい。君は今、学校の中でも並ぶ者のないピアノの巧者になったんだ」

褒められてはいるのに、嬉しくはない。

最近では、新聞記事に廉太郎の名が載ることもある。嬉しくないと言えば嘘になる。だが、まだまだ道の途上であってほしかった。

　何より、幸田幸の存在が廉太郎を急き立てる。演奏会を開くたび、いや、バイオリンを奏でるたびに実力が伸びている。以前の彼女はわずかに右足に重心を置く癖があったが、いつの間にか改め、今では楠の木のような立ち姿を取るようになっている。それからというもの音の輪郭がなおのことはっきりし始め、持ち味である力強い演奏の添え木となっている。

「今の僕は幸さんに届きません。このままでは、置いていかれてしまいます」

「ふむ……」延は顎に手を遣った。「瀧君、君は本科が満了したらどうするか決めたのか」

　まだ一年数か月の猶予（ゆうよ）がある。どうしたらよいのか未だに決めかねている廉太郎がいた。そもそも、親と相談しなければならない案件でもある。

　首を横に振ると、事情を察したのか延は目を伏せた。

「早く決めてくれ。そうすれば、手を打つことができる。もし実家の説き伏せが難しいなら、教員に相談するんだ。小山先生にせよわたしにせよ手伝えることがあれば協力しよう」

　破格の申し出だった。涙が出そうになるのをこらえて廉太郎が頷くと、延は手を高らかに叩いた。

「さて、今日の練習はこれくらいにしよう。今日は課外講義だ。瀧君にも参加してもらうぞ」

延に言われるがまま、廉太郎は外へと連れ出された。

つかつかと前を行く延の背中を物問いたげに眺めているうちに、延の足は上野山の一角へと至った。背の高い生垣に囲まれた、広い空間。真ん中にフィールドを分かつネットが立てられている。テニスコートだった。

廉太郎が首をかしげていると、騒々しい話し声と共に、見慣れた音楽学校の男子生徒たちがやってきた。その筆頭である石野は、廉太郎と延を見比べていたものの、とりあえずといった体で延に頭を下げ、廉太郎の脇を小突いた。

「おい、なんで先生がいらっしゃるんだ」

「僕は先生に引っ張られてここまで来たんですけど。なんで皆さんはここに」

石野が答えようとしたとき、男子学生からどよめきが起こった。

振り返ると、そこには色とりどりの小袖を身にまとう女性たちの姿があった。よくよく見れば、楽しげに微笑むチカや講義で一緒になる本科の女学生たちだった。どういうことだと思い声を掛けようとしたものの、その女性の一団の最前を、あの鈴木毅一が先導している。

「先生、お連れしましたよ」

にこやかに鈴木が報告すると、延はこの場にいる音楽学校の学生たちを一瞥し、静かに声を発した。

「今日は鈴木毅一君の提案により、課外授業を行なう。テニスだ」

女子生徒たちは手を合わせて小躍りしているのに対し男子生徒は鳩が豆鉄砲を食ったような顔をして固まっている。

「皆も知っている通り、テニスは英国発の運動種目で、西欧全体に広がりつつある。今後、世界に打って出る君たちが嗜んでおいて損はない。また、音楽は体を使うものだから、女子といえども体を鍛えたほうがよい」

男子は歓声を上げた。男女席を同じゅうせずの教えで、音楽学校でも合唱講義以外、男女の接触はない。学校内で話す際には、生徒監の控える管理室での会話が義務付けられているほどだ。だが、教授の課外講義となれば、男女が一緒にいても問題にはならない。

男女合同のテニスが始まった。男女でネット越しに立ち、ラリー練習となった。

廉太郎のラケットを握る手が汗ばんだ。

最初の相手はチカだった。瀧君なら遠慮は要らないねと口にしたチカは、かなりの剛速球を打った。どこかでテニスをやったことがあったのかもしれない。だが、仮にも音楽学校男子の一番星、なんとかすべての球を打ち返した。

相方変更。ネット越しに対面したのは幸田幸だった。据わった眼でこちらを見据え、小袖をふわりと舞わせながらラケットを振り回している。だが、ラケットを握るのも初めてらしい。普段、凜とした姿、抑揚のない表情でバイオリンを弾いている姿からは想像できないほど、幸はラケットに振り回され、足取りも覚束なかった。羽子板を振るような打ち方しかできないから、難なく相手もできた。

恨みがましい幸の視線を感じながら交代し、何人かとのラリーをこなしたところで、休憩が挟まれた。

皆がコート端で思い思いに休んでいた。チカは他の女生徒たちと会話に興じ、石野は他の男子生徒たちと女生徒の輪を見やってひそひそ話をし、延は幸と何か言葉を交わしている。廉太郎はそんな皆の様子をコート脇で眺めながら、ラケットの上でボールを遊ばせていた。

風がほんのりと汗をかいた頬をすり抜けていく。独りでなんとなく過ごしていると、ふいに声が掛かった。

「瀧さん」

声のほうを見やると、そこにはこわもての鈴木毅一の姿があった。

「どうしたんですか、鈴木さん。今日はどういう料簡(りょうけん)でこんなことを」

「なんのことでしょうかね」

「さっき、延先生が、このテニスの練習はあなたの差し金だと言っていました。どうしてあなたがそんな提案ができるのかと思いまして」

「ああ、それは――」

鈴木が言いかけたところに、他の声が割って入った。

「ちょっとよろしいかしらん」

その声の主は、鈴木の後ろに立っていた、きらきらと生地の光る紫小袖の女生徒だった。音楽学校の生徒は金持ちが多いが、正絹の小袖に錦の太鼓帯はさすがに珍しい。日本髪ではなく、後ろで髪を束ねる様はまさに開化女性の一典型だった。

その女生徒は、本科三年の由比(ゆい)くめと名乗った。

「ま、許嫁(いいなずけ)がいて、近々結婚するから、この苗字もじきに名乗らなくなるんだけど」

そう口にしたくめは、あなたが瀧さん？　と水を向けてきた。そうです、と頷くと、くめは楽しげに口角を上げた。桃色に色づいた唇が、いやに楽しげだった。

「聞いたわよ。幸ちゃんの家に泊まったんですって？」

廉太郎は思わず噴き出した。話を聞いていた鈴木もコートの隅で延と話している幸と廉太郎の顔を見比べている。

「違いますよ。正確には、幸さんのお兄さんの、幸田露伴先生の家に泊まらせてもらったんです」

「そのほうがよっぽどすごいわよ。露伴先生っていったら大先生じゃない」

くめはくすくすと笑う。

「幸さんと仲がいいんですか」

「よく家にお邪魔する仲よ。――あなたのことは幸ちゃんから聞いてるわ。相当目障りみたいね」

面と向かって口にされて、廉太郎はいい気はしなかった。

廉太郎の顔を覗き込んだくめは、くすりと笑った。

「あなたの話を聞いた時、幸ちゃんが他人に興味を持つなんてって驚いたのよ。あの子、音楽馬鹿だから。でも、瀧君に逢えて分かったわ。確かに、あなたはちょっと気になる」

胸が高鳴った。愛嬌のある顔立ちのくめだが、廉太郎からはまるで心の底が見えない。

「そういえば、あなたの作詞、見たわよ。ええと、『砧（きぬた）』だっけ。なかなか面白いものを書くのね」

「見たんですか」

「ええ。詩の先生が褒めてらっしゃったから」

音楽学校には漢詩の講義があり、廉太郎も履修している。実家が士族、家老の家柄ゆえに漢詩の素養は叩き込まれていた。先生からも「なかなか筋がいい」と褒められている。

「でも、これから漢詩は古びていくわ」

くめは空を見上げ、流れる髪を押さえながら風の向かう先を眺めた。

「今、坪内逍遥先生が小説の世界で言文一致を唱えておいでよ。文学の世界でも開化が進んで、漢文なんていう借りものではない、新たな表現技法が求められているわけ。わたしはこれが、唱歌にも流れ込んでくると思ってる」

一理ある、気がした。とはいえ、廉太郎は文学については素人同然で、私見を口にするのは憚られた。

「だからわたしは――」

くめが言いかけたところで、延のテニスの再開を告げる声が響いた。

「あら、もう時間ね。じゃあね、瀧君」

由比くめとの妙な会話はそこで途切れた。

取り残された廉太郎が茫然としていると、鈴木が顎に手を遣った。

「瀧さん、彼女は今後化けます。知っておいてよい人ですよ」

一体、何が目的なのだろう。廉太郎は角刈りの鈴木の顔を覗き込んだものの、簡単には尻尾を摑ませてはくれそうになかった。

酒精の香りで頭がくらくらしている。辺りに揺蕩う煙に息が詰まりそうになりながら、卓に肘をついて揺れる頭を押さえ、廉太郎は炙った小魚を口に運んだ。だが、塩っ気を感じない。

甍と生垣、土壁の町並みを残した谷中の一角にある、五卓ほどしかない昔ながらの縄暖簾の中は、いつの間にか客でいっぱいになっていた。夕方の四時頃から飲み続けているうちにすっかり外は暗くなり、学生と思しき貧相ななりをした若者や汗にまみれた職人たちの一団がそれぞれに卓を囲んで声を張り上げている。

普段、廉太郎はこうした騒がしい店に足を運ばない。下宿生活だからというのもあるし、酒に強くないからというのもあるが、何より、学生の身分で遊びまわっていていいのかという自制が働いている。

なぜ今日、谷中の居酒屋にいるのかというと――。

卓の差し向かいに座り、銀杏の串をつまんだ石野が廉太郎の肩を強く叩いた。

「お前、酒が弱いんだなあ。もっと遊ばなくちゃだめだぞ」

石野に連れてこられたからだった。

廉太郎はこの日、音楽学校のピアノ室である難問に挑んでいた。だが、いくら考えてもうまくいかず倦んでいたところ、講義が終わった石野と出くわし、半ば強引に居酒屋に連れ込まれたのであった。

喧騒（けんそう）の満ちる居酒屋の中、酒臭い息を吐きながら石野は廉太郎の手元を指した。

「お前、さっきからずっと紙を眺めているが、そりゃなんだ」

猪口（ちょこ）の縁を舐める廉太郎の前には、短い文が散らされた半紙が広げられている。

今日、突然小山作之助から預けられた詩だ。

　和歌の浦の　春の朝気
　八重の汐路　風もなぎぬ
　寄する波の　花も霞む

「春の海」と題された漢文調とも和調ともつかないこの詩の末尾には、由比くめの名前が付されていた。

「この詩に曲をつけてくれと頼まれたんです。小山先生に」

「お前、色々とやってるなあ」

石野の言う通り、廉太郎の身辺は騒がしい。たびたび開かれる演奏会ではほぼ必ずピアノの独奏や合唱に駆り出され、小山作之助から作曲を命じられることもしばしばだった。忙しさのあまり、廉太郎は目を回している。

「それだけ、期待されているってことだろう。いいことだ。俺なんか、この通り暇だからな」

別に愚痴る風でもなく、さりげない口ぶりで石野は言った。

そういえば――。廉太郎は気になっていたことを聞いた。

「これから、どうなさるんですか。石野さんは」

「どういうことだ？」

「いえ、卒業の後の話です」

石野の目がわずかに細くなった。その瞬間、辺りの喧騒が遠くなったような心地に廉太郎は襲われた。

廉太郎たちはあと一年で本科を終えることになる。卒業後の進路を考えるのはあまりに早いと笑われるかもしれないが、廉太郎からすれば切実だった。以前、延から将来のことを聞かれた。研究科に残らないかという誘いのように聞こえてならなかった。

石野は、職人たちの一団を眺めつつ、脇に置いていた黒い革張りのバイオリンケースを掲げた。

「研究科に残りたい。まだまだ、学び足りないからな」

何も言えずにいると、石野はじっと廉太郎を見据えて猪口を呷った。

「お前も研究科に進むつもりだろう。丁度、八月は休みなんだ。帰省して親を説得したほうがいい」

石野はケースを開き、中からおもむろにバイオリンを取り出すと弓を弦に当てて曲を弾き始めた。五音で形成される軽快な節回し。座敷遊びにも使われる『金毘羅(こんぴら)

船々』だった。これには居合わせた学生や職人も快哉を叫んだ。食器を箸で叩く者、歌い出す者、隣の者と座敷遊びの真似事をする者も現れた。

客たちに目配せして不敵に笑い、バイオリンを弾く石野はぽつりと言った。

「親に反対されて進学できないなんてことになれば、一生の禍根になる」

石野の金毘羅船々の音程は、波間に洗われているかのようにふらついていた。

そこまで言われては、結局頷くしかなかった。それに、東京での暮らしが長いせいか脚気の症状も出始めている。療養と言い訳をして、父母のいる大分へと戻った。

前日に汽車や汽船の切符を自ら買い、弁当を食べながら二等客車の車窓から外を眺める、慌ただしさと呑気さが同居した三年ぶりの帰省は、廉太郎の心を不安と喜びとで揺らした。途中、瀬戸内海の凪に当たったことは、大きな発見を廉太郎にもたらした。「春の海」に描かれている情景は明らかに瀬戸内海のものであったからだった。

瀬戸内海は鏡のように凪いでいる。由比くめがこの穏やかな海を詩想に織り込んでいるのだと意識すると、途端に曲想が広がった。

汽車や汽船が尽きた後は駅馬車を乗り継ぎ、ようやく大分へと至った。

廉太郎が本科に進んだ年、郡長を退いて免官となった吉弘は竹田の官舎を離れ、大分に家を求めた。事前に聞いていた住所をもとに訪ねると、大きな屋敷が並ぶ一角に、他の家々と変わらぬ権勢を誇る平屋の一戸建てが見えてきた。地元の名士であり官僚であった父、吉弘の城だった。

並ぶ甍を見上げ、豪華な構えの門を廉太郎がくぐると、奥から母親の正が高い足音と共に玄関に姿を現した。

「おやおやまああ」

正は目元を緩ませては廉太郎の格好を上から下まで眺め、口元を紫の袖で覆った。

この日はいつもの袴姿ではなく、上着にシャツを合わせ、黒ズボンという洋装のなりだった。この服は廉太郎のものではなく、作之助と並ぶもう一人の担任、島崎赤太郎のものだった。赤太郎も研究科に進むとき親の説得に困ったとかで、大分に戻る前に色々と廉太郎の相談に乗ったばかりか、『田舎の父母を納得させるには形から入るのがいいだろう』と廉太郎に洋装を貸してくれさえした。

洋靴を脱いで立ち上がり、前を行く母に、父の在所を聞いた。何でも、今、散歩をしているところらしい。すぐに戻るから適当に待っていなさい、とのことだった。

廉太郎が通された客間は八畳間だった。違い棚に床の間まである作りで、開け放たれた障子からさんさんと夏の日差しが降り注いでくる。そのくせ、外から流れてくる風は驚くほど涼しい。廉太郎が息をついていると、廊下に続く唐紙が音を立てて開いた。

「久しいな、廉太郎」

「ご無沙汰(ぶさた)しております、父上」

洋装の印象が強い父であったが、現れた吉弘は着物——木綿の白長着に黒の紗(しゃ)羽織——に身を包んでいた。顔は青黒く、以前はさほど目立たなかった染みがいくつも浮かんでいる。

吉弘は難儀そうに上座を占めた。

「よう戻ったな」

「はい。ようやくまとまった休みが取れましたので」

廉太郎は、冷徹に腕を組み前に座る父の姿を眺めた。

かつての父は途轍もなく大きく、衆を圧倒する重さがあった。だが、このとき廉太郎の目の前に現れた父は二回りは小さくなり、覇気もすっかりしおれている。隠居に入り、余生を穏やかに過ごさんとしている一人の老人の姿がそこにあった。

戦うべき相手の姿が想像とかけ離れていたことに廉太郎が狼狽(ろうばい)していると、吉弘は穏やかな口調で続けた。

「南国はいい。大分は温かだ。東京の冬は寒くていかぬよ。お前も大吉も、大分に戻ってのんびり暮らすがよかろう」

吉弘はのんびりと、だが、力を込めながら続ける。

「大分はこれからどんどん開けてゆく。人が要る。教育者もな。並の者ではいかん。

東京で最新の学問を学んだ教育者だ。音楽が必要とされるかは分からぬが、仕事の都合はつくだろう。何だったら、知り合いに掛け合ってもよい」

父の双眸に映る地平はあまりにも狭い。残酷なまでに。

「いいぞ、大分は。戻ってこい」

「聞いてください。僕は、さしあたって戻るつもりはありません」

「なんだと。東京で教師をやるつもりか」

「いえ。研究科に残りたいと思っています」

「――お前は道楽で一生を終えるつもりなのか」

吉弘の顔に影が差した。

国家老の家に生まれ、この国の発展のために官僚として力を尽くしてきた吉弘にとって、音楽など、取るに足らぬ塵芥（ちりあくた）の一つに過ぎないのかもしれない。父には昔からこちらの話が通じなかったことをようやく思い出しながら、廉太郎はめげずに続ける。

「父上にとって、音楽は道楽でしょう。けれど、僕にとっては、己の一生を懸ける価値があると思っています」

いつしか、廉太郎の声は震えていた。

怖かった。父親に正面切って反抗したことなど、廉太郎にはこれまでなかった。

しばしの沈黙が客間の中に垂れ込める。吉弘は凍り付いたかのように動かない。だが、ややあって、のっそりと立ち上がると、違い棚の上にあった天袋を開き、中にあったものを取り出し、廉太郎の前にそれを無造作に置いた。

それは、革張りのバイオリンケースだった。長らく触れられていなかったのか、表面には細かな埃がついて白っぽくなっていた。忘れはしない。これは、かつて父の目を盗んで岡城で弾いた、思い出の楽器だった。

「弾いてみよ」

吉弘は顎をしゃくった。

「弾いてみよと言っている」

あまりに吉弘の目が鋭く、廉太郎はピアノを専門にしている旨を切り出せなかった。

吉弘は、何かを見極めようとしている。そう察した廉太郎は無言でケースを引き寄せると、埃を落とさないよう、ゆっくりと蓋を開いた。中からは新品同様のバイオリンが姿を現した。長い間人の手に触れずにいたから弦が傷んでいるかもしれないと心配したものの、緩んでいた弦のテンションを上げても千切れることはなかった。指で弦をはじき、調律の度合いを確認してから弓で最後の確認を取る。

何を弾こうか。廉太郎はバイオリンを構えてしばし考えた。だが、いくら考えてもこれしかなかった。

廉太郎は弓を最低音の四弦の上に当て、ゆっくりと引いた。

選んだ曲は『G線上のアリア』、かつて幸が上野山で練習していた曲だった。優雅なバイオリンの華、そんな印象を廉太郎は持っていた。

彼女はどのように弾いていただろう。

今の彼女だったらどのように弾くだろう。

幸のことを思いながら、弓を動かした。

背中の汗が止まらない。

幸の取っている姿勢をそのまま写すと、右手も左手も自由が利く。だが、それだけに運動量が増える。背中にじっとりと汗をかき、二の腕に鉛のような疲れがたまっていくのを感じる。

なんとか演奏を終えた。

一音も間違えることなく終えた廉太郎が吉弘に深々と頭を下げたその時、G線が音を立てて切れた。まるで、己の役目はこれで終わりだと言わんばかりだった。

顔を上げると、吉弘は腕を組んだまま目を見張っていた。何かを言わんとしているが、形にならぬまま口ごもっている。廉太郎は待った。演奏が終わった後、客席から評価されるまでは動いてはならない。

吉弘は首を振った。

「理解ができぬ」

ぽつりと口にした。それからは、堰を切ったようだった。

「音の数が多い。それに、日本の音楽とは違う響きだ。なにがよいのか理解ができぬし一生を懸けて取り組むものとは到底思えぬ」

顔をしかめていた吉弘は、顎のひげを撫でつつ、言った。

「勝手にやるがいい」

吉弘は弱々しく続けた。

「その代わり、音楽家として東京に戻った後は二度とこの瀧家の敷居をまたぐでない」

廉太郎が頷くと、吉弘は目を細め、忌々(いまいま)しげに目を泳がせた。

親との話はそれで終わった。研究科に進む成績があるのならば止めない。学費についてはある程度なら出せる、あとは働いて足りない分を埋めろ、そう吉弘に言われた。

東京へ戻る前に、瀧家の菩提寺を訪ね、瀧家の墓に手を合わせた。

お供えに持ってきた饅頭(まんじゅう)を前に置き、廉太郎は墓石に話しかけた。

「これからも音楽に浸ることが出来そうです。姉さん」

水を掛けてやると、磨ぎ上げられた御影石の墓石は日の光を反射してきらきらと輝いた。まるで廉太郎の行(ゆ)く方(かた)を寿(ことほ)ぐかのようだった。

家を出立する日、吉弘は玄関にも出てこなかった。廉太郎は後ろ髪を引かれるような心地の中にあった。それを悟ったのか、母の正が廉太郎にこそりと言った。

「実は、お父様も、昔は色々あったのよ」

曰く、吉弘が官吏を志した際、廉太郎の祖父、つまり吉弘の実の父から猛反対されたらしい。名家瀧家のことを考えろ、瀧家は小役人の家ではない……。だが、吉弘はそんな意見に耳を貸さず、我が道を行った。結局祖父とのわだかまりは解けず終いだったらしい。

「お父様の本心は分からないけれど――。お前がお前の思う道で名を成せば、きっとお父様も認めてくださるはずよ」

幾分か心が軽くなった。廉太郎は正にゆっくりと頭を下げた。

帰省を終え、療養半分に竹田に遊んだ廉太郎は、気持ちも新たに東京へと戻った。

「よかったじゃないか」

東京西片町の借家の居間で、大吉は着流し姿で胡坐(あぐら)を組んでいた。この日、大吉は非番だった。たまにしか家にいない大吉の周りを駆けまわる小さな子供は「お父ちゃん」と声を張り上げながら大吉に突進している。脇をくすぐって大吉がいないいないばあをすると、子供は奇声を上げて奥の部屋へと消えていった。走り去ってゆく背中を眺めて目を細める大吉は、満足げに深く頷いた。

「あのおじさんが曲がりなりにも納得したか。廉太郎、どんな手で説得したんだ」

「ただバイオリンを弾いただけですけど」

納得がいかないという風に大吉は鼻を鳴らした。だが、すぐに別の話を切り出した。

「援助があまり出ないのは辛いところだな」

「仕事を探しつつ勉強をしようと思っています。大吉兄さん、何かいい仕事はないですか」

「おいおい、建築の仕事をするつもりか。やめておけ、お前には向かないよ。それに、研究科に行くなら勉強に専念したほうがいい。俺が学費の面倒を見てやってもいいんだ」

「それはさすがに申し訳が」

大吉はいつもこの調子だった。妻子がいる借家に住まわせてもらっているだけでもありがたいというのに、学費を出してくれるとまで言ってくれる。

「いや、いいんだ。おじさんには借りがある。だから、お前に返すのさ」

「すみません」

「金のことはあんまり心配するな。それよりもお前は今後のことを考えろ」

目の前の光景が滲み、廉太郎は自分の目をこすった。大吉はのんびりと口にした。

「そういや、いいのか。もうそろそろレッスンじゃないのか」

「そうでした」

西片町の借家を慌てて飛び出し、延の家がある南千住へと向かう。帰省後の挨拶も兼ねた今日のレッスンは実に心が軽く、一時間もの道のりも全く気にならないほどだった。南千住の長屋街を抜け、橋場の一軒家の借家地帯の只中にある延の家に至った。

「よく来た」

学校での洋装ではなく、きっちりと小袖をまとった延が出迎えてくれた。そして、いつものように南向きの大部屋に通された。そこは板敷きに改められた二十畳ほどの広さの部屋で、壁を破って、かつては二部屋であったものを一部屋にしたものらしい。端には珍しい飴色のアップライトピアノが置かれ、譜面台もいくつか立てられている。

今日は先客があった。

部屋の真ん中に置かれているティーテーブルの卓は、レッスンが終わった後、延と雑談する場所だった。そこに置かれた華奢な椅子四つのうち三つを、三人が占めていた。

一人は幸だった。大事そうにバイオリンケースを抱えていたものの、廉太郎の顔を見やるや怪訝な顔をした。気まずい思いをしたが、よく考えればここは幸の家でもあるはずで、これまで一度もここで顔を合わせたことがないことのほうが異常だった。

その差し向かいに座るのは、島崎赤太郎だった。髪を撫でつけ、ティーカップを持ち上げている。

そして、その二人の間に座る小山作之助は、人の良さそうな笑みを絶やさず、そこにいた。

音楽学校の教授陣が三人、研究生が一人。とんでもない顔が揃っている。

廉太郎がいぶかっていると、小山がすくりと立ち上がった。

「瀧君、その顔、どうやら親御さんの説得はうまくいったようだね」

「ただし、学費は満額払えないとのことでしたが」

「そうかね。ならば、何か手を考えなくてはね。――そういえば、頼んでいた作曲の仕事はうまくいったかい」

「はい。――延先生にもお見せしようかと思って、お持ちしたんです」

廉太郎は鞄代わりに用いている風呂敷を開き、底に敷いていた紙袋から五線譜を取り出すと、ティーテーブルの上に置いた。

廉太郎と目を合わせようとしない幸を除く、作之助と島崎、そして延が同時にその楽譜を覗き込み、同時に声を上げた。

「へえ……」作之助はしきりに顎を撫でている。「校訂は必要なさそうだ」

「面白いリズム取りの曲ですね」

島崎も感心したような表情を浮かべ、

「延先生、ちょっとピアノをお借りしても」

と部屋の隅に置かれているアップライトピアノを指した。

延が頷くのを見計らうかのように楽譜を手にした島崎が、アップライトピアノの前に座って一見しただけの楽譜を前に置き、鍵盤に指を遊ばせた。

鍵盤の扱いに淀みはない。平板な演奏なのが御愛嬌だったが、島崎が強弱の付けづらいオルガンの奏者ゆえのことだろう。四分の三拍子の緩やかな流れが寄せては返すさざ波の輪郭を描き出す。帰郷の際に見かけた瀬戸内の明るい海を思い、あえて暗い音調を用いなかった。短い曲ゆえ、すぐに弾き終わった。

延はゆっくりとした拍手をした。

「見事な曲だな。――小山先生、これは確か、詩に合わせて曲を書くという課題でしたね」

「その通り。詩の意を汲み取って音を作る。簡単なようでいて案外難しい。だが、瀧君はやってくれたようだ」

作之助は椅子から立ち上がると、その場に立ったままだった廉太郎の手を取った。

「これだけの作曲力があれば、とりあえず学費には困るまい」

「どういうことですか」

「今、音楽学校が師範学校の隷下にあるのは君も知っているだろう」

口になじまない〝隷下〟なる言葉を用いる辺りに、作之助の鬱屈が窺えた。

東京音楽学校は音楽専門の学校として独立していたものの、高等師範学校の付属学校に改組された歴史がある。とはいっても、この辺りの事情は知識としてしか廉太郎も知らない。

小さく頷くと、作之助は取ったままの廉太郎の手に力を込めた。

「今、様々な方法で音楽学校を独立させようとしているんだ。なぜ定期演奏会を開いていたと思う。音楽学校独自の価値を世間に主張するためだ。結局のところ、世論を動かさないことには再独立は不可能だからね」

小山がこんなにも熱弁を振るうところを見るのは初めてのことかもしれない、と廉太郎が心中で独りごちる前で、作之助は熱に浮かされたように顔を赤くした。

「で、上の方たちの努力で、再独立が決まりそうなんだよ。そうなれば予算も増えて色々と新しいことができる。たとえば、研究生に曲を書いてもらって、それに謝礼を払うような——。今、出版社を挟んでやっているようなことが自前でできるかもしれない」

「小山先生」ピアノから戻ってきた島崎が苦々しい顔でたしなめる。「捕らぬ狸の皮算用は感心しませんよ」

「いずれにしても」作之助は咳払いをした。「独立を果たせば、予算がつきやすくなるのは間違いない。だからこそ、君たちには期待しているんだ」

作之助は、廉太郎と、目を伏せる幸を交互に見やった。

「君たちは今や音楽学校の鳳雛(ほうすう)だ。自分の得意分野においてはもはや教授陣に並ぶほどの腕前を有している。是非とも、二人の奮起を――」

褒められているはずの幸が、不機嫌な声音を振り回し、作之助の話の腰を折った。

「二人の、というのは心外です」

幸は廉太郎を睨みつけた。

「こんな下手なピアノの遣い手と並んでいるなんて言い分、とても承服できません。わたしのバイオリンはそんなに低いところにありません」

延が鋭い声でたしなめても、幸は己の発言を改めようとはしなかった。

じゃあ、こうしましょう？　幸はまるで飛蝗(ばった)の羽をもぐ子供のような、残酷な声を発した。

「今から、わたしと瀧さんで重奏しましょう。そうすれば、分かるんじゃないでしょうか」

ひょんなことから、幸との重奏が始まった。

廉太郎はあれよあれよの内にピアノに座らされた。飴色のアップライトピアノの鍵盤を、一つ一つ確かめる。アップライトピアノはグランドピアノと比べて連打が不得手だが、このピアノは腕のいい職人の手によるものか我慢できる程度には鍵盤の戻りがよかったし、普段のレッスンで弾き慣れてもいる。用意ができた旨を伝えるべく視線をやると、既に肩にバイオリンを乗せた幸が、早くしなさいよ、と言わんばかりの仏頂面で立っていた。

綺麗な立ち姿だ、思わず口からそんな言葉が出そうになって、こらえた。

今日の幸の装いは普段着なのだろう藍染めの木綿小袖だった。髪も後ろで束ねているだけにしており、かんざしなどは一切使っていない。それでも彼女が輝いて見えるのは、体のどこにも無理がない、その立ち姿のせいだった。バイオリンを抱えながらそれができるということに、廉太郎は改めて音楽家としての幸の凄みを感じ取る。この姿勢を体に刻み付けるために幸が費やした日々を思い、気が遠くなる。

思わず見惚れていると、幸が不機嫌な言葉を投げてきた。何見ているのよ、そう言わんばかりだった。

「何をやる？」

廉太郎は答えた。

「G線上のアリア」

幸は一瞬虚を衝かれたような顔をしたが、直ぐに納得したのか頷いた。そもそもこの曲は、バッハが作曲し、のちにバイオリンとピアノの合奏曲として再編されている。廉太郎と幸の組み合わせで奏でるには、丁度いい曲とも言えた。

　廉太郎は幸と目を合わせながら、鍵盤に指を添わせた。

幸の顔から表情が消える。楽器に喜怒哀楽すべてを吸い込まれたかのようだった。目が正確に彼女のリズムを伝える。

　そして、同時に己の楽器を鳴らし始めた。

　G線上のアリアは極めてゆっくりした曲で、運指を間違えるような曲ではない。幸のバイオリンの音色を耳にしながら、廉太郎は自らのピアノに向き合った。多少鍵盤が重かろうが、連打のないこの曲では大した問題にならない。

だが――。廉太郎は次第に追いつめられていった。

　他ならぬ、幸のバイオリンに。

　音の一つ一つが的確、かつビブラートの指さばきは嫌らしくならない程度に抑制されている。最初の四小節を聴いた頃には幸がさらに腕を上げていると察したが、やがて理性や論理を超えた何かがひたひたと迫りくるのを廉太郎は感じ取っていた。

　幸の放つ音の一つ一つが研ぎ澄まされた刃物のようで、細く拙（つたな）い手で編まれた麻布のような廉太郎の伴奏を次々に切り裂いてゆく。追いすがらんとしても斬られる。先回りしようとしても斬られる。逃げようとしても斬られる。なにをしてもすべて幸の放つバイオリンの音色によって押し流される。

掌の汗が冷たくなってきている。ピアノを弾いている時は熱い汗をかくはずなのに。

幸の放つ音の刃が、じりじりと距離を詰め、廉太郎の首元にまで迫ってきた。

心音に合わせ、恐怖がせり上がってきた。

そして——。廉太郎は、ついに鍵盤を叩く指を止めてしまった。

ピアノの残響の中、悠然と幸はバイオリンを弾き続ける。もはや舞台から降りた廉太郎には、深みと品格を備えた『G線上のアリア』の主旋律は、地に這いつくばる廉太郎を残して独りで高みを目指していくようにさえ思えた。

曲を弾き終え、余韻が過ぎ去ってもなお、廉太郎は鍵盤から顔を上げることができなかった。規則正しく並ぶ黒鍵と白鍵がばらばらになって、何を見ているのかもよく分からなくなっている。そんな中、幸の声が廉太郎に浴びせられた。

「これで分かりましたでしょう？　彼では、わたしの演奏に並ぶことはできません。——では失礼」

延の制止も聞かず、幸の足音が遠ざかってゆく。ドアを閉じ、やがてその足音が完全に消えた頃になって、廉太郎はようやく顔を上げることが叶った。

ピアノの傍らに、延が立っていた。愁いに眉をひそめながら。

「——延先生、以前おっしゃっていましたね。幸さんのバイオリンは歪んでいると。

もしかして、この数年余りで、幸さんはその歪みの上に、まっすぐな枝を伸ばされたのではないのですか」

「どういうことだ」

「うまく言葉にできる気はしませんが、以前の幸さんの演奏は、まるで聴く人を殴りつけるようでした。けれど、今は斬りつけてくるような音を放ちます」

「音の質が変わっている、ということか」

「はい。そして、残念ですが、僕ごときでは全く歯が立たない」

　幸の演奏はあまりに研ぎ澄まされている。だからこそ、共に演奏する者の業前を残酷なまでに暴いてしまう。今になってみれば、なぜ己が途中で演奏を止めてしまったのかもわかる。結局のところ、廉太郎は怖くなった。次々に浮かび上がってくる己のピアノの粗に向き合うこと、そして、近付く者を傷つける幸の演奏に寄り添うことに。

「君ですら、駄目なのか」

「残念ながら」

「そうか――」

　延は瞑目したのち、うわ言のように続けた。

「君ならば、あるいは幸に肉薄できると思っていたのだ。わたしが君にレッスンを施したのは、君が幸と合奏できるほどの実力者になる見通しがあってのことだった。前にも話したかもしれんが、弦楽器は他の楽器と組むことで真価を発揮する。もしも今、幸が重奏しようとするなら、実力が上のわたしと組むか、実力の乏しい者と組むしかない。あの子に、下の者と組むだけの度量があればよかったのだが、あの子にそんなものはない」

ティーテーブル前の椅子に腰かけていた島崎が、どこか皮肉げな声を上げた。

「上しか見ていない、ということですね。学生として見たならばこれ以上ない資質でしょうが」

「まだこの国には演奏家が育っていない」目を見開き、延は続けた。「今は種を蒔く時期。求められているのはこの国に音楽を根付かせる人材だ。だが、あの子はあまりに苛烈ゆえ、根ごと周りを枯らしてしまう」

廉太郎は日本最初の音楽留学生だった延の顔を見やった。間違いなく、今、日本で一番西洋音楽を知悉するのはこの人だ。幸の抱える危うさをもっともよく理解できるのは延なのかもしれない。

廉太郎は椅子から立ち上がった。

「延先生、もっとピアノを教えてください。僕は、ピアノの深奥を知りたいのです」

ここのところ、廉太郎は伸び悩みを感じていた。登り切った気がしない。はるか高みに答えがある、そんな実感だけが廉太郎を急かす。たとえるなら、岩壁を登っている中、大きな鼠返(ねずみがえ)しに出会ってしまって動けずにいるのにも似ている。鼠返しを越えれば高みに登ることができるのだが、そこをどのように越えたらいいのか皆目見当がつかずにもがいている。

廉太郎はこれまで、音を触媒にして人と分かり合ってきた。だが、幸とだけは違う。こちらが手を伸ばしても、振り払われて先に登って行ってしまう。

今、廉太郎は幸と同じ高みに登ってみたくなっていた。

皆が沈黙する中、小山作之助が手を挙げた。その顔は浮かない。

「一つだけ、よい手がある。あの人に、瀧君を会わせるというのはどうだろう」

「それはいくらなんでも劇薬に過ぎるのでは」

延の苦言めいた言葉にも、作之助は怖じなかった。

「僕は、瀧君が予科時代、努力でもって逆境を跳ね返したのを見知っている。瀧君ならばあるいは」

作之助は席から立ち上がるとつかつかと廉太郎の前までやってきて、まっすぐな目で廉太郎を見据えた。その顔にはなぜか緊張の色さえ浮かんで見えた。

「もし、君がうんと言ったなら、この国にいる一番のピアニストを紹介しよう。だが、氏は相当の劇薬だ。君をも潰すやもしれん。それでもよいなら紹介しよう。どうする」

足踏みにもう飽いた。

「お願いします」

廉太郎はこの時、己の中に熱いものが脈打っているのを、確かに感じていた。


一月ほどのち、廉太郎は延先導のもと、本郷の帝国大学にいた。

思えば家から近いのに、敷地に入ったことがなかった。国内最高峰の頭脳が揃う学校という触れ込みが二の足を踏ませていたが、入ってみれば何ということはなかった。洋風の木造校舎が目抜き通りに沿っていくつも立っているだけで、東京音楽学校ともそう風景が変わるものではない。

廉太郎は前を行く延の顔を覗き見た。延の表情は凍りついている。廉太郎は居ずまいを正した。これから会いに行く人がそれほどまでに恐ろしいのだろうか。そう思うと汗が止まらない。

廉太郎たちは大学構内中ほどにある建物に入った。管理室で名前を記帳し、ひんやりとした廊下を二人連れ立って歩いてゆく。誰ともすれ違うことのない暗い廊下に、二人の足音だけが高く響く。

延は、ある部屋の前で足を止めた。そこのドアには「哲学科控室」という小さな札がついており、中から楽しげな語らいの声が聞こえてくる。がちがちに緊張し切った延の顔と、部屋の中から聞こえてくる明るい声の対比は何だろうかといぶかしんでいるうちに、延が目の前のドアを叩いた。

「どうぞ」

中から中年の男と思しき声がした。

延がドアを開くと、中の様子が露わになる。南北に長い南向きの細長い部屋。南面の窓の他には二面の壁に本棚が置かれ、びっしりと洋書が差してある。その奥には応接用のソファが置いてあり、学生と思しき羽織姿の若者が座って何か議論をしている。そして、窓を背にする形で置いてある書き物用の大きな机の前に、数名の生徒に囲まれるようにして座る一人の異国人の姿があった。

黒髪の青い目、そして胸にまでかかろうというもじゃもじゃのひげ。彫りが深く額が広い。一見しただけで理知の香りが濃厚にする。この男の小太りな体形に合ったチョッキとシャツを着こなしている。知性が服を着て歩いているような姿だった。

その紳士は延の顔を見るや、部屋にたむろしている若者たちに、

「お客さんがいらっしゃった。今日はもうお帰り」

と優しい声を掛けた。するとその若者たちは一人ずつその異国人に挨拶をし、すれ違う時に丁寧に延たちに挨拶をしてから去っていった。延に礼を尽くしているというよりは、あの先生のお客さんだから、という風な挨拶の仕方だった。

生徒が全員いなくなったところで、その異国人は立ち上がり、延たちにさっきまで学生たちの座っていたソファを勧めた。

延と廉太郎がソファに腰かけると、ひげの紳士もまた相対するソファに腰を落とした。

「やあ、君が来るとは意外だね」

紳士が流暢な日本語で声を上げると、延は恐縮したように頭を下げた。

「ご無沙汰しております、先生」

延がこんなにも礼を尽くす相手……。二人の挨拶を興味深げに見やっているうちに、廉太郎の脳裏にある記憶が蘇った。

予科卒業前の公演で見せた、滑るようなピアノ捌き。延が帰朝した時に開かれた記念講演の際にバイオリン演奏をする延とともに演台に立ち、ピアノを弾いていた異国人。その人物の顔と、今目の前にいる人物の顔がぴたりと重なった。名前は確か——。

廉太郎が思案しているうちに、紳士は廉太郎の存在に気づき、名乗った。

「私はラファエル・フォン・ケーベル。この学校で哲学を教えている」

そうだった、ケーベル。皆が「ケーベル先生」と呼んでいた人だった、と廉太郎は思い至る。

目の前のケーベルは、顎のひげを撫でながら目を光らせた。

「さて、延君、今日は何のご用かね。小山氏からたびたび打診されている話だとしたら、たとえ君が使者に立っても諾（だく）はしにくいのだが」

「東京音楽学校講師のお話は、ぜひ今後もご検討いただきたいのですけどね」

ケーベルはこれ見よがしな溜息をついた。

「すまないが、この学校の教師で手一杯だ。これ以上、何かを受け持とうという気にはなれない。いくらこの国一番のバイオリニストの願いでも、応えるわけにはいかない」

「教え子の願いも聞けぬわけですか」

「何、伸び悩んでいた君に目の前の岩をどかすように述べただけだよ」

延は苦笑いを浮かべる。

「〝目の前の岩をどかした〟というよりは、〝目の前の岩に根を張って征服するように唆（そそのか）した〟というほうが正しいのではありませんか」

「そうとも言う」

ケーベルはさも当然だろうと言わんばかりに頬を緩めた。

ここまでの会話を耳にしながら、廉太郎は首をかしげていた。小山作之助が恐れ、延が緊張するほどの相手。どんな難物が出てくるのだろうかと内心びくびくしていたのだが、出てきたのは穏やかな紳士だった。

疑問を抱く廉太郎を前に、延は笑みを引っ込めて口を開いた。

「ケーベル先生、今日は、別のお願いがあって伺いました。今日連れてきた瀧廉太郎君は、今、東京音楽学校でも随一のピアノ奏者に育とうとしています」

「君の妹君とともに新聞で名前を見る。なかなか達者なピアノを弾くようだね」

「今、東京音楽学校の教授陣では、彼のピアノの才を伸ばすことができません」

ケーベルはわずかに目を大きくした。

「橘糸重君でも無理なのか」

延が苦虫を嚙み潰したような顔で頷くと、ケーベルはソファの背もたれに寄りかかった。ばねの軋む音が部屋の中で反響した。

「事情は分かった。この子は大輪の花になりうるか」

ケーベルはゆっくりと立ち上がり、ソファに座る廉太郎を見下ろす。その目は廉太郎を値踏みするようで、どこか居心地が悪い。

廉太郎は目の前のお雇い外国人の変化にも気づき始めていた。極めて紳士然とした雰囲気が、まるで茹で卵の殻のように剝がれ落ち、新たな何かが眼前に現れようとしていた。そのことに気づいた時、廉太郎は自分の肩が細かく震えていることにも気づいた。

ケーベルは廉太郎に薄く微笑みかける。虎を目の前にしたような威圧感に、廉太郎は何も言えない。

「では、瀧君。行こうか」

「どこへ、ですか」

「決まっているではないか。ここにはピアノがないからね」

ケーベルが案内したのは、麴町の教会だった。ここをご存じでしたか、と声を掛けると、ケーベルはいたずらっぽく笑う。

「ああ、この国ではまだピアノが普及していないからね、ここでたまに弾かせてもらっている」

牧師と親しげな挨拶をかわし、さも自分の庭であるかのように礼拝室の奥にある部屋へと向かってゆくケーベルの背中を必死で追っていた。

なんとなく薄暗い部屋の奥には、ずっと飼い主の帰りを愚直に待つ犬のように立ち尽くすアップライトピアノの姿があった。そのピアノを眺めながら、ケーベルはひげに埋もれた口を開いた。

「では、瀧君、ちょっと弾いてみたまえ」

心配そうな延の視線を受けながら、廉太郎は小さく頷いた。

鍵盤の蓋を開きながら、何を弾くべきか思案する。あまりに簡単な曲を弾くわけにはいかない。かといって、難しすぎて弾きこなせない曲を演奏するのも気が引けた。

廉太郎は、短く息をついて鍵盤に指を沈ませた。古くて、わずかに軋みを感じる鍵盤を苦々しく思いながら。だが、このピアノの癖はある程度押さえている。端麗にして不穏と評される滑り出しは上々といったところだ。

廉太郎が選んだのは、ベートーヴェンの『月光第一楽章』だった。古典派の終わりを彩ったとも、ロマン派の先鞭をつけたとも評される音楽史の汽水域に位置する音楽家の曲で、闇の中浮かび上がる月の孤独さが沈鬱な旋律によって浮かび上がる、そんな曲だ。

ベートーヴェンを弾くと、協和音の連なりの心地よさを再確認させられる。指で旋律を追いながら、廉太郎は打ち震えていた。

楽しい時は疾く過ぎ去る。気づけば最後の一音にまで至っていた。

余韻が部屋に何重にも反響して減衰した後、廉太郎は椅子から立ち上がり、後ろに立っている延とケーベルを振り返った。

ケーベルは先ほどまでの穏やかな表情を失っていた。眉をひそめ、腕を組んでいる。形式的な拍手すらない。

「これはいけない」

鉈で断ち切るような宣告ののち、ケーベルは廉太郎にピアノを替わるよう口にした。

廉太郎と入れ替わりのようにピアノの前に座ったケーベルは、間髪を容れずに鍵盤を叩き始めた。

低く、淵源から浮かび上がってくるかのような伴奏、そして、沈鬱にして悲劇を連想させるような旋律。廉太郎と同じく、『月光第一楽章』を選び弾いている。

廉太郎は衝撃を受けていた。

まるで、音の質が違う。

廉太郎の音は、言うなれば羽毛で肌に触れるかのようなものだった。だが、ケーベルの放つ音は、錐にも似ていた。形を持たない錐が肌を刺して、体の奥底にある柔らかな部分に直接働きかける。傷の深度は幸の演奏よりもなお深い。

ケーベルは始終、体を前後させていた。ある時は鍵盤に覆いかぶさるように。またある時はすくりと背を伸ばして。子供の頃に琴に触れてきた廉太郎からすればはしたない、の一言だった。それに、幸の立ち姿のこともあった。自然体で直立する、あの若木のような立ち姿が頭を掠めて、老人のように腰を曲げてピアノを弾くケーベルの姿勢には疑問を感じざるを得なかった。

だが、最後まで弾き切った後には、先ほどまで己が弾いた曲などはるかに超える感興が心中に湧き上がっていた。

余韻が収まってから、ケーベルはおもむろに立ち上がり、廉太郎に向いた。

「――はっきり言おう。君がさっきやったのは、演奏ではない。傍観だ」

あまりの言に、廉太郎は声を失った。

ケーベルは意にも介さずに、茫然と立っている延にも苦言を呈した。

「一番大事なことを教えていないようだね、延君」

「申し訳ない限りです」

溜息をついたケーベルは、立ったまま鍵盤の一つを押した。一点ニの音が部屋の中に響き渡る。

「ピアノは正確に音を発することができる。それゆえに、音を出すだけでも修練が必要な他の楽器と比べて習得が簡単だと言われているが、大きな間違いだ。誰が弾いても正確な音が出るからこそ、ピアノは難しい」

ケーベルは立ったまま、『月光第一楽章』の主旋律と伴奏を速弾きした。だが、さきほどの演奏のような錐で刺すような衝撃は生まれない。

「楽器は、人間の手の延長だ」

なおも速弾きしたままで続ける。

「最初、人は拍手で音を形作っていたのだろう。しかし、人は道具を手にした。最初は棍棒（こんぼう）を岩や他の木にぶつけて音を発していたのだろう。だが、そのうち、中空のものを叩くと反響することに気づいた。さらには、筒の穴を皮で塞ぎ、太鼓を成した。そうやって、楽器は誕生したのだ」

呆然とする廉太郎をよそに、ケーベルは続ける。

「そして現在、楽器は様々な形態を生んだ。人間よりはるかに大きい楽器や、一人では扱えない楽器まで登場した。だが、楽器はどこまで行っても道具なのだ」

従い——。ケーベルは演奏を止め、廉太郎に向いた。

「演奏を傍観してはいけない。楽器とは手であり足であり胸であり腹であり、そして頭でもある。第一音を奏でるまでに、目の前の楽器を己に取り込まなければならない」

ケーベルの青い瞳が廉太郎を捉える。日輪のごとくぎらぎらと輝くその目は、直視を拒否する。だが、その目に惹かれ、見返している廉太郎がいた。

「特にピアノは難しい。人間のように粗(ファジィ)にはできていない。その点、もとより粗な設計がなされているバイオリンはいい。弾きこなすまでは大変だが、その代わり、体の一部としやすい。延君の妹君があれほど活躍できるのも、結局はバイオリンという楽器の特性と、彼女の人物が噛み合っているからだろう。——もっとも、私は彼女のことを知らぬから、憶測だがね」

「では」廉太郎は聞いた。「どうすれば、ピアノを自分の体の一部にできるのですか」

「答えはもう示した」ケーベルは謹厳な表情で言い放った。「あとは君が成果を出す番だ。おっと、もうこんな時間か。私はこれにて失礼するよ」

部屋の隅に置かれていた柱時計を見やったケーベルは部屋を後にしていった。取り残された廉太郎は、居心地の悪い沈黙の中に放り出される格好になってしまった。

そんな中、延の溜息が沈黙を割った。

「嫌な思いをさせたな。あの人はいつもああなのだ。哲学教師としての評判は上々だが、こと音楽のこととなるとああだ。私も随分やりこめられたものだ」

「延先生ですら？」

「ああ。よくケーベル先生には訳の分からない叱責を受けたものだ。〝君の演奏には哲学がない〟となる。未だに先生の問いかけに応えきれている気はしないが、先生の言葉は、今のわたしの背骨になっている」

しゃんと背を伸ばした延は、廉太郎に向かい、気を放った。

「ケーベル先生を手本に、背骨を作れ。そうすれば、わたしなどものともしない演奏家になれるだろう」

ケーベルの言葉はあまりにも漠としていてどこから手を付けていいのかも分からない。だが、鼠返しの上には花畑があると知らされたような気分だった。

手を伸ばすしかない。廉太郎は頷いた。

とある土曜日、廉太郎は音楽学校のピアノ室にいた。

生徒監の草野キンは、相変わらず黒い小袖を身にまとい、地蔵のように黙りこくったまま部屋の隅に置かれた椅子に腰かけている。話しかけても反応がない。まるで、この学校では物言わぬ存在であろうと心に決めているかのようにかたくなに口を閉ざしている。

廉太郎はこの日もピアノを弾いていた。

廉太郎も三年生になっていた。あと半年ほどで本科を卒業することになる。

廉太郎は講義に参加しながらも、隙間時間を見つけてはピアノの前に座り、講義の少ない土曜日にはこうして学校のピアノ室に入り浸っている。誰かにピアノ室が使われているときには書庫に行き、先人の集めた楽譜を書写して過ごした。おかげで下宿の八畳間には書写楽譜が積み重なり、今にも雪崩を起こしそうになっている。

眠気に襲われて、廉太郎は窓を開いた。吹き込む一月の風は身を切るように冷たい。頭の中に淀んでいた黒っぽい霧が晴れたような心地がしたが、キンがくしゃみをしたので、直ぐに閉じた。

緩やかな時間が流れる中、またピアノの前に向かおうとすると、ピアノ室のドアが開いた。

「こんにちは。やっぱり瀧君、ここだったか」

跳ねるような声、そして人懐っこい表情。花を裾にあしらった小袖姿でドアを開い

2023 9

中公文庫　新刊案内

三度目の恋

川上弘美

結婚したのは、唯一無二のはずだったひと。高丘さんに教えてもらった「魔法」で、むかしむかしの世に旅に出るようになるまでは。平安、江戸吉原、現代——『伊勢物語』をモチーフに紡がれる、千年の恋の物語。

〈解説〉千早 茜

そんなにも、
彼が好きなの？

●946円

おまえなんかに会いたくない

乾ルカ

十年前、校庭に埋めたタイムカプセルの開封を兼ねて、高校同窓会開催の案内が届く。だが……!? モモコグミカンパニーとの対談を収録。〈解説〉一穂ミチ

●924円

何年、生きても

坂井希久子

優柔不断な夫に見切りを付け、家を出て着物のネットショップを営む美佐。実家の蔵で、簞笥に隠された美少女の写る古写真を見つけ……。〈解説〉高頭佐和子

●880円

サバイバル家族

服部文祥

「今日から庭でウンコする」父の野糞宣言、息子ニート化もなんのその! サバイバル登山家と型にはまらぬ家族による爆笑繁殖エッセイ。〈巻末対談〉角幡唯介

●924円

たのは、チカだった。

「チカさん。お久しぶりな気がします」

「だって、ここのところ、瀧君、いつも忙しそうにしてるし、講義が終わったらすぐに帰っちゃうじゃない」

チカは頬を膨らませて恨めしげに廉太郎を見やる。

廉太郎は言えずにいたことがあったことを思い出して口を開いた。

「この前の定期演奏会、チカさんのピアノ、凄く評判でしたね。おめでとうございます」

「ああ、ありがとう。瀧君に褒められるのは本当に嬉しい」

チカは紙風船のように膨らんでいた頬をすぼめ、顔をほころばせた。

先の十二月に開かれた定期演奏会では、廉太郎と並んでチカもピアノ独奏をすることになった。その模様は後日新聞の短評欄にまとめられたのだが、チカの演奏を絶賛する声が並んだ。以前のチカのピアノは上手いながらもあっけらかんとしていて、今一つ聴きごたえに乏しかった。だが、三年生になってからのチカの演奏にはある種の妖艶(ようえん)さが増し、ぞくりとするようなフレーズを弾くことも増えた。納得の評価だったと言える。

一方、廉太郎の評価は芳しいものではなかった。その口惜しさを呑み込みながら、廉太郎は聞いた。

「今日は練習ですか」

「うーん、まあ、それもあるんだけど。実は、ちょっと瀧君に伝えておかないと、って思って」

チカはピアノの前に座り、軽い調子で指を躍らせ始めた。軽快なリズムで奏でられるのはバッハの『メヌエット』だった。

「わたし、今度、結婚するの」

「そうなんですか。おめでとうございます」

ありがとう、と口にしたものの、チカはなぜか拗ねたような表情を浮かべた。

「親の決めた相手で、昔からよく顔を合わせていた人なの。気心知れてる分、安心よね。でも」チカの軽快な演奏が淀んだ。「おかげで、わたしは研究科には行けそうにないわ」

「そう、なんですか」

「ええ。わたしにも夢があったんだけどなあ。世界で通用するようなピアニストになりたかった。本科なんて一時の仮宿くらいに思っていたのに、まさか、こんなところで旅の終わりなんてね」

ついに蠟燭の炎が消えるように、メヌエットの調べが止んだ。残響だけが部屋の中に漂っている。

　チカは淡々と続ける。それだけに、痛々しかった。

「うちの親、古くて嫌になるわ。研究科に行けば許婚を待たせることになる、先方に示しがつかんって怒られちゃって」

　チカが直面している問題は、実力の有無とは関係がない。

　東京音楽学校は、才能なきもの、環境なきもの、運なきもの、そして適切な努力なきものを容赦なく振るい落とし、一粒の金を見つける場だ。

チカには才があった。適切な努力もしていた。ただ、環境が悪かった。そのことが、ひどく口惜しい。

「本当は、瀧君と行きたかったなあ。研究科」

「卒業してからは、どうなさるのですか」

「お嫁さんになることくらいしか考えられないわ」

「でも」廉太郎は言った。「何らかの形で音楽に関わっていてください。そうしたら、いつかまた、最良の場所にたどり着けますから」

　力なくチカは頷いた。

　一時間ほど雑談をしたのち、チカは帰っていった。これから婚家との打ち合わせがあるのだという。あの晴れ着はそうしたわけか、とようやく納得した廉太郎は、チカの姿を見送って、また一人になった。

「色男だね」

肝が冷えた。声のほうに向くと、部屋の隅に置かれた椅子の上に草野キンが座っていた。

どういう意味ですか、と聞くと、キンは白い歯を見せて、けけと笑った。

「言ったままだよ」

そう口にしたのち、キンはまた黙りこくった。

静寂の戻った部屋の中、廉太郎はまたピアノに向かった。窓から降り注ぐ日の光も、さっきまでよりも傾いている。火を焚かずとも暖かだった部屋の中が少し冷えてきた。炭を持ってこようかい、と申し出てきたキンの気遣いを断り、廉太郎は鍵盤に指を落とした。

脳裏にケーベルの演奏を思い描く。

あの時、ケーベルは体を前後にゆすっていた。琴では絶対にやってはならない動作だ。しゃんと背を伸ばし、不動で手と指を動かす。これは三味線などの日本楽器一般に共通している。

ケーベルは既に答えを示したと言っていた。あの演奏ですべてを表現したということなのだろう。廉太郎はケーベルの演奏を思い浮かべながら体をゆすり、ベートーヴエンの『月光第一楽章』を弾いてみる。

違いが分からない。

あれはただの感情の昂(たかぶ)りなのだろうか。感情を乗せて迫真を生んでいる？　廉太郎は浮かんだ考えを否む。ケーベルはピアノを指して『誰が弾いても同じ音が出る楽器』と述べた。ピアノが演奏者の感情の昂りを呑み込み、均質な音に仕立て直してしまうことは、長い付き合いの間に承知している。だとすれば、あの前後のゆすりには、もっと実際的な意味があるはずだった。

ピアノを前に小首をかしげていると、いつの間にか外に出ていたキンが部屋に戻ってきた。手には毛糸布(けいとぬの)が握られている。どうやら、寒くなって防寒具を取りに戻ったようだった。あまりに集中していて気づかなかった。

キンは引きずっていた布を踏んづけた。よたつき、足をふらつかせ、廉太郎のほうにしなだれかかってきた。だが、廉太郎に倒れかかるを良しとしなかったのか、少し身をよじらせ、椅子の上に座っている廉太郎を躱(かわ)した。だが――。

けたたましい不協和音が部屋いっぱいに響いた。

見ると、キンが、ピアノの鍵盤に倒れかかっていた。

最初、痛っ、と声を上げていたキンだったが、己の身を預けているものの正体に気づくと、まるで鬼でも見たような顔をして後ずさった。

「なんてことをしちまったんだ。これは学生さんしか触っちゃいけないものなのに……」

生徒監にはそのように申し伝えられているらしい。この世の終わりのような顔をして卑屈なまでに頭を下げるキンに恐縮しながらも、廉太郎はすべての鍵盤を流し弾きしてみた。音にずれはないし、機構にも影響はない。問題ありませんし誰にも言いません、そう言ってキンを落ち着かせた。

と、ふと、廉太郎は先に出たピアノの音を思い起こした。

キンがしなだれかかった瞬間、とてつもなく大きな音が響いた。あのような音を、廉太郎は演奏中に出すことができない。

廉太郎は己の頭上まで右手を上げ、鍵盤に向かって振り下ろす。指の力で弾くよりも大きな音がするが、指の付け根が痛い。今度は指全体に力を込めて同じことをする。すると、明らかに指先だけよりも大きな音が響いた。

廉太郎の中で何かがはじけた。

頭上まで手を上げるのは現実の演奏に即していない。もしやるとするならば――。

廉太郎はまず、指で鍵盤を叩く。力加減にもよるが、総じて小さな音が出る。次に、指を固めて手首のしなりで鍵盤を叩く。指のみよりも力強い演奏になる。次に、手首までを固めて、肘を支点にして鍵盤を叩く。手首での演奏とは比べ物にならないほど大きな音が出る。次に、肘まで固めて肩で演奏をする。腕そのものの重さが加わり、さらに音は大きさを増した。

　廉太郎はこれまで、自分の体重を使って演奏をするという考えを持っていなかった。指に合った大きさの鍵盤に惑わされて、指先だけで弾いていた。

　ここで廉太郎はあることを思った。もし、肩まで動かないように固めた場合、どう演奏することになる、と。

　椅子から立って、膝の屈伸で弾くという想像が廉太郎の脳裏に浮かんだ。だが、椅子から立って演奏するピアニストなど見たことも聞いたこともない。

　廉太郎は思い付きを形にした。肩まで力を入れ、腕全体を一つの棒であるように意識しつつ、鍵盤に体を傾けた。

　これまでで一番大きな音が出た。

　ようやく、目の前に立ちはだかっていた扉の鍵を見つけた。

　ケーベルの演奏の正体は、これだった。

　指、手首、腕、二の腕、肩、そして上半身。各部の力と体重を用いて音の強さにバリエーションを与える。ある時は囁くような音色で、またある時は雷のような激しさで。あの変幻自在の音はすべて、上半身の関節を制御した演奏によって成り立っていた。これまで、指先だけで音をなぞって満足していた廉太郎は、自分が未だピアノの入り口にも達していなかったことに気づかされた。

感情の高まりのままに、曲を弾いた。

選んだのは、ショパン『夜想曲二番』。本科一年生の頃からずっと弾いている曲だった。それだけに、違いもすぐに分かる。

楽譜、そして情景を思い浮かべながら弾き始める。

最初は草木も眠る夜中、ただぽつんと浮かぶ月のようなつもりで。当然、指先を用いた演奏になる。だが、月の明るさに男が目を覚まし、月明かりの下、愛しく思う女の顔を思い浮かべる。その時の鼓動を鍵盤の上に写し取る。男の思いの形を、体全体を用いて形にしてやる。その高鳴りもすぐに止み、また蒲団の中に潜り込み、元の静寂を取り戻す。この頃には、また、指先のみで繊細に弾いてやる。夜の刻の細やかさ、密（ひそ）やかさを愛でてやるように。

演奏を終えた。

廉太郎は全身に汗をかいていた。ピアノを弾いただけなのにテニスコートを走り回ったかのような疲労はあるが、不思議と心地いい。

「おお」

声に思わず振り返ると、いつもは何も言わずに座っているばかりのキンが、口をあんぐりと開けていた。

キンは、涙を流していた。口元を押さえ、落ちくぼんだ眼窩からとめどなく感情の奔流を流し続けた。その清らかな流れは、黒い小袖の生地に落ちた。

「あれ、おかしいね」

キンは目頭を押さえながら、声を震わせていた。

廉太郎はようやく、答えを見つけた。

上野の山は蟬しぐれの中にあった。この時期の卒業式は生徒に嫌がられている。自分にとって関係のない式に付き合わされる下級生としては、もっと涼しい時期にやってほしいというのが本音だろう。

卒業生に回った今、気づく。真夏が始まるというこの時期が、最も卒業日和なのだと。葉が青々と生い茂り、まっすぐな日の光がさんさんと降り注ぐこの季節は、上野山を最も輝かせている。

卒業式は、政府関係者やかつての卒業生を集め、盛大に開かれた。

今年の首席卒業生となった廉太郎は、総代として皆の証書を代表して受け取る栄誉にも浴した。ホールの壇上で大臣から「頑張ったな」との激励と共に証書を受け取り、答辞代わりにピアノ曲を弾いた。ピアノの余韻が去った後、客席から湧き上がった拍手の雨が廉太郎に降り注いだ。

すべての式次第を終え、廉太郎はピアノ室に寄った。そこには、証書筒を手に会話に興じる石野とチカがいた。

卒業式ということもあって、いつもは粗略な格好をしている石野もさすがに洋装に身を包んでいる。ついに買ったんですかと声を掛けると、後輩から借りたのだと自信満々な答えが返ってきた。演奏会で使うため洋装を買わなくてはならない場面に出くわすものだが、三年間、色んな人から借りて乗り切ったのは東京音楽学校史上初の壮挙だろう。

この自慢には、白振袖姿のチカも苦笑いしている。

「まあ、石野さんらしいよね」

「そういえば、チカさん、女学校の教職に就かれるそうですね」

廉太郎が水を向けると、チカは証書筒を手で弄(もてあそ)びながら胸を張った。

「ええ。旦那様の許しを貰ってね。これからは女子教育の時代だからって」

「よかったです」

廉太郎が心から祝いの言葉を伝えると、一瞬だけ顔を曇らせたものの、またすぐに持ち前の明るい表情を取り戻した。

「ありがとう。わたしはまだ、音楽を捨てなくてもいいみたい」

その目に光るものがあったのは、廉太郎の気のせいだったろうか。

チカの横に立っていた石野が代わりに切り出してきた。

「俺も学校赴任が決まったんだ」

「石野さんも、ですか」

強張（こわば）った口調で石野が言うには、親の説得はできたらしいが、肝心の成績が振るわず研究科には残れなかったという。結局短い間で根を詰め切ることができなかったと述べる石野の自嘲に何も言えずにいると、泣き笑い顔の石野は廉太郎の肩を強く叩いた。

「結局音楽の頂（いただき）に手が届かなかった。これから俺は、音楽との関わり方を必死で考えようと思っている」

廉太郎は小さく頷いた。いや、頷くことしかできなかった。今はただ、学校を離れる二人の未来が輝かしくあらんことを祈った。

「そういえば瀧、これから、本科生たちとの卒業祝勝会だが、お前も出るだろう？」

石野の問いかけに、チカが「羨ましい」と声を上げた。女子にはそんなのないのに、と。

毎年恒例のもので、卒業生を囲んだ音楽学校の本科生有志で飲み明かす。廉太郎も毎年在校生として参加していたが、箍（たが）が外れたように酒を飲み、酔い潰れた先輩や後輩を家に送り届けるのが廉太郎の役回りだった。最年少学生という立場はこういうところでも損を見る。

「もちろん行きますよ。でも、先にやらなくちゃならないことがあるんです」

「ああ！」チカが手を打った。「噂は聞いてるよ。瀧君の最終試験」

「学年総代なのに補習か」

「いや、違うのよ――」

チカが言い掛けたところで、ピアノ室のドアの蝶番が悲鳴を上げた。開かれたドアの向こうには、上品な深紅のドレスに身を包む幸田延の姿があった。

延は顔を強張らせつつ、廉太郎に向かって顎をしゃくった。

「ここにいたか。そろそろだ」

石野とチカの応援を背に受けながら、廉太郎は延に続き、先ほどまで卒業式が開かれていた二階ホールへと向かった。

つい一時間前には来賓や在校生でいっぱいになっていたホールには、静寂が寝転がっていた。がらんとしたホールには、ほとんど人の姿がなく、先ほどまで漂っていた熱気もすっかり消え失せていた。夏だというのに、窓に厚手のカーテンが掛かっているからか中はひんやりとしている。

舞台へと続く通路を廉太郎が進むと、客席の中央ほどの席につく人々の姿が目に入った。音楽学校の教授陣だった。ある者は紋付き袴、ある者は肩の開いたドレス、またある者は燕尾服……。てんでばらばらの格好をする教授たちは、廉太郎の姿を不安げに出迎えた。

　ホールの演台の上に、一人の人が立っている。茶色の上着に同色のズボン。黒い革靴を履いた彫りの深い異国人が、雲のような豊かなひげを触っている。逆光のせいか、顔色をうかがうことはできないが、誰なのかを判断するのはたやすい。見(まみ)えるのは一年ぶりだった。廉太郎の心音が高まる。

　延と共に壇上に上がった廉太郎は、その人物に手を伸ばした。

「今日はお越しいただいてありがとうございます」

　その人物、ケーベルは手を握り返した。

「まずは卒業おめでとう。だが、あまり時間がない。早速、演奏を聴くとしよう」

　踵(きびす)を返して舞台から降りたケーベルは最前列の真ん中の席に陣取った。その姿を眺めていると、横に立っていた延が廉太郎の肩を叩いた。

「君なら、できる」

　卒業間近、音楽学校にケーベルの手紙が届いた。そこには、音楽学校のピアノ講師就任要請に応えられないことを歯痒(はがゆ)く思っていること、己の身の非才を嘆く文面が続き、もしも貴校に見るべき才能があるのならこの非才の身を捧げましょう、と結んであった。美辞が並んでいるが、結局のところは、今、帝国大学の教師という立場だけでも忙しいのに音楽学校まで手が回らない、もしも己を翻意させたいのならピアノを教えるに足る人材を用意せよ、との謂(いい)だった。音楽学校の教授陣は協議の結果、廉太郎の演奏をケーベルに当てることにした。高木チカは卒業するため、橘糸重は教授陣に名を連ねているために失当(しっとう)とされたという。

足を組み、ゆったりと客席に座るケーベルは、廉太郎を眠たげな目つきで眺めていた。その目が侮(あなど)りのそれであることにも気づいている。

廉太郎は客席に向かって一礼し、壇上の下手側に置かれているピアノへと向かった。ここのピアノは何度も弾いているが、弾くたびに音色が違う気がしていた。ある時は高音がキンと響き、またある時は低音が悪い後味となって残ってしまう。そんなわずかな違いに気づき始めたのもここ半年のことだ。何か秘密があるのだろうかと取りとめもなく考えながらピアノの前に座ると蓋を開け、上着のポケットから手ぬぐいを取り出してさっと鍵盤の表面を払った。

短く息を吸い、糸のようにして吐き出す。すると、それまで嫌というほど感じていた視線は遠景の一部となり、目の前の鍵盤にだけ意識が向かう。

廉太郎は鍵盤の上に手を置き、自らの内側にある歯車を少しずつ回した。音を立てずに、肩、肘、手首、指の関節が体の中心に接続されていく感触がある。指先に自らの内側にせき止められているものを送り込むような想像を浮かべながら、廉太郎は第一音を奏でた。

重苦しい和音の伴奏。誰が聴いてもあの曲だとたちどころに分かる独自性。指先だけの弱い力で奏でるタッチで描き出す左手の重低音から、手首のしなりを利用して紡ぎ出す右手の悲劇的な旋律。ゆったりとした曲であるだけに、体の各部の使い方にも注意を払うことができる。

廉太郎が弾くのは、ベートーヴェン『月光第一楽章』。一年前、ケーベルに否まれた曲をあえて選んだ。成長を見てもらうのに、最も都合がよいと考えたればこそだった。

ベートーヴェンは楽譜冒頭に細かな指示を残している。「出来うる限り繊細に、されど消音装置を使わずに」。今のピアノは音の歯切れをよくするために常に消音装置を嚙ませたままの状態になっている。現代のピアノに即すれば、消音装置を外すペダルを踏みっぱなしで弾けという指示だった。だが、消音のなされていないピアノは残響がかなり長い間持続するため、音の強弱を間違えると一気に曲の雅趣（がしゅ）が崩れる。一年前はそのことに気づかず、ただ漫然と弾いてしまった自分がいた。

この曲が高度な力の制御によって成り立っていることに、廉太郎にもようやく理解が及んだ。

第二部に至る頃には背中が熱くなっていた。第一部で続いていた三連符が波のようにうねって微妙な変化を見せるここでも、わずかな力加減の調整が求められる。間違いはいつまでもハーモニーの異物として残るため、一音の処理を間違えただけでこの曲は破綻する。作曲者の意地悪さと、己の作り出した和音への信頼が見て取れる。額から伝う汗が顎にたまってゆくのも気にせず、ただただ作曲者の掌の上で鍵盤を叩き続けた。

そして第三部。第一部の再現を行った後、曲の終末であるコーダに至る。ここが一番難しい。この曲のコーダには、「曲一番の小さな音で鳴らす」という演奏者を試すかのような指示がある。ここまでの演奏で最低の音量を出してしまっていた場合、打つ手がなくなる。羽毛で背中を撫でるような指で、コーダを演奏し、最後の一音にまで導いた。

和音の余韻がずっと会場に響き渡る。その余韻を十分に味わった後、ペダルから足を離した。

廉太郎の全身から汗がほとばしる。シャツの隙間から湯気が出ているのではないかと疑いたくなるほどに、暑かった。

拍手はない。ただただ、静寂が場を支配している。

廉太郎は舞台の真ん中に立つと頭を下げた。

その時、最前列中央から大きな拍手が上がった。まるでそれにつられるかのように、じわじわと拍手が中央列の辺りに広がっていった。

　顔を上げると、前列中央に座っていたケーベルと目が合った。眠たげな目はどこかに消え失せ、せわしなく手を打ち続けるケーベルは、いつの間にか組んでいた足を改めていた。そして我慢できなかったかのように立ち上がった。

　ケーベルが足音高く壇上に上がり、廉太郎に握手を求めた。というよりは、ひったくるようにして廉太郎の手を取り、強く握って振り回した。先ほどの儀礼的な握手とは比べ物にならないほどに情熱に満ちていた。残るもう片方の手で手荒に廉太郎の肩を叩くと、ケーベルは両方の口角を上げ、白い肌を赤く染めながら口から泡を飛ばした。

「君のことを見誤っていた。まさか東洋の島国にこれほどの演奏技術を身につける若者が現れようとは。いや、この言い方はフェアではない。才能はどこであっても芽が出るものだ。私はこの僥倖を神に感謝せねばならぬ」

「け、ケーベル先生？」

　ケーベルは興奮していた。廉太郎はすぐに悟った。これがケーベルの本当の姿なのだろう、と。廉太郎はケーベルの双眸に激情の赤が灯っていることに気づいていた。

「演奏したくなった。君の演奏のせいだ。私の横で演奏を見るがいい、弟子よ」

　弟子、という言葉を廉太郎は聞き逃さなかった。

「は、はい」

ケーベルが廉太郎を引きずるようにピアノの前までやってくると、慌てて壇上に登った小山作之助がケーベルに待ったをかけた。

「困ります。学外の方が許可なく貴重なピアノに触られては」

「安心してください」ケーベルはいつもより早口に応じた。「ピアノを壊すなどというへまはしません。それに、今日から私はこの学校の一員です」

作之助は目をしきりにしばたたかせている。

「ですから」ケーベルは気忙しげに口にした。「講師の話、受けましょう。週に一回、こちらにお邪魔します。今日はその第一回講義です」

目を何度もしばたたかせる作之助を尻目にピアノの前に座ったケーベルは、廉太郎を急かすように譜面のめくり手のための補助椅子を指した。

「さあ、第一回の講義だ。座りたまえ。私の声と手元が見えるところで聴くといい」

廉太郎が補助椅子に座ると、ケーベルは間髪を容れず、何の気負いもなしに第一音を奏でた。最初の主題を耳にした瞬間、廉太郎はその曲の正体に行き当たった。

「メンデルスゾーンの『厳格な変奏曲』ですね」

高潔な香りのする主題を提示した後、次々にフレーズ構造を変えてゆき、全く別の様相を含む曲へと切り替えてしまう。極めて速度が速く、連打も多い。一度楽譜を書写したことがあり、その楽譜は家に置いてあるが、難度の高そうな楽譜を前に尻込みしていた。

目の前のケーベルはその難曲を譜面も見ずに再現している。

「その通り。君は、この曲の作曲者であるメンデルスゾーンをどこまで知っている」

「名前しか」

どこかの西欧の国にメンデルスゾーンなる人がいた、くらいの知識しかない。

するとケーベルは目の前で曲を変奏しながら続けた。

「彼はプロイセン王国、すなわちドイツの生まれだ。ベートーヴェンの後の時代に生まれ、その影響を直接受けているはずだが、彼はそれ以前の古典派の影響も色濃く受けている。――さて、瀧君はドイツ音楽についてどこまで知っているかね」

「いいえ、何も。ただ、バッハやベートーヴェンを生んだとしか」

ケーベルはまた曲を変化させた。同じモチーフをこだまのように連続させながら少しずつずらしてゆく。滑るような手元に惚れ惚れとしているうちに、ケーベルは物語でも口にするかのような口調で続ける。

「ドイツはかつて、音楽不毛の地だった。当時の音楽の中心は、イタリアでありフランスだった。ドイツに音楽なし、と後ろ指を指されていた時代があったのだ。だが、先人たちが先進地域の音楽を学び、理論立て、今のドイツ音楽の隆盛を形作った。バッツハは早すぎた天才。ベートーヴェンやメンデルスゾーンはドイツ音楽の精華であろう。そして私は、ドイツ音楽の巨大な幹から伸びた小さな枝の一つ、それも心もとない梢(こずえ)に過ぎない」

ケーベルの口調には口を挟ませないだけのこわばりがあった。そして、ケーベルの演奏はなおのこと激しく、速度も上がってゆく。

「君は西洋音楽不毛の地であるこの国に種を蒔く一人かもしれない。君の持つ種が、将来、この国の幹となる。私は今日の君の演奏にその未来を見た。ゆえに、ドイツ音楽の梢である私も、恥を忍び力を貸そうという気になった」

ついに曲はコーダにまで至った。右手と左手で交互に旋律を描く。途轍もなく速い。火を噴きそうなほどに熱く右手と左手で交わされる最後の演奏は、最後、嵐の後のように凪ぎ、やがて止んだ。

余韻もそこそこに、ケーベルは椅子から立ち上がり、廉太郎に手を伸ばした。

「瀧君、君には期待している。ついてきたまえ」

廉太郎はケーベルの汗ばんだ手を強く握り返した。

夜、廉太郎は一人、ふらつく足で家路を急いだ。

赤坂で開かれた卒業生を囲む会を途中で抜けた。石野たちは一晩中飲むらしいが、こちらは親戚の家に下宿している身だ。心配をかけるわけにはいかない。

宮城の周りを時計回りに歩いている途中、麴町のあたりでふいに俄雨(にわかあめ)に襲われた。身を隠す場所もない。酒にも酔っていて気が大きくなっていた。廉太郎は雨を楽しみながらゆっくりとした足取りで闇に沈む道を歩く。

鉄琴のような音がかすかに廉太郎の耳朶に触れた。音楽のような規則性はない。だが、不思議と心を静めるその音に、廉太郎はなぜか引き寄せられるものがあった。かすかな、けれど確かに響く音に引き寄せられるように路地に入り、音のありかを探っていると、廉太郎はふと懐かしい思いに襲われた。

麴町、そして、鉄琴のような音。

路地をいくつか曲がるうち、廉太郎は周囲の景色に見覚えがあることを思い出した。角を曲がる目印にしていた雑貨屋、友達と遊んだ空き地、鎧板で両側を囲まれた小道。そのどれもが小学校の頃の記憶そのままに残されている。

廉太郎はある角を曲がった。そこには、かつて廉太郎が住んでいた屋敷があったはずだった。

そこは更地になっていた。板塀や大きな門、かつてあったお屋敷はすべて潰され、敷地内は赤土むき出しの空き地となっていた。ここは借家だった。借り手がつかず地主が更地にしたらしい。

鉄琴のような音はなおも響いている。耳を澄ますと、敷地の中から音がする。闇と雨のとばりに沈む更地を眺めると、敷地の奥のほうに、庭がそのままの形で残されていた。松の木や瓢簞池、動かない鹿威しもそのままだった。

履物が汚れるのも恐れず、廉太郎は庭に向かう。

鉄琴の音が輪郭をあらわしてゆく。その頃には、音の正体に思い至っていた。

鹿威しの近くに小さな穴がある。そこに水がしたたり落ちるごとに音がする。先ほどから響いていたのは、水琴窟の音だった。

廉太郎はふと、この音を耳にしていた頃の風景を思い出す。庭先の縁側、そしてそこで琴を弾いていた女人の姿。

「姉さん」廉太郎は誰もいない更地に向かい、声をかけた。「あの世にも、聞こえますか。僕の音は」

水琴窟の不協和音はそのうち、雨音に紛れて聞こえなくなっていった。

明治三十一年。瀧廉太郎は本科を卒業し、研究科へと進んだ。十九歳のことだった。

第四章

「あんたは変わらないねえ」

　ピアノ室の端に座る草野キンが、廉太郎に話しかけた。生徒監は生徒と馴(な)れ合わない。そんなキンさんがなぜ、と小首をかしげ、そうか、自分はもう生徒ではないのだと気づく。廉太郎は苦笑を浮かべて目の前の鍵盤と戯(たわむ)れた。部屋の中は何気ない協和音で満たされる。

「変わらないのはよいことです」

　本科と比べると講義は減り、教師との一対一、一対少数のレッスンが増える。別の肩書を持つと教授陣の講義の手伝いに駆り出されるようになるそうだが、一月後の九月に研究科に入る廉太郎にはまだ気の早い話だった。蝉しぐれのうるさい夏休みの間じゅうピアノ室に入り浸り、思うまま鍵盤と語らっている。

　ここのところ、廉太郎はピアノの変調に敏感になった。機械仕掛けの楽器だからこそ、湿気や気温、使用時間による差異が生じる。元気一杯に弾き手を待ち構えている時もあれば、疲れているので勘弁してくださいと言いたげに塞ぎ込んでいる時もある。今の廉太郎は、ピアノの機嫌に合わせた演奏法を模索しているところだった。

「そうかい、そいつはよかったよ。なんだか寂しそうに見えてね」

「気のせいですよ」

廉太郎が作り笑いを浮かべて強がりを言うと、

「出しゃばりだったね」

キンはまた物言わぬ地蔵のように口を結んだ。

同期の石野巍とチカは学校の音楽教師として音楽学校を巣立っていった。勤め先が遠いわけではないが、以前のように顔を合わせることは難しい。向こうには向こうの生活があるはずだと考え、手紙も遠慮している。

胸にぽっかり空いた空白を紛らわすように、廉太郎は明日の課題曲に臨む。

明日は、ケーベルの講義がある。帝国大学側はいい顔をしなかったらしいが、ケーベルは週に一回、音楽学校でも教鞭を執るようになった。

課題曲は、メンデルスゾーンの『厳格な変奏曲』。卒業式の日、ケーベルが弾いて見せた曲だった。目が回るように次々と様相が変わり、リズムも速い。楽譜を一目見て敬遠していたものの、その旨を話すとケーベルに大笑いされてしまった。『あのくらいの曲で音を上げているようでは世界に伍することはできない』と。

世界の二文字が廉太郎の胸を貫く。列強に追いつこうとあくせくしている極東の島国で、国内最高峰の技術を持たんと志すことが何を意味するのかをケーベルに突きつけられた気がした。

廉太郎がゆっくりとした指使いで主旋律を弾き終えたところで、拍手と共にピアノ室のドアが開いた。

振り返ると、久々に見る顔が廉太郎を覗き込んでいた。

「あなたは」

「お久し振りです」

曰くありげににんまりと笑うのは、鈴木毅一だった。だが、そのなりは随分変わった。かつての薄汚い袴姿という貧乏学生の風は改められ、どこかで仕立てたのであろう茶のズボンに白シャツを合わせ、サスペンダーで留めている。どこかの役所勤めのようななりだった。そんな鈴木はピアノ室の中に滑るように入って来て、ピアノに向かう廉太郎の肩を優しく揉んだ。

「やはりこちらにいらっしゃいましたか」

「今日は一体どうなさったんですか」

肩にめり込む指の感触が何ともくすぐったい。廉太郎が身をよじらせると、鈴木は背中越しに甘い声を発した。

「瀧さんは、九月の演奏会に出られるんですよね」

「もちろんです」

学校の演奏会ではなく、明治音楽会という会が主催する演奏会だった。音楽学校に留まらず、日本の音楽家が一堂に会して最高峰の演奏を披露するという趣旨で開かれるもので、廉太郎も招聘(しょうへい)されている。

「鈴木さんも呼ばれたんですか」

「はは、僕などではとてもとても。瀧さん、是非ともあの会で結果を残してくださいね。でないと、少々困ったことになってしまうので」

「以前から気になっているのですが」廉太郎は顔だけ鈴木に振り返った。「鈴木さんは何を企(たくら)んでいるのですか」

「企むとは穏やかじゃありませんね」

鈴木の声が妙に芝居がかって聞こえた。こちらが勘繰っているゆえだろうか、と苦笑しながら、廉太郎はなおも続けた。

「企む、という言葉を使ってはいけないならば、別の言葉を用いましょう。あなたの行動は、何か怪しい」

鈴木はなおも廉太郎の肩を揉み続ける。筋肉と筋肉の間に親指の先が刺さり、押された部分がじんわりと温かくなった。

「まあまあ。そのうち分かりますよ。九月の公演がうまく行ったなら、すべてをご説明できると思います」

揉んでいた手を止め、宥めるように肩を叩いた鈴木は廉太郎の横に回り込んで頭を下げた。

「では、僕はこれで」

二歳年上の後輩は、最後まで慇懃な態度を隠さず、折り目正しい態度でピアノ室を後にした。

九月の公演会は音楽学校の定期演奏会とは比べ物にならない注目が集まる。ここでの評判がのちの活躍にも影響することも廉太郎は理解している。

すうと息を吐き、楽譜通りの速度で『厳格な変奏曲』を弾き始めた。

廉太郎は次の日のケーベルの練習日を思い、早くも武者震いに襲われていた。

「見事なものだよ」

ケーベルはもじゃもじゃのひげを撫でながら、感嘆の声を上げた。青色の目を見開き、廉太郎の顔と指先のピアノを見比べている。

「まさか、一週間で『厳格な変奏曲』を弾きこなすとは思わなかった。二週間はかかると踏んでいたのだが」

廉太郎はケーベルと二人きりのピアノ室を見渡して鼻の下を指でなぞった。

「先生のおっしゃる通り、見た目ほどには難しくありませんでした。途中で複雑な旋律が現れますが、これは指に覚えさせればいいわけですし」

「ローリングやファニングも随分うまくなった」

一月ほど前に教わった運指技法だった。ローリングは指を広げた後、手首の返しを利用して速弾きするもので、連続している音を弾くときに重宝する。ファニングは指を広げて同時に和音を叩く奏法で、近い音域での和音作りには必須の技法だった。

「はい、この曲ではかなり活躍してくれました」

ケーベルは呆れとも感嘆ともつかぬ息をついた。

「やはり君は大したものだよ。ドイツ音楽流の重力奏法をほぼ手中に収めつつある」

全身の体重移動を用いて演奏に強弱をつける演奏法を重力奏法と呼ぶ。この奏法を公に披露したのは本科卒業式の演奏でのことだったが、この時新聞各紙は廉太郎の演奏を賞賛する一方、体を揺さぶるような演奏がはしたないとして、「師のケーベルの悪いところまで模倣する必要はない」と書かれた。邦楽器の演奏は上半身を動かさないものばかりだから、船来の新技法の精髄に理解が及んでいないのだろう。はしたない云々(うんぬん)の批判に、廉太郎は一切耳を貸していない。

廉太郎の双眸は、日本ではなく、世界を見据えていた。

青い覚悟を決める廉太郎を前に、ピアノの横に立つケーベルは続けた。

「賢明な君ならわかっていると思うが、技術を身につけたところで完成ではない。その技術で何かを表現するのがピアニストだ」

たとえば——。ケーベルは続ける。

「君がかつて弾いたベートーヴェンの『月光第一楽章』。あの楽譜は非常に底意地が悪い。それは君も体感していることだろうが」

「演奏者に技倆を求めますよね」

「それだけではない。鋭敏な感覚をも求める。楽譜の有している世界観を作曲者と共有して再現する必要がある。いや、再現、とも違うか」ケーベルは顎に手を遣り、天井に目をやった。「再構成、といってもいい」

ぶつぶつと口にしながら、ケーベルは腕を組んで辺りを歩き始めた。

ケーベルは時々、話の途中に疑問を発見し、話し相手そっちのけで没頭することがある。学究肌、とも違う。言うなれば、拾ってきたものを分解しようと試みる子供のようだった。

この日のケーベルの思索は短かった。はたと廉太郎に視線を戻すと、ばつ悪げに咳払いをした。

「ピアノの演奏とは楽譜を読むことであり、作曲者の世界観を読むことだ。そのためには、本を読み、思索し、哲学を築くことだ。そうして摑んだものを、技術でもって形にする。楽器の演奏とは、思索、哲学、技術の集合体だ。今後も勉強を重ねたまえ」

廉太郎が頷くと、ピアノ室のドアがノックと共に開いた。そうして部屋の中に入ってきたのは――。

「こんにちは、ケーベル先生」

ケーベルと共に振り返ると、幸田幸が立っていた。細身の体に青い小袖を纏い、太鼓帯でまとめ、日本髪を結い上げている姿は以前とまるで変わらない。強い光を宿した目の輝きは、以前と比べても何倍にも輝いている。

今年で研究科三年生になるはずだが、これまで学校では廉太郎と殆ど顔を合わせることはなかった。そもそも男女で席を同じくすることはないし、専攻楽器も違う。それに、幸に嫌われているようでもあるから、廉太郎もあえて顔を合わそうとはしなかった。

そんな幸は、廉太郎に気づくやこれ見よがしに顔をしかめた。

「なんであなたがここにいるのよ」

錐のような言葉が飛び出したのを、ケーベルが掣肘した。

「何、彼は私の弟子なのだよ。こうして週に一回レッスンをしている」

「そうですか」

冷ややかな相槌には、さすがのケーベルも首をすくめた。

疑問だった。ピアノが専門であるケーベルが幸に用があるとは思えない。

きっと疑問が顔に書いてあったのだろう、ケーベルは横の廉太郎に耳打ちするような小声で続けた。

「延君に頼まれてね。妹を見てほしい、と」

ケーベルと廉太郎の耳打ちに敵意の視線を隠さず、幸は手に持っていたバイオリンケースの蓋を開いた。

「さ、先生、今日もレッスンをお願いします」

まるで幸の怒気をいなすように、ケーベルは丸い声を発した。

「ああ、すまないね。今日はレッスンではない。そこの瀧廉太郎君と合奏をしてほしいのだ」

「は？」

夏真っ盛りだというのに、廉太郎が身を震わせたほど、幸の声は冷たかった。

だが、ケーベルは曖簾に腕押し、ひげに埋まる顔をくしゃりと歪め、なおものんびりと続ける。

「君の独奏には言うことはないよ。だが、君の重奏をまだ聴いていない。だから」

「この下手なピアニストと弾けっていうんですか」

幸の棘（とげ）を、ケーベルは笑殺（しょうさつ）した。

「幸君。君は瀧君の演奏を下手だというが、いつの演奏を指しているのだね。まあ、騙されたと思ってやってみてくれないかね」

不承不承を絵に描いたような顔をして、幸はバイオリンを取り出して構えた。

廉太郎はピアノに向き合い、ケーベルに問いかけた。

「曲は何にしましょうか」

「そうだな」口ぶりの割には、ケーベルの答えは早かった。「モーツァルトの『ピアノとバイオリンのためのソナタＫＶ３８０』はどうだろうか」

曲名を聞いた瞬間、違和感に襲われた。

廉太郎の思いを、他ならぬ幸が代弁した。

「先生、わたしに伴奏に回れと言っているんですか」

『ピアノとバイオリンのためのソナタＫＶ３８０』は、ピアノが主旋律を担い、バイオリンが副旋律となって縁の下の力持ちに回る。どんな演奏会でも主旋律を担ってきた幸からすれば、不本意極まりない指示に違いなかった。

ケーベルは大きく頷いた。

「君もこの曲を知っているだろう？　もし知らなければ譜面を貸そう」

「結構です。体に刻んでいますから」

冷たく言い放った幸は既に弓を弦に近付け、挑みかかったような目を廉太郎に向ける。

廉太郎も用意はできている。廉太郎はピアノで先陣を切った。

この曲はピアノが軽快な旋律を奏で、まるでピアノと競うようにしてバイオリンが追いかける。確かにピアノが旋律を握り続けているものの、バイオリンが、時には対等以上の存在感を放つ。

大丈夫だろうか。最初の旋律を奏でながら、廉太郎は憂鬱な気分に陥る。以前、二重奏の際に途中で手が止まった苦い経験が蘇る。

最初のピアノ旋律から遅れ、幸がバイオリンの音を奏でる。以前よりも音の切れ味は増している。血の滲むような、という表現が陳腐に見えるほどの修練が窺える。以前の廉太郎ならば一フレーズで白旗を掲げていただろう。

しかし、廉太郎は爽快な思いの中にいた。バイオリンが後退したのを見計らい、廉太郎のピアノが前に出る。音の粒の雨あられ、そして、モーツァルトが志向した協和音の掛け合いの中に身を溶かしながら、ファニングを駆使して曲世界を切り取ってゆく。

後ろに立っている幸の姿は見えない。だが、身を引き裂かんばかりの激情と、彼女の息遣いが迫ってくる。少しでも隙を見せれば彼女の演奏に呑み込まれる。そんな恐怖に駆られながらも、それすらも演奏の綾（あや）に織り込んでいる廉太郎がいた。

曲は終局にさしかかろうとしていた。この頃には、ピアノもバイオリンも曲想の上に乗っている。もしかすると、モーツァルトは競い合うピアニストとバイオリニストを想定してこの曲を書いたのだろうか、そんな想像さえしてしまう。廉太郎は重力演奏を用いて強弱を作り、ペダルを駆使して出口へ向かって駆け抜けた。

不思議な感覚に襲われた。幸の演奏に追いつかんと必死で弾いていたはずなのに、最後にはバイオリンとピアノの協和音に包まれた。矢折れ弾尽きた戦場の平野を覆う夕焼けのような寂寞（せきばく）とした光景が廉太郎の眼前に広がる。

陶酔の中、最後の一音を廉太郎が弾き終えた。

手ごたえはあった。最後まで幸の圧力に負けることはなかった。ところどころで幸にやり返すことさえできた。

拍手の音が部屋の中に響いた。

その音の主はケーベルだった。

「大したものだ。まるで二人が対話しているかのようだった。まあ、口喧嘩のようではあったがね」

廉太郎は椅子に座ったまま、体ごと振り返った。そこには、なおも不機嫌そうにバイオリンを構えたままの幸がいた。廉太郎をしばし見据えていたが、睨んでいるわけではなかった。むしろその顔は困惑の色に彩られている。

廉太郎をないもののように目をそらした幸は、ケーベルを急かした。

「先生、次のレッスンは」

ケーベルは短く首を振った。

「君の今日のレッスンはお終いだ」

訳が分からない、と言いたげに、幸は顔を凍らせた。立ち尽くしたままの幸に、ケーベルは優しい声を発した。しかし、顔にはわずかながらこわばりを感じ取った。

「たぶん、今日はこれ以上レッスンをしても意味がない」

幸は表情を変えた。それまでの凍った顔にひびが入り、今にも泣き出しそうな顔が現れた。

「――失礼します」

幸は頭を下げ、手のバイオリンを無造作にケースに収めると、逃げるように部屋を後にした。廉太郎ともケーベルとも目を合わせることなく、大事にしている宝物を守るように背中を丸めて。

幸の小さな後ろ姿を眺めるケーベルは、やれやれ、とばかりに肩をすくめた。

「なるほど、余りに天賦（てんぷ）の才が溢れ過ぎている」

ケーベルの口ぶりには、あからさまな非難の色が滲んでいた。

廉太郎は疑問を持った。音楽はどう取り繕っても才能の世界だろう。いくら修練を積んだところで、天賦の才のある者が後ろから追い抜いてゆく光景が日常茶飯事、才能がないことを非難されこそすれ、才能があることを指弾される光景など、これまで廉太郎は目の当たりにしたことがなかった。

廉太郎の顔を見て、ケーベルはひげに隠れた口元を動かした。口角を上げたのだろう。

「分からない、という顔をしているね」

廉太郎が頷くと、ケーベルは首を振り、ピアノの近くに立った。

「才能は衆を圧倒する。だから面倒なのだ。才能は、その持ち主の地力を覆い隠してしまう。楽譜を全く読めないが、天性の勘とよい耳、人並外れた記憶力を駆使して支障なく演奏しているピアニストがいたとしよう。このピアニストは確かに食うに困るまい。だが、演奏家として見た時に重大な欠点がある。誰も弾いたことのない楽譜を演奏することができないのだ。その点、必死に勉強して譜面読みを覚えた並のピアニストに敵わない」

ケーベルは愁いを帯びた目を細め、鍵盤に手を伸ばした。軽い小フレーズの演奏は、まるで泣いているようだった。

「彼女は、ダンパーの壊れたピアノのようだ」

ダンパー――消音機の壊れたピアノを思い浮かべた廉太郎の頭に、ベートーヴェンの『月光第一楽章』が掠めた。あの曲は、消音機を上げっぱなしにすることで音の混濁と調和を目指している。だが、最初から消音機が壊れているのでは、めりはりの利いた軽快な曲は弾けない。

「彼女は気づかなければならない。自分に何が足りないのか。そのためには、肉薄した実力者が必要だ」

だから、とケーベルは続けた。

「君には期待しているんだよ、瀧君」

「つまり、幸さんの当て馬ってことですか」

廉太郎が険のこもった声を上げると、ケーベルはなおも悲しげなフレーズを奏で続けた。

「そう嫌な顔をしてはならない。逆に向こうを己の当て馬にしてしまえばいいだけだろう」

ケーベルは廉太郎の目を見て頷く。

「君は、一切己の才能を信じていない。なぜか。それは、己より才能のある幸田幸という演奏家がいるからだ。違うかね？」

心の奥底を覗かれたようで、廉太郎はばつが悪かった。だが、本当のことだから頷くしかなかった。

「もちろん、幸君も努力をしている。だが、彼女が今すべきは、演奏技術を研ぎ澄ますことではないのだ」

「技術じゃない……？　だとすれば何なんですか」

「さて、それは彼女が自分自身で見つけるしかない」

突き放すような言い方だったが、廉太郎は、それしかないのだろう、と納得した。頂点にある者には明確な答えが用意されることはない。自らを冷徹な目で見下ろし、己のわずかなほつれを感知し、そのたびに繕っていくかのような作業が必要になる。そしてそれは、遠からず廉太郎の前にも立ちはだかる壁であるはずだった。

廉太郎が口を結んでいると、ケーベルは目尻に皺をため、鍵盤を操る手を止めた。ピアノの余韻が部屋に満ちる。

「君は本当に賢明だ。帝国大学の哲学科に入り直すかね」

「いえ、僕にとっては音楽がすべてですから」

「そうかね、それは残念だ」

そっけなくケーベルが口にする横で、ようやく己は幸の見ている景色にまで上ってこられたのだという実感に包まれていた。悪い気はしなかった。

しばらく後、明治音楽会主催の音楽祭が開かれた。

当日はあいにくの天気で、会場である美土代町の青年会館の西洋古城にも似た輪郭が、秋雨に白くぼやけていた。だが、入り口に並ぶ蝙蝠傘や蛇の目傘の列、横付けされる馬車の数々を眺めて、傘を取る廉太郎は息をついた。

裏口から会場に入って赤じゅうたんの廊下を歩いていると、正装のモーニングに身を包む小山作之助と、その横にいる同じくモーニング姿の島崎赤太郎と行き当たった。

「おお、瀧君か。昨日は眠れたかい」

「はあ、おかげさまで」

かく言う作之助の眼鏡越しの目は血走っている。今日、作之助に出番らしい出番はなく、音楽学校の賓客として客席に座っているだけのはずだった。廉太郎が疑問に思っていると、同じく賓客だというのに目の下に隈を残したままの島崎がそっけなく言葉を重ねた。

「小山先生も僕も気を揉むよ。なにせ、この会には東京音楽学校の誇るピアニストが出るのだからね。おっと、余計なことを言ってしまったか」

島崎は薄く笑う。そんなことで重圧を感じる君ではあるまい、そう言いたげに。

作之助たちと別れて二階へと駆け上がっていった。

ホールは未だ立ち入り禁止らしい。控室に通された。

十畳ほどの空間には、既に何人かが詰めていた。ある者は己の金管楽器をウェスで拭き、またある者は椅子に座って水を飲み、部屋の中を見渡している。またある者は譜面を眺めながらぶつぶつと呟いている。やっていることはばらばらだが、声を掛けるなと言いたげな拒絶を身に纏っている。

廉太郎は部屋の隅に置かれた椅子に座り、己の譜面を読むことにした。窓から聞こえる雨音が、心地よい協和音を奏でている。その音に耳を傾けているうちに、やがて控室に係員がやってきて、開場を告げた。

廉太郎の出番は第二部、時間はある。この会場には控室が一つしかないらしい。演奏を終えた者は客席に行かず、この控室に戻ってくる。その顔は一様ではない。ある者は会心の笑みを浮かべ、またある者は沈痛な顔をして戻ってくる。

昨日のうちに会場の見学も叶い、試奏をさせてもらってもいた。用意されていたピアノは癖もない代わり個性もないのっぺらぼうのよう、廉太郎の弾き方次第では鯨にも鰯(いわし)にも化ける、まるで鏡のような一台だった。

心音が高まる。雨音もどこか遠くに聞こえる。

廉太郎を呼ぶ声がした。係員が舞台袖にまで来るようにと叫んでいる。廉太郎はゆっくりと立ち上がり、舞台袖に向かった。

客席は闇に塗りたくられていたが、演者の姿は見える。男性バイオリニストが独奏しているところだった。顔を上気させ、踊るように弓を操っている。幸と比べれば劣るが、それでも廉太郎の心をも浮き立たせる、見事な演奏だった。

曲が終わり、万雷の拍手が鳴り響いたところで、眼鏡を上げた廉太郎は舞台に進み出た。

客席はしんと静まり返っている。数々の視線を頬に感じながら、廉太郎は今日の演奏の難儀を思った。

客は直前の演奏をすぐに忘れる。それはそれ、と棚に上げて、次に出てくる奴はどうだと手ぐすね引いて待っている様子だった。耳の肥えた客席だった。

廉太郎は舞台の真ん中に立ち、客席に深く一礼をした。洋装姿の者たちがほとんどだ。

廉太郎は下手側に置いてあるピアノの前に座り、手ぬぐいで鍵盤の表面を払った。今日は汗が止まらない。顎にたまる汗を手ぬぐいで拭いて上着に収めると、廉太郎は一気に弾き始めた。

今日のために選んだのは、フンメルの『ソナタ変ホ長調』だった。本当はもっと難しい曲を選びたかったのだが、ケーベルに反対された。『実力に肉薄する曲を本番で弾くのはお勧めしない。特に今の君にとっては』。その言葉の意味を十全には理解できなかったものの、師匠の顔を立ててこの曲に決めた。

難曲ではない。流麗にして細かく刻まれた連打が特徴的な曲だが、基礎的な協和音構成を知っていればつっかえるところはないし、重力奏法、ロールングなどの技術を自家薬籠中の物にしつつある廉太郎からすれば朝飯前、譜面通りに鍵盤を叩けばそれで形になる。

廉太郎には、客席をちらと眺める余裕すらあった。

その際、廉太郎は気づいた。客席中ごろに知り合いの顔があったことに。

洋装の人々がいる中で青い小袖姿はよく映えた。だが何より、意志の強そうな目が暗い客席の中でもぎらぎらと光っている。まるで歯噛みするような表情で壇上を睨みつけているのは、幸田幸だった。

廉太郎の意識が一瞬演奏から離れた。危うく鍵盤の階を踏み外しそうになって、慌てて意識を演奏に戻した。

鍵盤と指先を眺めながらも、廉太郎は疑問に苛まれていた。

なんで幸さんが。

今回の明治音楽会には幸は出演していない。客としてここにいるということになる。単に西洋音楽の演奏会だからだ。僕の演奏を聴きに来たわけではない……。そう自らに言い聞かせながら、譜面の定める道のりに戻った。簡単な曲だったがために、なんとか致命的な失敗をすることなく立て直すことができた。最後の一音を弾き終える頃には、重力奏法を駆使した普段の演奏を取り戻していた。

終わった後、廉太郎はかつてない動悸と疲れを感じていた。背中に絡みつくような疲れは、これまで感じたことのない怖気をもたらした。

拍手が一つ上がった。それが呼び水となって、時雨のような拍手が廉太郎の両肩に浴びせられた。

廉太郎は息をつき、天を睨んだ。薄暗い格天井がわずかに見える。

椅子から立ち上がると、廉太郎は客席に向かって頭を下げた。可もなければ不可もない、そんな拍手だった。

控室に戻った廉太郎は窓の前に立ち、街路樹の向こうに走る馬車や、馬車の立てる水撥ねをよけて歩く傘の流れをずっと眺めていた。

すべての公演が終わった後、演奏者皆で舞台に登った。

拍手を浴びながら舞台袖に立つ演奏者の顔は色々だった。忸怩たる表情を浮かべる者もあれば、この拍手を浴びるのはただ己のみだと言わんばかりに鼻頭を膨らませる者もある。だが、舞台に上がった演奏者たちの顔は一様に緊張に包まれる。

急霰のような拍手が胸に刺さる。痛みを我慢しながら、廉太郎はただただ立っていた。

その日の公演は終わりを告げ、演奏家と客との触れ合いに移った。演奏家たちは舞台から降り、客席の最前で集まる人々に応対する。廉太郎の許にもいつもより控えめながらも人だかりができた。握手を求める女学生や、あなたの演奏は非常に素晴らしかったと廉太郎の肩を叩く紳士の言葉にいちいち頭を下げていると、やがて見知った顔がやってきた。

現れたのは、鳥打帽に茶羽織をまとった、例の新聞屋だった。

「あなたですか」

「ご挨拶だな」

いやらしい笑みを浮かべる新聞屋は、こちらの顔を覗き込むようにして身をかがめ、手に持っている帳面を広げると、鉛筆をその上に躍らせた。

「今日の演奏は精彩を欠いていたな。唯一美点があるとすれば、体をゆする癖が弱くなっていることくらいか。見ていて気分のいいものじゃない。早々に改めることだ」

廉太郎は笑みを凍らせ、黙殺の構えを取った。挑発に乗らないと見たか、新聞屋は舌打ちをし、後味の悪さだけを残してその場を離れていった。

しばらく他のお客と歓談していると、やがて、また顔見知りがやってきた。ひょいと手を挙げやってきたのは、仕立てのいい洋服に身を包む鈴木毅一だった。

「今日の演奏、よかったですね」

「いや、そうでもありませんよ」

「ご謙遜を」

鈴木は廉太郎の言葉を本心に非ずと取ったらしい。いずれにしても、顔を紅潮させ、隣にいる紳士に目を向けた。

「実は、この方を紹介したくて」

見たところ、シャツにズボンにサスペンダーという頭脳労働者――小役人のようなりをした、年のころ四十ほどの、眼鏡と口ひげの男だった。ところが、小役人にありがちな卑屈さは微塵も感じられない。しいて言えば、教師のような雰囲気のある男だった。

その男は油で固めた髪を軽く撫でつけ、手を廉太郎に伸ばした。

男は出版社の副社長を名乗った。

廉太郎が小首をかしげていると、鈴木が話を切り出した。

「僕には夢があるのです。東京音楽学校の皆で、作曲集が出せないかと。東京音楽学校は内向きが過ぎます。音楽とは本来外向きのもの、皆に親しまれるものでしょう。であるからには、出版と手を組んで、どんどん音楽学校の成果を世に問うていかなくてはと思っているんです」

廉太郎にも頷けるところがあった。今、東京音楽学校は定期的に演奏会を開いているが、客席にはいつも決まった好事家しかやってこない。ある噺家による「お金持ちのための高座」という東京音楽学校の演奏会への揶揄にも、一片の事実が含まれている。東京音楽学校を開かれた場にするためには、演奏会以外の手で世に啓蒙してゆく姿勢も大事なのかもしれない。

ここまで考えて廉太郎は更なる疑問に駆られた。なぜ目の前の男がそんなことに尽力しているのだろうと。

先回りするかのように、鈴木は角刈りにした頭を指で掻き、答えを口にした。

「僕は音楽の才に乏しいのです。瀧さんや幸田さんのようにはいきません。それに、由比さん――、ああ、あの方は結婚なさいましたから東さんですね、彼女の才にも届きません。でも、僕は人と人を繋ぐことができます。顔が広いのが身上ですから」

目の前の鈴木には、ひとかけらの卑屈さもなかった。

「僕も音楽に貢献したいのです。純粋な音楽の才能はない。でも、僕にしかできないことがある。学校のために、そして今後の音楽のためにもなる。――実は、今回の公演で瀧さんのピアノをこちらの副社長さんに聴いていただいたんです。二つ返事で諒だそうです。実は、東くめさんも加わってくれる手筈になってます。この出版計画に加わってくれませんか」

二学年上の先輩だった由比――東くめは、音楽学校卒業後は師範学校の音楽教師に就いているらしい。そういえば、くめさんを僕に紹介してくれたのはこの人だった――。そんなことを廉太郎は思い出していた。

「何を手伝えというのです」

「瀧さんに曲を作ってほしいのです」

魅かれる提案ではあった。だが、不安がないことはない。

一つには、鈴木が、そして目の前の紳士が信用なるかという話だった。だが、それ以上に、道半ばにある己が学外の事業に手を出していいのだろうかという逡巡が廉太郎にはあった。確かにこれまで作曲をしたことはあるが、世に出る際には誰かの校訂が必ず入った。

「考えさせてください」

結局その日は、答えを明言せずに逃げた。

この話を相談したところ、ケーベルは意外な反応を見せた。

「いいことだ」

週に一度のレッスンの日、ピアノが鳴り止んだ頃合いに、他のこまごまとした話の合間におずおずと切り出した。すると、ピアノの横に置かれた生徒用の椅子に腰かけて足を組んだケーベルは、朗らかに続けた。

「作曲は決して悪いことではない。演奏家が演奏に閉じ籠もるほうがよほど不健全だ」

「けれど、僕はまだピアノも途上で」

「本当に優れた演奏家は、子供の頃から作曲をしている。己の曲を自ら弾きたいがために必死で演奏の腕を上げた者もいるくらいだ。ま、君はその類型に当てはまるまいがね」

ケーベルは楽しげにひげを撫でた。

「自分の中にある音を形にするという作曲家もいる。だが、君は違う。君が作曲をする際、そういう風には作っていまい」

ケーベルの言う通りだった。

作曲の講義で廉太郎は優秀な成績を収めているが、伴奏に悩むことがほとんどなかったからで、旋律作りには苦戦していた。以前、作之助に頼まれて由比くめの書いた詩に曲を当てた時には旅先でようやく曲想がまとまったくらいで、作曲には苦手意識がある。

なぜお分かりに、と問うと、分かるさ、とケーベルはそっけなく答えた。

「君の演奏を聴いていると、わずかながら、旋律にたどたどしさを感じる。まるで、借り物のようだ。そうだ、この前の明治音楽会での演奏もそうだったな」

「ご覧になっていたのですか」

「ああ。隠れて見に行ったのだ。そういえば、そこで幸君にも会ったな。君の演奏について、『彼の演奏は旋律がガタガタね』と言っていた」

　幸の名前に肩をびくつかせる廉太郎の前で、ケーベルはこれ見よがしに溜息をついた。

「それにしても、あの時の君の演奏はひどかった。普段の半分も力が出ていなかった上、途中からあからさまに緊張感を欠いていた」

　あの演奏会から一月は優に経ち、上野の山は紅葉に包まれようとしている。これまで、幾度も機会があったにも拘わらず一度も口にしなかった辺り、これがケーベルなりの気の遣い方なのかもしれないと廉太郎は見た。

「いい教訓になったろう。簡単な曲ほど、崩れた時に回復が利かないこと。そして、今の君はほんの少しだけ、旋律が弱いこと」

　思わず、廉太郎は己の右手を見据えた。まるで、何かに怯えるように細かく震えている。

「その弱点は、非常に小さいものだ。しかし、上の階梯（かいてい）に進めば進むだけ、その弱点は引き伸ばされてゆく。今のうちに潰しておかないと面倒なことになるぞ。ピアノは伴奏楽器だが、旋律を語る楽器でもある。その弱点を埋めるためにも、作曲に手を染めるのも手かもしれない」

今日はもう終わりにしよう。

そう宣して、ケーベルはピアノ室を後にした。

ドアの閉まる音が、まるで何かの宣告のようにも響いた。

なおも、廉太郎は小刻みに震える右手を見つめていた。

少し前から廉太郎も気付いていた。自分の右手には、薄紙一枚分ほどのためらいがある。

そう気づいたのは、重力奏法をはじめとするドイツ流の演奏術を一通り覚え切った時分のことだった。右手と左手の違いは本当に微弱なものだが、わずかなニュアンスの違いを演じ分け、聴き分ける耳を持った廉太郎にとっては、度し難いずれとして立ち現れた。

廉太郎は弾き慣れたショパンの『夜想曲二番』の旋律を右手で弾いた。

どんなに意識をしても、右手の旋律はか細い。目に見えない消音機がピアノの中にはめられているのではないかと疑うほどだった。

廉太郎の懊悩は深かった。

その頃、廉太郎の身辺でも動きがあった。

「すまん、この西片町の借家、引き払いたいんだ」

ある日の夜、従兄の大吉に頭を下げられた。

新宿の市谷本村町にある陸軍省本省に大吉が異動することになり、西片町では通うのに難があること、子供も大きくなってきて、もう少し広めの屋敷に引っ越したいと妻の民にせっつかれているということだった。

廉太郎はあくまで下宿させてもらっている立場だった。否やはない。

「もちろん、廉太郎も住んでくれ。学校から遠くなってしまうが、許してほしい」

「どこに引っ越すんですか」

「麴町だ」

廉太郎の胸に、甘酸っぱい記憶が蘇った。子供の頃、姉の利恵と共に住んだ家があったのが麴町だった。

その年の末、廉太郎は大吉一家と麴町の家に引っ越した。以前の西片町の家と比べると三割増しの部屋数があり、庭の広さは優に倍を超えていた。小さな子を背負いながら、「これくらいの家を借りられる甲斐性はあるってもんよ」と大吉は力こぶを作り、妻の民や子供を笑わせていた。

廉太郎に与えられたのは、南向きの八畳間だった。こんないい部屋を借りることはできないと固辞したものの、大吉は聞かなかった。そんな押し引きが幾度となく続いても大吉の決意は変わらず、ついには廉太郎が折れる形でまとまったのだった。廉太郎は西片町の家から持ってきた書写楽譜の山を己の部屋の隅に積み上げ、入りきらなかったものは北向きの納戸に収めた。

さらに、大吉はあるものをくれた。

「通学には、これを使うといい」

自転車だった。前輪だけが異様に大きい達磨(だるま)型自転車ではなく、前後の車輪がほぼ同じ大きさの安全型自転車、しかも車輪には空気の入ったゴムがはめられている。ほぼ最新鋭のものだった。陸軍省の払い下げ品で使い古しのものだから壊れるかもしれないと大吉は言っていたが、自転車のフレームには錆一つ浮かんでおらず、新品同様とは言わないまでもかなり丁寧に乗られていたことが分かる品だった。

さすがにこんなものは受け取れないと廉太郎は重ねて辞退したものの、やはり、押し付けられるように渡された。

実際ありがたいことには変わりがなかった。麴町から上野まではあまりに遠い。自転車なら一時間もない距離だが、歩けばかなり時間がかかる。従兄の配慮に感謝しながらも、廉太郎は通学に自転車を使うようになった。

そんな頃だろうか、新聞がある記事をすっぱ抜いた。

青天の霹靂(へきれき)にも程がある記事だった。

東京音楽学校が海外留学生を送るべく予算を組んでいるという内容だった。そんなこともあるだろうと頷きながら読んでいくうち、末尾に記された一文に、廉太郎は我が目を疑った。

東京音楽学校ハ現在、教授小山作之助、助教島崎赤太郎、研究生幸田幸、同瀧廉太郎ノ四名ヲ其ノ候補トシ検討中ノ由。

廉太郎の名前が躍っていたのだった。

次の日、廉太郎は矢も楯もたまらずに音楽学校に向かい、たまたま教室から出てきたばかりの島崎赤太郎を捕まえ、廊下で話の仔細を訊いた。とんでもない大事であろうはずなのに、島崎は眉一つ上げることなく、淡々と廉太郎の質問に答える。

「事実だ」

「現在、音楽学校は留学生を送ろうと画策している」

「じゃあ、島崎先生がその選に入っているのも」

「同じく、事実だ」

黒表紙の出席簿を持った島崎は苦々しげに顎をしゃくった。見れば、講義を終えて廊下に現れた学生が廉太郎と島崎の顔を興味深そうに見比べている。その視線に気づいた島崎は、

「河岸を変えようか」

と苦々しげに言った。

言われるがまま校舎の外を出てしばらく歩くと、島崎は上野山広場に置かれたベンチに目を落とした。木漏れ日の中に立つベンチは白く照り輝いて見える。

「ここにしよう」

難儀そうに腰を下ろした島崎は、神経質そうに髪を後ろに撫でつけ、シャツの袖の乱れを手早く直した。

島崎は廉太郎を横目に眺めながら、口を開いた。

「来年度から、東京音楽学校は高等師範学校から離れて、独自の予算を持つことになる」

「そちらのほうが大事件じゃないですか」

「ああ。とはいえ、まだ内示ゆえ他言無用だ。日清戦争が終わってから、音楽学校の〝独立〟の世論が高まったのもよい後押しになったな。小山先生も、本望だろうよ」

意外な名前が出たことに廉太郎が驚いていると、島崎は鼻で笑った。

「ああ見えて小山先生はやり手だ。上の人たちと組んで、音楽学校の復権に動いておられたよ。ケーベル先生の招聘はその一環だ」

小山作之助の人のいい笑みが脳裏に浮かぶ。今一つ、政治の世界で渡り合う作之助の姿は廉太郎の頭上で像を結ぶことはなかったが、島崎が言うからには事実なのだろうと呑み込み、島崎の言葉の続きを待った。

「あの新聞報道は、小山先生辺りが記者に書かせたものと考えている」

「どうしてそんなことを」

「既成事実作りだ。雰囲気作りともいうかな。あの人はかなりの策士だぞ」

いつの間にかずり落ちていた眼鏡を上げる廉太郎を前に、島崎は細面をわずかに歪めた。

「あのお人は策謀を自身の栄達に使わないからこそ人望がおありだ。実際、今回の海外留学候補の一人に小山先生が擬されているのも事実だが、ご辞退なさるだろう。小山先生はそういう方だ」

島崎は右手で拳骨を作り、左手で包んだ。その両手を睨み続けた島崎は、ややあって、口を開いた。

「つまり、今回海外留学の俎上に乗せられているのは、瀧、幸田、そして僕の三人だよ」

胸の高鳴りを廉太郎は感じていた。学校肝煎りの留学、すなわち官費留学はこの国の礎となる人材育成のために行われる事業だった。その候補に選ばれて嬉しくないわけはない。

目の前の島崎は、膝に乗せていた出席簿の黒い表紙を掌で撫でた。

「君はオルガンについてどれくらい知っている」

質問の趣旨が分からなかった。曖昧に声を発すると、すまん、と島崎は頭を下げた。

「日本にあるオルガンが本式のものでないと知っているかと聞いているんだ」

日本に入ってきているオルガンがリードオルガンと呼ばれるものだということは廉太郎も教わっている。足踏みペダルで圧力を高めた空気で簧（した）という板状の部品を振動させ、決まった音を出す。だがこれは、本来のオルガンではない。

「本式のものはパイプオルガン、ですよね」

「その通りだ」

圧力を高めた空気を管に送り込み、笛の要領で音を出すのが本来のオルガンである。その精華は、人間の数倍の身丈があるパイプオルガンだった。廉太郎も輸入文献の図版でしか知らないが、その楽器は大聖堂の壁一面を占めるほどに大きい。楽器というよりは建築と称すべきものだった。

島崎は遠い目をした。

「できることなら、僕はパイプオルガンを学びたい。今の日本にはそもそも楽器そのものが入ってきていないゆえ無駄ではないかという意見もあるかもしれない。だが、まだ入ってきていないからこそ、欧州のパイプオルガンの実際を見聞し、いつか日本に導入される際の手伝いとしたい」

「だから、外国に行きたい、と」

大きく頷くと、長話になってしまった、と言い訳半分に呟き、島崎は立ち上がった。

「次の講義の時間だ」

「お忙しいところ、すみませんでした」

学校までの道を行く島崎は、やがて雑踏に消えた。

息をついた廉太郎はベンチに腰かけたまま、足元に目を向けた。小さな虫たちのための木漏れ日の舞台が白く輝いている。

「何しているのよ」

声が掛かった。顔を上げると幸田幸の姿があった。この日の幸はいつも通りの青い小袖のなりをしていたし、言葉にもこわばり一つなかった。自然体で、夏の日差しのように苛烈な眼光をいつものようにこちらに投げかけてきている。

新聞報道を知らないのかといぶかしく思った。だが、当の幸がその件を切り出してきた。

「あなた、留学生候補に選ばれているらしいわね」

「みたいです。幸さんも」

「当然のことだわ」幸の言葉は、冴え渡った刃のようだった。「あなた、もし推薦を受けたら、行くの、海外に」

　廉太郎は曖昧に首を振った。

「分かりません。――僕はまだ、日本で学ばなくちゃならないことがある気がするんです」

「学ぶ？　何言ってるんだか。もうこの国で学ぶことなんてほとんどないはずよ。ケーベル先生の教えだって、もうほとんど習得しているんでしょう？　むしろ、あなたがしなくちゃならないのは、乗り越えることよ」

　何を言われているのか分からずに戸惑っていると、幸はその双眸を廉太郎へと向けた。深い紺色の瞳が廉太郎を捉える。

「あなたのピアノ、旋律が弱いわよね。でも、技術とか指先の力みたいなことで改善されることじゃない。きっとあなたの心持ちとか態度とか――。そういう部分の傷でしょ」

　心の中を見透かされている。

　留学の話を素直に喜べないのは、廉太郎のピアノが壁にぶつかっているからだった。今の段階でさらなる階梯を登ると大きな瑕疵が生じるとケーベルから宣告されているのも大きい。

　幸は、バイオリンケースを右手で掲げた。

「わたしにも、足りないものがある。でも、日本じゃはっきり見えてこないから海外に行くつもりよ。そうやってうだうだしているなら、早いところ辞退してくれないかしら。邪魔だから」

つっけんどんに言い放った幸は、踵を返し、音楽学校の校舎へと歩いていった。

またもやベンチに取り残された廉太郎は、幸の背中を眺めて短く息をついた。自分はああはなれない、と。

そうして一人、しばらく座っていると、ふいに廉太郎に声がかかった。

振り返るとそこには、鳥打帽に茶の羽織、破れ長着姿の青年が立っていた。相変わらず、怒りの混じったような目で廉太郎のことを見下ろしている。思わず身を固くした。新聞屋だった。廉太郎があからさまに警戒の色を見せたのを笑った新聞屋は、廉太郎の後ろで中腰になってベンチの背もたれに手をつき、遠ざかる幸の背中を見やった。

「お前には興味ないよ。俺が興味あるのは――幸女史さ」

「なぜ、幸さんに」

「あれは、幸田延の妹だろ。もし、教授の延が我が妹可愛さに国費留学生候補にねじ込んだって騒ぎ立てれば、いいネタになると思ってな。それに、そもそも女の国費留学だ。男の心証は悪かろうな」

目の前の男は、幸田幸という血の通った人間を見ているわけではなく、教授の妹、女、といった人に付されたラベルで物事を見定めている。そのことが、廉太郎には腹立たしい。

「そう怖い顔をしなさんな」

新聞屋は廉太郎の顔を見下ろした。

「何が目的なんですか」

「俺は新聞屋だ。新聞屋は売れるネタを探す。それだけだ」

鳥打帽を深くかぶり直し、新聞屋は羽織を翻した。

新聞屋の背中には怨念がこびりつき、とぐろを巻いていた。だが、その心中には皆目見当がつかなかった。

海外留学生派遣の件は廉太郎にとってはあまりに遠い物事だったが、世間はそう取ってくれなかった。

留学生派遣の記事は大きな波紋をもたらした。その日の報道から何度も特集が組まれた。名前の挙がった候補生たちのこれまでの活躍をまとめ、誰が一番有望なのかを各紙が格付けしあった。ある新聞は幸田幸を推し、ある新聞は黎明期から西洋音楽を支えてきた小山作之助が適任だろうとの見通しを示した。廉太郎を推す新聞もあった。

報道が過熱するうちに、気分の悪い記事も出た。

ある新聞記事には、『今後、日本が音楽を受容するにあたり必要なのは、一生を音楽に捧げることのできる人材である。その点、女性は中途で結婚をして〝投資〟がふいになる恐れがある。従い、男性に留学させるのが筋である』という社説が載っていた。その末尾で廉太郎を推していたから複雑な心情だったが、事実上、女である幸は不適格だと責めている論説には疑問を抱かずにはいられなかった。

幸もこの記事を読むかもしれない。どんな思いでいるだろう。廉太郎は胸の潰れるような思いに襲われたのと共に、あの新聞屋の青年が頭を掠めてならなかった。

「留学生の件、今は辞退、と」

小山作之助は目を白黒させると廉太郎の顔を上目遣いに見、困ったと言わんばかりに顔をしかめた。

東京音楽学校の教員控室は、運よく小山作之助しかいなかった。並べられた教員用の机、己の席の前に座っていた作之助は、もったいない、と口にした。

「海外留学の候補になるということがどういう意味か、君も弁（わきま）えているだろう」

「はい、もちろんです。だからこそ、まだ、日本でやらなくちゃならないことがあるんです」

短く嘆息した作之助は、さんさんと日の降り注ぐ窓を眺めた。

「何か考えがあるのだろうし、思いは汲むつもりだよ。だが、君は今、期待されているピアニストであるということも分かっているだろうね」

「もちろんです。されど、それは他人の評に過ぎません」

廉太郎の言に、作之助は目を丸くした。

「なるほど、自分の行ないには一切関係がない、というわけだね」

誰かの成績簿をつけている作之助は、ふむ、と鼻を鳴らした。

「これから留学生を一人に絞ることになる。君の意思はよく分かった。本人に行く気がないのなら無理強いする理由はない。君の意思は最大限に尊重しよう」

「ありがとうございます。無理を言っているのは分かります」

「思えば、君が我儘を言うのは初めてだよ」作之助は笑った。「予科の頃から、君は腐ることなく必死でここまでやってきて、時には教師の思惑を超える成果を上げてきた。だから、音楽に愛された天才と誤解していたが、君も悩める一人の若者なのだね。少し安心したよ」

頭を下げると、作之助は未練の煙を散らすように、手を大きく振った。

「謝ることじゃない。今、君は私には分からない壁に当たっているのだろう。ならば、その壁をぶち破ってくれ。今回は君の海外留学は見送る形になるだろうが、おいおい君を推薦することもあるだろう」

「ありがとうございます」

涙がこぼれそうになるのを必死でこらえて頭を下げた。小山作之助という心の師を得たことが、廉太郎からすれば大きな仕合わせだったのだと改めて気づかされる。

教員控室を辞した廉太郎は、ピアノ室に向かった。この時刻、何の講義にも使われていないことは調べ済みで待ち合わせ場所に指定した。

ピアノ室では、一人の男がピアノに向かっていた。抑制のきいた、穏やかで繊細な指遣いは助教の橘糸重を思わせたが、廉太郎に気づいて顔を上げたのは男だった。

「ああ、瀧さん」

ピアノを弾いていたのは鈴木毅一だった。

あなたの専門はピアノなんですね、と声を掛けると、鈴木は、あはは、と力なく笑った。

「いえいえ、真似事みたいなものでして。私は万(よろず)につけて八割がたのところまで腕を上げることができるんですがね、残り二割を突き詰めることがどうしてもできない。結局は、器用貧乏で終わる人物類型ですな」

他人事のように声を上げて笑った鈴木はすくりと立ち上がり、廉太郎に曰くありげな微笑みを向けた。

「さて、今日は何の御用でしょうか」

鈴木の目が如才なく光る。

ここに鈴木を呼んだのは廉太郎だった。廊下ですれ違った鈴木に、あとでここに来るようにと耳打ちした。

事情はもう分かっているだろうに、と苦々しく思いながらも、廉太郎は言葉を発した。

「この前、鈴木さんがお話しくださった作曲の件、まだ話は生きてますか」

「もちろんですよ。もしや」

「はい、そのもしや、です。僕にもお手伝いさせてください」

鈴木は顔をほころばせた。

「本当ですか」

「嘘をつく理由なんてありませんよ。やります」

「嬉しいです。しかし」鈴木の満面の笑みに墨汁一滴ほどの疑念が混じった。「どんな風の吹き回しですか」

「まあ、人生色々ってやつです」

不承不承といった風ながら、廉太郎からこれ以上内心を聞くことができないと思ったか、鈴木は合点するように頷いた。

この日から、鈴木と二人で動き始めた。

子供向け唱歌を出す出版社に顔を出し、例の副社長にも改めて挨拶をした。相変わらず小綺麗なシャツ姿の副社長は廉太郎が頭を下げるなり慌て、先生ともあろうお方が軽々に頭を下げてはなりません、と廉太郎をたしなめた。先生は止めてください、と言ったものの、留学生候補に登った方に先生とつけないのは失礼です、と返され、ぐうの音も出なかった。もし留学に行けば、日本に戻ってきた時には間違いなく教授の地位が与えられると見越した言であることは間違いなかった。

『ところで、途中で留学に行かれてしまう懸念は……』

副社長は小さな眼鏡をせわしなく上げながら、おずおずと廉太郎に訊いた。留学は数年に亘（わた）るし、まさか手紙で楽譜のやり取りをするわけにもいかない。廉太郎の留学が決まり企画倒れになるのを恐れているのだろう。廉太郎は首を横に振って答えに代えた。

出版社への挨拶を終えた廉太郎は、鈴木に引っ張られる形で元浅草へ向かった。この辺りは未だに江戸の香りを色濃く残している。すれ違う羽織や小袖の人波を縫うように歩き、裏通りに入ってしばらく行くと、借家の家々が並ぶ一角にやってきた。

鈴木が足を止めたのは、ひときわ敷地の大きい平屋の家だった。声を掛けて門をくぐり、玄関に回ると、奥から一人の婦人が出てきた。

紫の小袖をゆったりと着て豊かな黒髪を日本髪にまとめている。ふんわりとした笑みは薄化粧とも相まって自然な雰囲気を醸していた。

「ご無沙汰してます」

鈴木が頭を下げると、その女性は手を叩いて框で膝を折った。

「鈴木君、久しぶりね。あと、瀧君も」

名前を呼びかけられて驚いた。その態度に、上がり框にいる女人は不満げに眉をひそめた。

「あら、わたしのことを忘れちゃったのかしら。しょうがないわねえ、テニスの時に一回顔を合わせたきりだもんね。わたしよ、由比くめよ」

今は東だけどね、とくめは笑った。

言われて、ようやく結びついた。男女合同のテニスの際、鈴木に紹介された人だった。かつては髪の毛を後ろにまとめただけの髪型だったから、随分印象が変わっていて気づくのが遅れた。

廉太郎たちは客間に通された。庭を望む明るい八畳間だった。埃一つ落ちていない床の間には瑞々しい花が生けてある。綺麗になさっておいでですね、と鈴木が水を向けると、お茶を運んできたくめは恐縮するように首を振った。今日は休みで掃除したばかりだからよ、と。

くめは廉太郎たちに茶を勧めると、差し向かいに座った。

「今日は旦那様、学者仲間と歌会だっていうから留守なの。暇を持て余していたところだったから、お客さんが来てくれて嬉しいわ」

口角を上げて微笑むくめを前に、鈴木は本題を切り出した。

「東さん、喜んでください。例の唱歌集の件、正式に動くことになりそうです」

「瀧君が加わってくれるってことよね」

廉太郎が二人の顔を見比べていると、くめが胸の前で手を合わせた。

「子供向け唱歌集を作ろうって言い出したのはうちの旦那様なんだけど、瀧君に曲を書いてほしいって考えたのはわたしなのよ」

「え？　どうして」

「覚えているかしら。『春の海』。あれで瀧君の曲作りが気に入っちゃって」

里帰りの際に汽車の車窓から眺めた瀬戸内の海に着想を得て、形にした曲だった。四分の三拍子で寄せては返すさざ波を表現できたのは会心の思い付きと自負している。思えば、あの歌の作詞者は、まだ旧姓の由比を名乗っていたくめだった。

「光栄です」

「わたしこそ、忙しい瀧君が仕事を受けてくれるなんて嬉しいわ」

手を胸の前で叩いたくめは、笑みを顔から消し、真面目な顔を廉太郎に向けた。先ほどまでの笑顔はあくまで教師として培った表の顔だろう。だとすれば今浮かべている顔は、音楽家、東くめのそれなのだろう。そう当たりをつけ、廉太郎は居ずまいを正した。

「わたしには、夢があるの。今の文学が口語体を取り入れつつあるって話、瀧君にしたかしらん」

「そんな話を聞いたような」

「わたしは、歌の世界でも同じ動きが起こると考えているの。今、音楽学校が作っている唱歌の多くは文語体のものばっかりで、勇ましい軍人精神だったり唐国とか本邦の故事だったりが歌われているわ。いえ、それが悪いとは言わないけれど、それだけじゃいけないとわたしは思ってる」

だから、とくめは力強く続けた。

「口語体で身近なものを愛でる唱歌があってもいい。正月の喜びを形にしてもいい。鳩に餌をやる時の心の動きでもいい。そんな、細やかで、皆が取りこぼしてしまうような心の動きを描きたいの。子供だって、身近にあるものを歌うほうが楽しいんじゃないかって思うのよ」

そうするには——。そう前置きして、くめは廉太郎を指した。

「曲にも工夫がいるのよ。あんまり難しい曲にしちゃだめ。でも、平板なメロディにしてもいけない。瀧君みたいに新しい感性を持った人にこそ、わたしと組んでもらいたかったのよ」

　廉太郎としては願ったり叶ったりだった。

　この仕事を受けた廉太郎には目論見（もくろみ）があったが、鈴木にも説明していない。

　ピアノの旋律が弱い。そんな自身の問題を解決するため、ピアノの前に座るだけではなく、他のことをなせば見えてくるものがあるかもしれないと考えたのだった。

　音楽家としての顔から、元の教師のそれへと戻ったくめは、そういえば、と切り出した。

「最近、幸ちゃんは元気にしてる？」

　幸ちゃん。幸田幸のことだろう。

「結婚してから忙しくなっちゃって。そう、元気ならいいのよ。——瀧君、幸ちゃんの傍にいてあげてね。あの子は誤解を受けがちだから。あの子、一人で颯爽（さっそう）と歩いているでしょ。でも、本当はあの子、脆（もろ）いのよ」

「そうなんですか。信じられない」

「脆いところがあるからこそ、虚勢を張っちゃう面もあるんだろうけどね」

　くめは幸田家に泊まった日のことを語った。

　その日、くめは幸の横に蒲団を敷いていた。くめがランプの灯（ひ）を頼りに幸の家にあった幸田露伴の本を読み進めていると、やがて隣から穏やかな寝息が聞こえ始めた。

だがほどなく、幸がうわ言を口にし出した。最初は小さいものだったが、徐々に声が大きくなってゆく。『そんな目でわたしを見ないで。わたしの音は外れてない』、そんな言葉をくめは覚えている。そして、突然幸は、蒲団を跳ねのけて上体を起こした。

そんな幸の顔は真っ青に染まり、顔全体に汗をかいていた。

「あの子は何でもないって笑ってたけど、嘘よ。きっとあの子は夢の中でもバイオリンを弾いているんだな、って薄ら寒くなったわ。わたしなんかじゃ分からないような重圧を抱えながら」

もちろん、廉太郎にも幸の思いなど分からないし、分かったふりをしてもならないとは思っている。だが、徳川家の茶坊主を務めていた幸田家に生まれ、厳格な家風に薫陶され、姉が海外留学も果たした大バイオリニスト、本人も全く同じ道に進み将来を嘱望(しょくぼう)されている身だった。重圧を感じないほうがどうかしている。

「きっと、あの子に一番近づけるのは、瀧君、たぶんあなただから」

くめは悔しさを墨汁一滴あまり表情に滲ませながら、薄く微笑んだ。

一月ほどのち、延以来中断されていた音楽学校留学生派遣が正式に発表された。

選ばれたのは、幸田幸だった。小山作之助の辞退は報じられたものの、廉太郎の話は表沙汰にならなかった。

廉太郎は祝いの言葉を述べるために、日曜日、南千住の延の家へと自転車を走らせた。

延の借家は驚くほどに静かだった。廉太郎が自転車を引いて小さな木の門をくぐると、演奏室の掃き出しの近くに立っていた延が廉太郎に気づき、玄関へと回ってきた。

「瀧君か。よく来たな」

「幸さんにお祝いの言葉をと思いまして」

「ああ、わざわざすまない。上がってゆくといい」

廉太郎は演奏室に通され、部屋の真ん中に置かれたティーテーブルに座らされた。紅茶を用意してから、延は家の奥へと向かっていった。

しばらく廉太郎が待っていると、延に連れられ、幸がやってきた。

廉太郎は驚いた。幸の様子がおかしかった。

なりはいつもと変わらない。だが、何かがあまりに違う。違和感を見極めようと首をひねるうち、ようやく正体に行き当った。

目だった。いつも、真夏の太陽を思わせるその目から輝きが失われている。目の下には隈ができてしまっているのも、暗く沈んだ目をなおのこと際立てている。

幸は、まるでうわ言のように口を開いた。

「何か用」

これ、と延にたしなめられるものの、幸は意にも介さない。

廉太郎は息を呑みながらも言葉を発した。

「お祝いに来たんです。海外留学の」

幸は声を荒らげた。紙が裂けるような声が部屋に満ちる。

「あなたも笑いに来たんでしょう」

「そんなわけないじゃないですか」

「本心を言えばいいじゃない。散々新聞で叩かれているわたしを笑いに来たって」

ここまで荒れているとは、思いも寄らなかった。

過熱していた留学生候補報道は、正式発表で最高潮に達した。かねてより幸を推していた新聞は手を替え品を替えて幸のこれまでの実績の数々を美辞麗句で飾り立て、前途を寿いだ。一方、他の候補者を推していた新聞は音楽学校の決定に疑惑ありと書き立てた。曰く、幸が選ばれたのは、音楽学校教授である延の横車が働いた結果だと。またある新聞は、女性留学無用論を展開した。

横車などありえない。東京音楽学校は実力主義の場だった。いくら延が妹を無理矢理海外に送ろうと考えても、他の教授陣をうんと言わせることはできない。女性留学無用論も当たらない。性別など関係なしに、幸は最も優れた演奏者だった。幸とてそれは分かっているだろうが、新聞記事の内容は、あれほど揺らぐことのなかった幸の眼の光をかき消してしまうほどにひどかった。

廉太郎は立ち上がった。

「幸さん、僕と重奏をしてくれませんか」

虚を衝かれたように幸は目を丸くした。

「僕らは音楽家です。百万語を費やすより、音で語らったほうが手っ取り早いと思いませんか」

ややあって頷いた幸は、いったん奥に戻った。その間に、廉太郎は部屋の隅に置かれているアップライトピアノに向かい、鍵盤の表面を手ぬぐいで払った。

二人きりになったその時、廉太郎は延に声を掛けられた。

「すまんな」

「何がですか」

「いや、幸のことだ。君を体のいい当て馬に用いている。ケーベル先生も、私も」

「たぶん、そういう星の巡りだったんでしょう」

「君には勝てないな」

延がそう呆れ半分に口にした時、幸はバイオリンケースを抱えて戻ってきた。手早くバイオリンをケースから取り上げた幸は、光の戻らない目でピアノの前に座る廉太郎に一瞥をくれる。

「モーツァルト『ピアノとバイオリンのためのソナタKV380』」

「何をやるの」

廉太郎が口にしたその時、幸の顔が凍った。

因縁の曲だった。ケーベルに弾いてみるようにと言われ、二人で思い切り斬り合った。あの時は幸に勝ちを譲る形になってしまったが、ケーベルの評はむしろ幸に対して辛かった。

「いいの？」怯えたような声で幸が言う。「アップライトピアノは連打に向かないんでしょう？　あの曲は連打が多いんじゃ」

「大丈夫です。戦うのではなく、語らうだけなら」

廉太郎は息をつき、幸と息を合わせることなく、第一音を奏で始めた。持ち主の性格を反映してか四角四面で硬質な音質を持つこの家のピアノだが、音がわずかに柔らかく、普段より鍵の反応もよい。まるで、持ち主の心配を汲んで、この日ばかりはと手を緩めているかのようだった。

慌てて幸が続く形で曲が始まった。

幸のバイオリンは精彩を欠いていた。いつもの思い切りがなく、萎れてしまっている。

廉太郎はピアノで幸を先導する。グランドピアノよりもわずかに遅い鍵盤の戻りがもどかしい。だが、納得できるだけの演奏にはなっている。もっとも、右手の旋律は未だにわずかに弱い。

意識して右手に力を入れて廉太郎が曲全体を引っ張ってゆくと、次第に幸の演奏にも変化が訪れ始めた。ふいごで空気を送ってやったかのように熱が上がった。周囲のものをちりちりと焼くほどの熱気に思わず振り返ると、幸の目は依然として輝かないものの、完成した立ち姿、まるで精巧なからくり人形のように体に染みついた動作を繰り返している。それはあたかも、廉太郎の放つ音に無意識に反応しているようだった。

廉太郎は舌を巻く。こちらはアップライトピアノとはいえ、心の入らない演奏で廉太郎の演奏を凌いでいる。

天才の二文字が頭を掠める。これまでおいそれと使ってこなかった言葉だが、幸にならなら使ってもいい、という気にもなる。

ずるい。そんな言葉が廉太郎の口をついて出た。

幸に対する妬みが、指先に宿る。

廉太郎のピアノが音色を変えた。今の今までよりも音の一つ一つがよりシャープに、そして清涼なものへと変わった。その変化に誰よりも戸惑っていたのは廉太郎だった。ピアノは均質な音を発するための楽器だ。音色まで変化することはありえない。

廉太郎が戸惑っているうちに、曲の底流に揺蕩っていた幸の演奏にも力が戻ってきた。思わず振り返ると、幸の目に、先ほどまでは曇っていて窺うことのできなかったはずの光が戻ってきた。顔はわずかに上気している。

先ほどまでとは比べ物にならぬほどに研ぎ澄まされたバイオリンの音色が曲を底上げする。これこそが本来の幸田幸だった。共に曲を形作る仲間すらも追い立て、焼き尽くす。

廉太郎は高鳴る心音と共に鍵盤を必死で叩いた。もはや何かを考えている暇はなかった。あらん限りの技術を用いて曲を追いかけ、次々にやってくる幸のバイオリンの暴風に耐えた。

長いようで短い旅の末、最後の一音に至った時には、廉太郎は疲労困憊（こんぱい）の中にあった。二の腕が痛みを発し、指も攣（つ）りかけている。

振り返ると、ぎらぎらと目を輝かせた幸がそこに立っていた。

バイオリンを肩から降ろした幸が廉太郎に話しかけた。

「あなた、この演奏の途中で腕を上げたんじゃない？」

「かも、しれません」

「嫌味な人だわ。自分の伸びしろを見せつけるなんて」

「いや、そんなつもりは」

慌てて言葉を否んだものの、どこかほっとしている廉太郎もいた。幸の口ぶりが、いつものそれに戻っている。

そんな幸は、ばつ悪げに自分の視線を足元に落とした。

「わたしの留学を祝いに来たっていうのは本当みたいね。あなたのお祝い、確かに受け取った。あなたを見てると、深く考えるのが馬鹿馬鹿しくなるわ。あなたは自分が伸び続けるんだって頭から信じているんだもの。口ではいろいろ言ってても」

そうだろうか。今も壁にぶつかって悩んでいる。実際、先の演奏だって音色が変化しただけで、右手が弱いという問題はまるで解決していない。

「あなたって屈託がないのよね。だから近くにいると腹立たしくもなるけど、今日だけはありがたかったわ。世間がどんなに汚くったって、本物の音楽が鳴り響く場には、純粋なものがあるんだって信じられる」

そこまで一息に言い切ると、幸は手早くバイオリンをしまい、部屋から出ていってしまった。入ってきた時よりも足取りははるかに軽かった。その後ろ姿を見送っている延は呆れているようだったが、その顔に、穏やかな笑みが混じっているのを廉太郎は見逃さなかった。

「どうやら、妹は一つ皮が剝けたらしい。礼を言う」

「いえ、僕こそです。僕がここまでやってこられたのは、幸さんのおかげですから」

予科の時、もし幸の演奏を耳にしていなければ、もしかしたら今頃官吏の道に進んでいたかもしれない。入学してからも、ことあるごとに幸が廉太郎の前に立ちはだかる壁であり続けてくれた。そのおかげで廉太郎は成長できた。

「そうか。ありがたいことだ」

「だから、僕も頑張らなくちゃなりません」

廉太郎はアップライトピアノの蓋をゆっくりと閉じ、立ち上がった。ことり、という蓋の奏でる密やかな音が、部屋の中に満ちた。

延の家からの帰り道、自転車を走らせていると、上野山近くの通り沿いで声を掛けられた。

ブレーキをかけて振り返ると、そこには例の新聞屋の姿があった。

「やあ、色男。留学の内定した幸田女史のところに行ったのかい。学生さんが羨ましいな。こちとら銭を稼ぐために駆けずり回っているっていうのにお気楽なもんだ」

廉太郎の頬が火照(ほて)った。照れではない。怒りを自覚した。廉太郎は自転車にまたがったまま、鋭い声を発した。

「あなたには関係ありませんよ」

「まあ確かに。だが、おかげで稼がせてもらった。やっぱり女に留学させたくないと思っている野郎は多いみたいでね。おかげで新聞が飛ぶように売れた」

血が逆流するような思いだった。ここ数か月に亘って新聞紙上で繰り広げられた幸田幸への攻撃は、やはりこの男の手によるものだったのか、と。

「そう怖い顔をするな。俺はただ、最初に記事を書いただけだ。他の新聞の動向なんて知らないよ。これは俺の持論だが――、どんなに醜悪な記事だろうが、どんなに目を背けたくなるような汚い流言だろうが、社会に広がるものは、何らかの真実を突いているのさ」

「あの記事が、真実だと言いたいんですか」

「違うよ。俺はただ、あの記事の原案を書いたことで、主筆の本音を引き出したんだ。〝なぜ女に留学できて、俺が留学できないんだ〟ってね。その思いがあの記事を読んだ奴らの妬みとか嫉みを突っついたんだ。そういう汚い感情は、この世の中に佃煮にするほど転がってるってこった」

いやらしく笑い、新聞屋は雑踏の中に消えていった。その後ろ姿を目で追いながら、廉太郎は怒りに身を震わせている己に気づいた。幸との重奏。あの際に生まれた感動に水が差された気がして、廉太郎は己の腿を力任せに叩いた。

廉太郎は風に飛ばされないように頭の帽子を押さえた。

子供の小さな悲鳴が聞こえた。思わず声のほうに向くと、麦わら帽子が海風にあおられ、かもめと共に宙を舞っていた。

横浜港は船に乗り込む人、降りる人、迎えに来た人、送りにやってきた人、そうした人々を相手に商売する人でごった返している。見れば、スーツにステッキ、ドレスに日傘というなりの異国人夫婦の姿もある。そんな中、廉太郎は洋服ではなく、学生時代からずっと使っているぼろ袴でやってきてしまった己の不躾を思った。山高帽子は大吉から借りた。『横浜に行くんならそれくらいのおしゃれはしておけ』と言われ、半ば押し付けるように渡された。

浅草もかくやの人の波に辟易していると、横の鈴木が声を上げた。

「急いで探さないといけませんね」

「まったくです。で、どこの埠頭に船がついているんですか」

「第二埠頭です」

再会を喜んでいると思しき一家の間を突っ切り、第二埠頭へと急いだ。

第二埠頭についている船はほぼ世界を半周するものだ。日本を発ってから香港、マカオ、シンガポールといった主要な港を回った後インド洋を回り、スエズ運河を通り地中海に達する。そんな長い距離を行く船のためか、他の埠頭についている船とは比べ物にならない大きさだった。全体を白に、喫水部から下は黒く塗られた、山のように大きな客船だった。

日本からこの船に乗り込む者は多くないのか、第一埠頭と比べれば見送りの人々は少なかった。だからこそ、目的の人はすぐに見つかった。

いつもの青い小袖に日本髪の姿ではなかった。黒い髪の毛は後ろで束ね、頭上には桃色の帽子を被っている。また、青い小袖の代わりに桃色の鹿鳴館(ろくめいかん)式ドレスを身にまとい、手にはバイオリンケースと大きな行李鞄を抱えている。だが、どんなに姿かたちを変えても、意志の強そうな目、そしてその目に宿る強い光は覆い隠すことができない。

その女の人の傍には、見知った顔があった。小山作之助、島崎赤太郎、そして幸田延。間違いなかった。

「幸さん」

廉太郎は手を振って近付いた。すると、桃色ドレスの女――幸は廉太郎に気づいて目を丸くした。

「瀧君じゃない。なんでここが」

「ええ。調べてもらったんです。彼に」

後ろにいる鈴木毅一は胸を張った。

「私にかかれば何ということはありませんでしたよ」

「まったく、鈴木さんには敵(かな)わないわ」

幸の口ぶりは、まるでなじるようだった。

幸田幸、異国へ出発す――。

この報せを耳にした学生は『皆で幸田幸を送り出そう』と気炎を上げた。学生からすれば暇潰しの種程度のものだったが、先回りするように管理室の掲示板に注意喚起がなされた。『研究生　幸田幸君ノ洋行ニ就キテ』と題されたその貼り紙には、幸田幸自身が派手な見送りや送別会を固辞していること、出発日時についても伏せてほしいという希望があるため問い合わせには答えられない、という内容だった。

廉太郎がその貼り紙を見上げていたところ、突如後ろから現れた鈴木に耳打ちされた。

『僕の人脈を使えば、ある程度調べることができると思います』

何とも時機を得た申し出に、廉太郎が乗っかる形になった。

「で?」幸は少し斜に構え、怪訝な目を廉太郎に向けた。「せっかく隠れて旅立とうとしているわたしに何を言いに来たわけ? ただの挨拶なわけないわよね」

「はい。幸さんに、言わなくちゃならないことがあります」

廉太郎は己の思いをそのまま口に出そうと努力したものの、うまく出てこない。いつの間にか口の中がからからに乾き切っている。緊張のあまりか、心音がかもめの鳴き声と混じり合う。

何度か息を落ち着かせ、廉太郎はようやく、口を開いた。

「必ずや幸さんに追いつきます。向こうで待っていてください。西洋音楽の地で、重奏をやりましょう」

最初、幸は何を言われたのか分かっていない様子だった。だが、しばらくして、はっ、と鼻にかかった短い笑い声を発した。

「あなたらしいわね。まさか、餞別が果たし状なんてね」

「えっ、いや、あの」

意地悪く口角を上げる幸は、最後には柔らかく微笑んだ。幸がこんな表情を浮かべるのを目の当たりにするのは初めてのことで、廉太郎はうまく言葉を継げずにいた。そんな廉太郎を前に、幸はひらひらと手を振った。

「ま、いいでしょ。果たし状、受け取ったわ。その代わり、必死で腕を磨くことね。分かっていると思うけど、わたしだって向こうで遊んでいるつもりはないんだからね」

「もちろんです」

「その臆病な右手を直してからやってくることよ、下手なピアニストさん」

棘だらけの言葉ではあったが、なぜか嫌味は感じなかった。それは、あまりに幸の言に屈託がないからだろうかと廉太郎は思った。

廉太郎が言葉の接ぎ穂を探しているうちに、ずっと廉太郎の後ろに隠れていた鈴木がおずおずと前に出て、リボンのついた小包を幸に差し出した。

「何これ」

幸が不審がっていると、なぜかたどたどしく、鈴木は口を開いた。

「これは瀧さんと僕からの餞別です」

そんな話は聞いていないが、話を合わせておくことにした。

「開けてもいい？」

鈴木が小刻みに頷くと、幸は手の中に収まりそうな小包のリボンを解いて蓋を開いた。

中から出てきたのは、高さ十センチにも満たない小さなガラス瓶だった。細首が延びた壺のような形をしており、上部にもガラス製の蓋がされていて、蓋と本体が銀のチェーンで結ばれている。その瓶の中には液体が満たされ、水面が揺れているのが青っぽいガラス越しにも見える。幸が蓋を開くと、辺りに花の香りが舞った。

「香水です。船旅はとにかく悪い空気がこもると聞くので。これで気を紛らわせていただければ」

震える声で鈴木が口上を述べると、幸はゆっくりと頭を下げた。

「ありがとうね、瀧君、鈴木さん」

本当は鈴木が用意したものなのだが、礼を言われて悪い気はしない。廉太郎は曖昧に頷いた。

しばらく話をしていただろうか、幸の乗る予定の船が巨鯨の放つ唸り声のような汽笛を放った。

「もう時間みたいね。じゃあ、皆さん、ごきげんよう」

手早く会話を打ち切るや、幸はくるりと踵を返した。右手にバイオリンケース、左手に行李鞄を抱えた幸は一度も振り返ることはなかった。

幸を乗せた船は、やがて埠頭を離れ、水平線の向こうへと消えていった。

海風にさらされながら廉太郎が水平線の向こうに目をやっていると、島崎赤太郎に声を掛けられた。

「今回は、幸君に先を越されたな。お互いに。来年、もし海外留学生を送るとなれば、また僕も君も候補に選ばれることだろう。これから、また戦いが始まるぞ」

「そうですねえ」

廉太郎はのんびりと応じた。毒気を抜かれたのか、ぼうっとした顔をしている島崎を横目に、廉太郎は少ししょげた風のある鈴木に声を掛けた。

「鈴木さん、僕らも、自分のなすべきことを頑張りましょう」

「あ、ああ。そうですね」

半ばうわ言のように、鈴木は頷いた。

必ず、追いつく。

廉太郎は臆病な右手を強く握った。

第五章

麹町の家を飛び出した廉太郎は、自転車を漕いで東京の町を北へと進んだ。

晩夏の厳しい日差しが廉太郎の肌を焼く。九月に新年度が始まる東京音楽学校の歳時記に慣らされて、廉太郎はこの日差しに晴れがましさを感じるようになった。

陽炎舞う道の上を、廉太郎は自転車を漕いで逃げ水走る表通りを進む。シャツのボタンが憎い。以前は着物だったからいくらでも衿を広げることができたのに、洋服はぴたりとしていて熱がこもる。

廉太郎は自転車の上から町の様子を眺めた。麹町は刻々と変化を遂げつつある。以前は裏長屋も多かったが、近隣に省庁が立ったことで役人たちを当て込んだ大きな借家が目に付くようになった。

麹町の教会の前に差し掛かった廉太郎は自転車を止め、戸を開いて中に入る。

教会の中に人の姿はなかった。極彩色に変じた日の光がステンドグラスから床に降る姿に目を奪われながらも、廉太郎は帽子を脱ぎ、十字架に頭を下げた。

いつもの挨拶を終えた廉太郎は自転車に跨り、本郷菊坂から上野へと回り、帝国大学界隈から、不忍池と上野山の間にある小道を抜けてゆく。自転車を持っていなかった頃は上野山の西にある東照宮不忍池参道の石段を登っていたが、自転車を担いで登るのは無理だった。南の上野山入り口まで廻り、上を目指す。

真新しい輝きを誇る西郷隆盛像を右手に眺め、緩やかな桜並木の坂道を上ってゆくと、東京美術学校の生徒たちの姿がちらほら廉太郎の目に入る。美術学校の生徒たちは音楽学校生よりも服の色に彩りがあって見分けがつく。

緩やかな坂道とはいえ、漕ぎ続ければ疲れる。廉太郎が自転車から降りて手で引いて歩いていると、廉太郎の耳に、ごう、という音が届いた。

最初、廉太郎は風と思った。しかし違った。顔を上げると、一つの人影が猛スピードで廉太郎の前を駆け抜けていくところだった。自転車に乗っていた。自転車は珍しい。日本橋や銀座でも洋服姿の紳士がちらほら乗り回しているくらいだった。自転車に乗っていたのは、長いスカートを揺らした女性だった。

ドレスではない。大人しい色をしたスカートの裾には重りが入っていないらしくひらひらと翻り、ふくらはぎの半分を隠す革製の靴が覗いた。特に髪も結っていない。風に流れるに任せた髪は旗のようにたなびき、西洋風の薄布でほっかむりをしている。

いかに開化の世とはいえ、あそこまであっけらかんと西欧の風俗を取り入れている女性も珍しい。

颯爽と自転車を漕ぐ少女に心を奪われながらも、また自転車を引き始めた。

緩やかな坂道の果てに東京音楽学校はある。白く塗られた木製の西洋建築が廉太郎を出迎えた。自転車を学校の裏に置き、裏口から入るとすぐに廉太郎は教員控室へと向かった。

「おはようございます」

挨拶して中に入ると、己の席に座っていた小山作之助が立ち上がり、廉太郎の姿を舐めるように見た。

「似合っているよ、瀧君」

「恐れ入ります」

廉太郎は、白シャツにタイ、それに黒チョッキと黒いズボンという、東京音楽学校の教員の制服に身を包んでいた。和服のほうが楽だったというのが廉太郎の本音だが、我が事のように顔をほころばせる作之助を前にしては不平も引っ込んだ。

廉太郎が研究科二年に上ったこの年、いくつかの変化があった。

この年、東京音楽学校が正式に高等師範学校から独立し、高等師範学校の予算稟議(りんぎ)を経ずに動けるようになった。

この余波かどうかは分からないが、ある内示が廉太郎になされた。

『瀧廉太郎君を東京音楽学校ピアノ講師に任ず』

週二回本科の講義を持つことで一定の給金が出る。廉太郎は至らぬ身と辞退したものの、作之助に『今、本科生の間でピアノをもっと学びたいという声がある、橘糸重君だけでは回らなくなっているんだよ』と泣きつかれた。実家からの仕送りに期待ができない廉太郎としては、講師の給金は喉から手が出るほどに欲しかった。結局、熟考の末に受けることにした。

この日は講義だった。昼過ぎの講義なので午後に出勤すればよかったのだが、今日は約束があって早めに出てきたのだった。

教員控室で作之助と話をしていると、ドアが開き、生徒監の草野キンが奥から姿を現した。この日もキンは仕立てのいい藍色の着物を折り目正しく着こなしている。

「瀧さんや、お客さんが来てますよ」

「はい。どの部屋に？」

「応接間に」

この学校の応接間は二階のホール横、南向きの部屋にある。作りからして他の部屋と違う黒く大仰なドアを叩き、廉太郎は金色のノブを回した。

赤じゅうたんの部屋の中、東側の壁に置かれた小さな本棚の他には、ベッド二つ分ほどの大きさをした卓が置かれ、それを取り囲むように黒ソファが並んでいる。そんな落ち着いた広々とした部屋の中、海老茶の長着にお太鼓をし、髪の毛を日本髪にまとめた女性が、黒ソファに所在なげに座っていた。結婚して杉浦と姓を改めたかつての同級生、チカだった。

チカは、廉太郎の顔を見るや学生の頃のままの屈託のない笑顔を浮かべた。

「久しぶり、瀧君。変わりはない？」

柔らかな声が高い天井に反響する。

「ご無沙汰してます、チカさん。この通り元気です」

「瀧君は……なんて聞く必要ないね。演奏会の様子は新聞でも持ちきりだもん。新聞の人たち、瀧君をべた褒めしているじゃない。あーあ、本科生の頃は実力伯仲だったはずなのになあ。なんだか悔しいなあ」

チカの言葉には棘がなかった。何も考えていないふりをして、相手のことを慮（おもんぱか）りながら声音を操る。彼女のピアノや歌声は、彼女のそんな心根の鑑（かがみ）のごとく澄んだものだったことを廉太郎はふと思い出した。

鼻の奥につんとした感覚を覚えながらも、廉太郎はチカの差し向かいのソファに腰を下ろした。

「いや、まだまだですよ。もっと頑張らないと。――チカさん、今日はお休みなんですか」

「この前、日曜日出勤したから今日は代休なんだ。――そういえば、最近石野君に逢ったよ」

話が飛んだが、同級生、石野巍の消息も気になった。気になっていただけに、チカの言うがままに任せた。

「今、石野さんは西洋楽器で日本の音楽を弾けないかって考えているんだって。このままじゃ、日本固有の音楽がなくなってしまうって」

あの人らしい、と廉太郎は思った。下駄に破れ袴姿で東京の街を闊歩していた石野の姿が廉太郎の脳裏を掠めた。廉太郎は積極的に西洋音楽を紹介する側の人間だが、固有の音楽を守る立場の人がいてもいいと心から思った。

別の道に進んだ友人の挑戦に思いを致していると、チカが出し抜けに本題を切り出した。

「そうそう、ごめんね。忙しいのに。瀧君にお願いしたいことがあって」

「僕に、ですか。なんでしょう」

嫌な予感がする。ここのところ、頼まれごとが多い。

「あなたに託したい生徒がいるのよ。――今年から、特例で音楽学校に出入りしている柴田環って聴講生なんだけど、知らない？」

「すみません。僕が持っているのは本科のピアノの講義ですから」

「そう……。でも、その子、とんでもない実力者よ。才能なら、優にわたしを凌ぐでしょうね」

チカとて東京音楽学校本科を卒業した音楽界の俊英である。そのチカをして〝実力者〟〝わたしを凌ぐ〟と評さしめる女生徒……。確かに気になった。

チカは少し瞳を曇らせた。だが、すぐに首を振って明るい表情を取り戻した。

「その子を瀧君が導いてほしいの。いい先生がつけば成長するはずだから」

柴田環。廉太郎はその名を心に刻み込んだ。


ピアノ室の中には、たどたどしい演奏が満ちている。またたびを嗅いで千鳥足になった猫の足取りのような旋律を弾いていた本科生は、ピアノの手を止めて声を上げた。

「瀧やい、この演奏を教えてくれ」

ピアノの前に向かう廉太郎の眉間に皺が寄った。

東京音楽学校は日本唯一の音楽学校ということもあって、日本中の人材が集まる。十歳代で入学する者など少数派で、三十代、四十代も当たり前にいる。講師となってもなお、教室の中で最年少ということも珍しくない。

廉太郎は本科生の横に立ち、鍵盤を優しく弾いた。

「この小節は、このように、手首を返すことで弾くんです」

ロールングを駆使して速弾きをすると、廉太郎を呼び捨てにしていた本科生も目を白黒させ、廉太郎の顔と指先を見比べている。

何度か廉太郎がロールングを披露するうち、終業の鐘が鳴った。

「はい、今日はこれまで。お疲れさまでした」

廉太郎の宣言を受けて、今日の講義に集まっていた五人ほどの本科生たちはいそいそと帰り支度を始め、廉太郎に挨拶をして去っていった。これから遊里(ゆうり)へ繰り出す算段をしているらしく、男五人が肩を組んで頬を緩めている。

その背中を見送っていると、ピアノ室の奥から声がした。

「あんまり落胆しなくてもいいわ。ものを教えるのは、自分の声の届かない生徒を許すことでもあるから」

現役教師の言葉だけに、廉太郎の胸に沁みる。

首を振って、部屋の奥の椅子に腰かける女人に頷きかけた。束くめだった。大人しい色の小袖に太鼓帯というなりで、薄く微笑んでいる。

「なかなかいい教えっぷりだと思うわ」

「ありがとうございます。そんなことより」

「ええ。わたしたちはわたしたちのやるべきことをやらないと、ね」

廉太郎たちは部屋の真ん中に置かれた小さな机を挟んで差し向かいに座り、それぞれの鞄や風呂敷から譜面の山を取り出し、どさりと机の上に置いた。

「この通り、ある程度、出来ましたよ。いかがでしょう」

二人で取り掛かっているのは『幼稚園唱歌』に収録する歌曲作りだった。

未就学児でも口ずさめる平易な歌という方針に基づき、東くめが詞を書き、廉太郎が曲を当てた。とはいえ、中には外国の曲の翻案があったり、廉太郎が詞を書いたものもある。

ピアノ講師として得た金で廉太郎はリードオルガンを買い、自室に置いた。ときには姪っ子たちのためにも弾いてやっているが、導入したおかげで休みの日でも作曲に困らなくなった。

「さすが瀧君。ちょっと見せてちょうだい」

くめは楽譜に目を落とし、鼻歌を交えながら楽譜を読んでいく。瞬く間に用意していた十曲ほどの楽譜に目を通したくめは、苦笑にも似た顔を浮かべた。

「瀧君は哀調が強いわねえ」

慌てて廉太郎は楽譜に目を落とした。十曲中七曲までもが短調で構成されている。短調を採用すると暗く物悲しい雰囲気になる。

「すみません、あんまり意識していませんでした」

「この歌曲集は教育用でもあるから、短調の曲が入っていてもいいの。でも、さすがに十曲中七曲は多すぎる。残りの十曲は全部長調にしてもらわないと困っちゃうわね」

本来、長調のほうが王道なのだが、廉太郎本人はあっけらかんとした長調の音階になじめない時がある。

人間と音調は連動していると感じることがある。たとえば目の前のくめは長調の四分の三拍子。幸田延は四分の四拍子の短調だろうか。その分類で行くのなら、自分は迷うことなく短調の人間だと廉太郎は思っている。

「なんだかんだ、瀧君は歪よねえ。ところで、ピアノの旋律が弱いっていう話、解決したの」

幸がドイツに渡って一年になるが、旋律を弾く右手がわずかに弱い問題は一向に解決しない。ケーベルに相談しても『ここまでやって矯正できないということは、君の心の問題なのだろう。君自身で解決するしかない』と突き放された。

「大変ねえ」

「焦らずにやっていかないと」

自分に言い聞かせるように言うと、くめは首を振った。

「たぶん、瀧君の歪さと、ピアノの話は連動していると思うのよね。だからこそ、ケーベル先生は作曲するように勧めたんでしょうし」

「かも、しれません」

今も糸口は見つからないままだった。

廉太郎が溜息をつくと、くめは唐突に手を合わせて話の舳先を変えた。

「そういえば、鈴木君とはやり取りしているの？」

「はい、たまには手紙を」

「それにしても、鈴木君にも困っちゃうわねえ。全部途中で投げ出しちゃうんだもの」

去年の七月、つまり幸が洋行してすぐ、鈴木毅一は東京音楽学校の本科を卒業した。研究科にも残らず、時折ふらふらと音楽学校にやって来ては『日本一の歌曲集を作りましょう』と廉太郎に夢を語った。十一月にはどこでどう知り合ったか、児童文学者の巌谷小波を廉太郎に引き合わせてもいる。だが、年明けて一月、いつものようにふらりと学校にやってきた鈴木は、怯えたような顔で頭を下げた。

『道半ばなのにすみません』

宮崎師範学校の音楽教師の席が空き、そこに赴任することが決まったのだという。

そのおかげで『幼稚園唱歌』の話も廉太郎とくめで進めることになった。また、他にも鈴木が関わっていた仕事があり、こちらも廉太郎が面倒を見ることになった。

鈴木を責めるわけにはいかない。学生でいるためには金が要る。実際、資金の問題で音楽学校を辞めていく者も多い。

今ここに居ない鈴木に思いを致していると、くめが声を発した。

「瀧君、例の企画にも嚙んでるでしょ。組曲『四季』だっけ」

鈴木と出版社が企画したもので、春夏秋冬の新曲を四つ収録した歌曲集を作ろうというものだった。出版社の編集人曰く、今の段階で、春、夏、冬の詞は揃っているものの、秋に関しては作詞者すら見つからずにいる。

「わたしは夏の詞を書いたけど……。企画倒れになるかもしれないわねえ」

「そうはさせませんよ」

廉太郎は既に春、夏、冬の歌詞を預かっている。春の墨田川のうららかさ、夏の夜の海の涼、冬の冴えた雪の日、そのどれもが季節の一瞬を切り取っている。どのように曲をつけようか、今から楽しみだ。もっとも、短調癖が染みついている今、手を付けるのは得策ではない気もする。

廉太郎が四季の歌曲集で胸を一杯にしている、その時だった。

ピアノ室のドアがノックされた。こつこつこつ、密やかに響く音は、部屋の中にいる人を気遣うような、優しい音色をしていた。

どうぞ、と声を掛けると、ドアが音もなく開いた。

ドアの前に立っていたのは、いつぞや上野山で見た、自転車の少女だった。面食らいながらも廉太郎は少女の姿を見下ろした。

さすがに西洋布のほっかむりはしていないが、黒々した少し波がかった髪の毛を後ろに流し、腰の辺りで緩く手を組んで立っている様は、どこかの上流階級の娘のような雰囲気を醸している。くるぶしまで隠れるスカートは骨組みを入れていないのか、たおやかな脚の輪郭を浮かび上がらせている。

何よりその顔が廉太郎の目を引いた。

白く肌理（きめ）の細かな肌に、大きな目、すっとした高い鼻、桃色の唇が絶妙な均衡で配されている。各部分の形は凡庸なのに、それが寄り集まると途端に華やいだ印象になる不思議を思いながら、廉太郎はその少女から目を離せずにいた。

廉太郎の視線に怖じることなく、その少女は口を開いた。

「すみません、放課後だったらここでピアノを弾いていいって伺って……」

「構いませんよ。僕らは打ち合わせをしているだけです。お気になさらず」

少女はまるで花が開くように微笑み、ピアノ室に入ってくるなりいそいそとピアノの前に座った。新しいおもちゃを与えられた子供のように目を輝かせて。

廉太郎は少女から視線を外し、なおもくめと打ち合わせをしようと目の前の机に視線を落とした。だが、その目論見は、少女の奏でるピアノに阻まれた。

ピアノの音が耳朶をなぞった瞬間、廉太郎は心臓をわしづかみにされるような感覚に襲われた。

演奏そのものは決して褒められたものではないが、橘糸重やチカの演奏にも似た、繊細さが先に立つ演奏法を習得している。

それでも廉太郎の胸を衝くのは、ピアノが他の誰とも違う響き方をしているからだった。

ピアノが歌っている。魅力のある歌声をした歌手のような演奏だった。

少女が曲を弾いている間、くめは一言も発さず耳を澄ましていた。それはまるで、少女のガラス細工のような演奏を壊すまいと息を殺しているかのようだった。

少女が一曲弾き終えたところで、廉太郎は立ち上がり、声を掛けた。

「君、ちょっといいですか」

「はい、なんでしょう」

ピアノ越しに、少女は怪訝な顔を向けてくる。

「どこでピアノを教わったのですか」

「女学校で勉強しています。先生は杉浦チカ先生です」

チカ。ということは――。

「もしかして、君が特例聴講生の柴田環君ですか」

するとと、少女はぱあっと表情を明るくした。やっと見つけた、そう言わんばかりの顔だった。

「もしかして、瀧廉太郎先生ですね。チカ先生から話は伺ってます。あのチカ先生が『日本一のピアニスト』って褒めておられたから、こんな若い方だとは思ってもみませんでした」

少女は、ガラス細工のように透明な笑みを浮かべた。

これが、のちに日本オペラ界の牽引者となる柴田環と廉太郎との出会いだった。

廉太郎は音楽学校二階ホールの壁際を歩き、カーテンを開いて窓を開いて回った。窓を開け放ってやると暗がりはほぼなくなるが、埃っぽい空気が抜けるのにはしばらく時間がかかる。廉太郎がこほこほと咳をしていると、後ろに立つ環に心配された。

「大丈夫です。さあ、特別講義をしましょうか」

環をピアノに座らせ、課題曲を弾かせた。曲目はベートーヴェン『エリーゼのために』。ロンド形式のピアノ曲である。初心者向けの曲と誤解されがちだが、実際にこの曲に情感を込めようとすると途端に難易度が上がる。

相変わらず、環の演奏は聴く者に迫ってくる何かがある。

最後の音の余韻が消え去った後、廉太郎は拍手をした。

「お見事です」

環ははにかんだような顔をした。

新学期が始まったばかりの教員控室は特例聴講生の天才児柴田環の話で持ちきりだった。女学校の成績はずば抜けて良いばかりか実技も素晴らしい。幸田幸以来の天才と教員控室は沸き立ち、ならば彼女にだけ特別なカリキュラムを組むべきという意見が幸田延から出され、その結果、ピアノを廉太郎が持つことになった。

中には『特別扱いをするのはいかがなものか』と口にする向きもあったが、廉太郎はその意見に与しない。今にして思えば、廉太郎も特別扱いによって恩恵を受け、結果として研究生への階を得たからだった。

廉太郎はピアノに座ったままの環に講評を加える。

「情感があって非常によろしい。けれど、君は今、自分のできるところでしか全力を尽くしていない気がします」

「どういう意味でしょう」

「君には得意がある。その得意の中では、学校随一だろうことは僕も認める。だからこそ、君はそこだけに固執してしまっているんだ。君は、繊細な演奏にかけては随一だけど強弱に乏しい。この前教えたドイツ流の演奏技術を一切使ってないね。どうしたんだい」

しばしの後、鍵盤に視線を落とした環はぽつりと言った。

「だって、はしたないじゃないですか」

重力奏法は上体をゆすったり手を大きく上げたりするため、日本音楽の常識や美意識と真正面からぶつかる。演奏会で廉太郎がピアノを披露すると『演奏は見事だが、あの落ち着かない演奏はいかがなものか』と未だに物言いがつくことがある。人の感覚はそう簡単に変わるものではない。

そうでなくても、生徒は自ら壁を作りがちである。ここはこうするとよい、と助言しても、『そんなことをしたら演奏全体が崩れてしまう』と反論してくる。廉太郎からすれば、崩れるくらい柔（やわ）ならば、いっそのことすべて積み上げ直したほうがいいと言いたくもなるし、事実そう口にすることもあるが、教えられる側はそこまでの覚悟が決まらないのか、口では頷くものの決して実行しようとはしない。

もっとも、廉太郎自身、旋律がわずかに弱いという欠点について、自らの演奏すべてを分解してまで直すほどの覚悟は持ちえていない。結局のところ、イソップ童話の蟹の親子のようなもの、出来もしないことを後進に強いる指導者という、普遍の愚か者を演じていると、廉太郎も気づいている。

廉太郎は自分に言い聞かせるように口にした。

「変わることを恐れちゃいけない。君はまだ若いんだから。いっそのこと、揺るぎない技術を今ここで作るくらいのつもりでいるといい」

「はい」

環の声は小さかったが、返事をしただけましだと考え直した。

錆びついた蝶番が軋む音がした。客席後ろのドアだ。振り返ると、そこには小山作之助が立っていた。

「あれ、小山先生」

作之助は緊張の面持ちで現れた。普段の快活な笑みは消え失せ、硬い顔をしている。

「瀧君、講義中すまないが、応接間に来てくれ」

環に自主練習をしているようにと申し伝え、廉太郎は作之助の後ろに続いた。応接間は二階にある。すぐに二階応接間のドアをくぐった。

部屋の中にいる人々の並びに、廉太郎はただならぬ気配を感じ取った。

幸田延、島崎赤太郎といった教授陣に混じり、一番の上座のソファには、普段そうそうお目にかかることのない校長の渡辺龍聖（りょうせい）が座っていた。

中肉中背の老人で、白い髪を横に撫でつけている。音楽家が有する刺々しい気配は有しておらず、むしろおおらかさすら感じる。それもそのはず、渡辺は元々音楽畑の人間ではなく、倫理学の学者だった。高等師範学校付だった頃に校長に就任し、独立した今でも校長の座にある。自分が門外漢であると弁えているのか、教授陣の教育方針には一切口を出さず、関係省庁との渉外や事務に専念しているため、割と人望もある。

「座りたまえ」

渡辺に促され、渡辺と向かい合う形でソファに座った。

奥の渡辺、ずらりと並び座る教授陣、皆の視線が廉太郎に注がれる。

渡辺はこほんと咳払いをした。

「単刀直入に言おう。瀧廉太郎君、十月より三か年、ドイツに行ってもらう」

座を見渡した渡辺は、教授陣一人一人に目配せをした。いいのだな、と全員に確認を取っているかのようだった。全員と視線を交わし合い、納得したように頷くと、渡辺はなおも福々しく笑みを浮かべて続ける。

「教授陣からの強い推薦があった。幸田幸君が洋行した際にも君が候補に挙がっていた。前回の推薦の際には自ら降りたと仄聞したが、本当のことならば好ましいことではない。官費洋行は自らの意思で云々できるものではないよ、瀧講師」

渡辺が肩書付きで呼びかけたことの意味を廉太郎は思った。前回の洋行話の時はただの研究生、学生に毛が生えたようなものだった。だが今は東京音楽学校雇人の立場がある。廉太郎に週二回のピアノ講師という肩書を与えたこと自体が、官費洋行を呑ませるための手管だったのかもしれない。そこまで廉太郎の思いが至ったところで、渡辺はさらに続けた。

「もちろん、受けてくれるね。日本の西洋音楽のために」

教授陣の目が、廉太郎ただ一人に注がれた。ある者からは羨望、ある者からは期待、またある者からは妬心。様々な感情を宿した視線が、廉太郎を刺す。

だが、廉太郎はゆっくり首を振った。

「すみません、今は行きたくありません」

廉太郎をたしなめる鋭い声が教授陣から上がった。声の方向からして小山作之助のものだったろう。

渡辺は手を組んで固まっている。

「話を聞こう」

促されるがままに、廉太郎は続ける。

「実は今、『幼稚園唱歌』という唱歌集と、『四季』という組曲集に作曲者として関わっています。途中でこの仕事から降りてしまっては、日本の音楽界に大きな損失があるように思うのです」

「損失」

まるで玩味(がんみ)するようにその二文字を口にした渡辺をよそに、冷や汗交じりに廉太郎は言葉を重ねる。

『幼稚園唱歌』はその名前の通り、幼年教育のための唱歌です。『四季』は学齢期の子供から大人が歌うための唱歌として企画しています。西洋音楽を多くの人に親しんでもらうためのものです」

「社会的意義のある活動を、途中で投げ出すことはできないと」

「その通りです」

廉太郎の声は、知らず震えた。

出まかせに近い言葉だった。『幼稚園唱歌』にしても『四季』にしても鈴木の代役という面があったし、あくまで自分が今抱えている壁を破るための手段に過ぎなかった。

渡辺は廉太郎に鋭い視線を向けてきた。

「では聞く。何か月延期すれば、唱歌関連の仕事から手が離れるかね」

「一年くらいでしょうか」

作曲した後校訂を行ない、編集人と打ち合わせて本を出すとなればこのくらいの時を見たほうがいい。

渡辺は切り捨てるように口にした。

「半年延期。ここまでしか認めない。来年の四月にはドイツへ渡ってもらう」

その口ぶりには、これ以上の譲歩はならない、という確固たる意志が見え隠れしている。

「わかりました」

廉太郎も納得するしかなかった。

かくして、十か月後のドイツ行が決まった。

柴田環の待つホールへと向かう廊下の途上、廉太郎は己の右手に目を落とした。

廉太郎が洋行に二の足を踏んでいるのは、旋律が弱いというピアニストとしての弱点を克服していないからだった。

追いかける、と廉太郎は幸に言った。あの日の約束が蘇る。きっと向こうに留学して一年になる幸は、向こうの空気を浴びてさらにバイオリンの腕を高めていることだろう。天井に頭がつかえたままの自分の姿を見せたら、幸を幻滅させてしまう。

届かなくては。

廉太郎は心中に重い覚悟を秘めながら、環の待つホールの扉を開いた。

従兄であり家主の大吉に洋行の話をせざるを得なかった。金銭面での迷惑はかけないつもりだが、何くれと気を遣わせることは、廉太郎にも分かっていた。だが、そんな廉太郎の思いに反し、大吉は喜び、廉太郎を新橋に連れ出した。

「めでたい話といえば酒だ」

赤レンガの壁、ガス灯や電信柱が続く新橋の目抜き通りを歩くうち、汐留川にまで至った。そこからしばらく洋装姿の人々の間を縫うように川沿いの道を進むうち、やがて人でごった返す一角に至った。

　川を望むそこはレンガ造りの建物で、店の前には高い卓がいくつも置かれ、金色の液体の入ったガラスコップを手にした洋装姿の紳士たちが卓を囲んで楽しげに語らっている。夏の苛烈な日差しが降り注ぐ中、川から遡上(そじょう)する風はほのかに海の香りを運んでくる。

「いや、実は来てみたかったんだ。ビヤホール。同僚の間でも話題だったからな」

　廉太郎たちは建物の中に続く列の末尾に並んだ。しばらく待っていると列が進みカウンターが現れた。どうやらここで食べ物飲み物を注文する仕組みらしい。おどおどと麦酒(ビール)とつまみを適当に頼むと、すぐに二つのコップと魚のフライが出てきた。そのトレイを受け取った廉太郎たちは、表の空いた卓にトレイを置いて、金色のコップを掲げた。

「おめでとう、廉太郎」

「あ、ありがとうございます」

　西洋式の酒の作法である乾杯のしぐさを取った。かちんとコップを鳴らしたのち、泡立った麦酒を口に運ぶ。仄かな苦味と酒精の甘い香りが鼻の奥で混じる。

「洋行から帰ってきたら教授だぞ。おじさんもきっとお前のことを許してくれるさ」

熱いものが廉太郎の目頭に集まったものの、酒精のせいにしてこらえ、苦い麦酒を口に運んだ。

「ただ洋行するだけじゃいけないんです。向こうの音楽は日本と比べ物にならないといいますから。それに、向こうの言葉も学ばないと」

「お前ならできる」

気楽に口にする大吉は廉太郎の背中を強く叩き、こう付け加えた。

「お前は天才なのさ。誰よりも俺が知ってる。十四だかで東京に一人で出てきて、大人に混じって勉強して予科を卒業して、本科では学年総代、さらに研究科に進んで二年目で講師だ。天才と言わずして誰が天才なんだ」

「違いますよ。僕は天才なんかじゃありません。もしそうだったなら、こうも悩みはしませんよ」

「なんだ、何か困りごとがあったのか」

普段なら口を濁したところだっただろうが、麦酒の酒精にしてやられ、気づけばピアノの話、作曲の話などが口を突いて出た。

麦酒をちびちびと飲みながら廉太郎の話を聞いていた大吉は、ふうん、と鼻を鳴らした。

「なるほどな。天井、か」

「大吉兄さんには、そんなことはありませんでしたか」

「そうだなあ。感じるばっかりさ。工部大学校に入った時もそうだった。設計士として働いてからもそうだった。今でもそうだ。自分より優れている人間なんていくらでもいるし、完全無欠な人間なんていない。俺だって、今でも己の非才っぷりに打ちひしがれているところさ」

「兄さんも？　じゃあ、兄さんを支えるものは何なんですか」

廉太郎の前で、喉を鳴らして麦酒を飲んだ大吉は、半分ほどまで中身の目減りしたコップを卓に置いた。

「愛しの妻に子供。――はは、少し格好付けすぎだな。そうだなあ。俺は、設計が好きなんだ。設計ってのは、誰かの役に立つ仕事だ。だから、そこにやりがいを見出す奴もいる。でも俺は違うな」

「そうですか」

「設計はいいぞ。建物を支えるための理論や理屈があって、それをすべて守った上で己の創意工夫を凝らすんだ。気儘（きまま）にはできない作業だが、そこがいいんだ」

麦酒を飲み終え、魚のフライを食べ終わった後、大吉と別れた。大吉はこの後仕事の打ち合わせがあるという。廉太郎は自転車を漕いで浅草近辺に向かった。

廉太郎の自転車は古態を残す浅草の借家地帯を滑るように駆け抜け、涼し気な風の吹く広場へと至った。水気を帯びた風、そして空を見れば、強い風に身を任せて飛ぶかもめの姿もある。真夏の陽光が降り注ぐものの、いつまでも吹き止むことのない風のおかげでそこまで暑さは感じなかった。

隅田川の河川敷だった。百メートルはあろうかという川幅で、どちらに流れているのかも分からない川面には波が立っている。その川の間に糸のように細いなりをした小舟が浮かび、人々を渡している。船頭たちの姿は笠に蓑という開化とはかけ離れた姿をしていた。

もちろん物見遊山に来たわけではない。

『四季』の春を担う一曲『花盛り』は、桜の花びら舞う隅田川の情景を歌ったものだった。もちろん今は夏だから春の様子は想像するしかないものの、実物を見れば曲想が浮かぶかもしれない、そう考えてのことだった。

隅田川はただただ悠然と流れている。だからこそ、浅草の闊達(かったつ)を浮かび上がらせている。廉太郎はそう見た。そしてそれは、硬貨(コイン)の裏表でもある。浅草の人混みが近くにあるからこそ、隅田川の鷹揚(おうよう)な流れもまた立ち上ってくる。

川べりに立ち尽くして、廉太郎は首をひねる。どちらだろう。作詞者は、どちらを浮かび上がらせようとしたのだろう。春を喜ぶ人々の闊達か、それとも、そんなこと知らないとばかりに刻々と季節を刻む隅田川の雄大さか。この詩を書いた武島羽衣（たけしまはごろも）は東京音楽学校でも国文学を教えている人だから知らない仲ではないが、詩想を直に聞いては、曲が詞に隷属してしまう気がする。

　長調の曲になるだろうという確信を持った。詞の明るさを考えるなら、短調で暗い色彩にしてしまうのは気が引けたし、そもそも春というお題にも合わない。

　廉太郎は首を振って自転車にまたがった。家に帰ろう、そう決めた。

浅草の町を駆けてゆく。天に向かって屹立（きつりつ）する凌雲閣のシルエットを横目に自転車を走らせた。

　行く手に人だかりがあるのに気付いた。ブレーキをかけて止まり、その人だかりの中央に目を向けると、見慣れた男が立っていた。鳥打帽に茶の羽織のなりでいるのは、廉太郎たちにいつも取り付いている新聞屋だ。赤塗りの三味線を振り回す新聞屋は顔を真っ赤にして目の前の屈強な男に食って掛かっている。一方、新聞屋と向き合う着流しの男はいかにも芸人風で、手に撥（ばち）を持ち、激しい言い合いをしている。耳をそばだてると、お前の演奏は下手くそだ、撥を貸してみろ、という新聞屋と、それはあたしの商売道具だ、返してくんな、と怒鳴る芸人の声がぶつかり合っている。近くの道の端に筵（むしろ）が敷かれているのを見るに、辻で三味線を弾いていた芸人に、新聞屋が喧嘩を吹っ掛けたのだろう。

一時は騒然としていたが、すぐに話は収まった。大通りの向こうから、肩をいからせ野次馬を散らす若い衆を引き連れた親分然とした男がやってきた。この辺りを締めている顔役だろう。鼠の羽織に黒の長着というなりの顔役は、懐手のまま二人の前に立った。そして新聞屋に何事かを述べて三味線を返させると、顎で若い衆を動かし、新聞屋の周りを囲ませた。

うるさかった野次馬が声を潜める中、廉太郎は思わず声を上げていた。

「待ってください。その人をどうするおつもりですか」

顔役が此方を向いて、廉太郎の身なりを頭の上から足先まで舐めるように眺め、面倒くさいと言わんばかりに顔をしかめた。上から下まで洋服、しかも自転車にまたがっている。どこかの御大尽とでも思われたのだろうか、新聞屋の周りを囲む若い衆を下がらせ、顔役は引き上げていった。

先の喧騒はどこへやら、野次馬たちは次々に道の流れに加わってゆく。新聞屋と喧嘩していた芸人も、筵を丸め、そそくさとこの場から去ってゆく。

取り残された廉太郎に、新聞屋が怒気を孕んだ声を投げかけた。

「どういうつもりだ」

新聞屋の吐息は酒臭かった。

思えばこの男を助ける義理はなかった。幸田幸の中傷記事を書き散らかした男だった。しばらく自問しているうちに、あることに気づき、廉太郎は口を開いた。

「あなたの三味線を持つ手が、余りに優しかったから」

あの赤い三味線――芸人のものなのだろう――の棹を握る手は、素人のそれではなかった。手のひらと指を適切に用いたその手には、楽器に対する敬意が透けて見え、常日頃、粗野に振る舞うこの男らしからぬものを感じた。端的に言えば、自分と同じ、楽器を愛する人間の匂いを嗅ぎ取ったのだった。

新聞屋から挑みかかるような色は消え失せ、今にも泣き出しそうな表情になった。

「あなたは何者なんですか」

思えば、この男のことを何も知らなかった。廉太郎が問いかけると、新聞屋は顔全体を腕で拭き、舌を打った。

「酒でもどうだ、と言いたいところだが、金がねえ。うちに来い」

新聞屋に連れてこられたのは、浅草からさらに北にある千住の町だった。

古くから日光道中や奥州道中の宿場町として栄えたこの町は、幸田延や幸の住む南千住と目と鼻の先だが雰囲気は随分と違う。延の家の近辺は街道筋からも離れ、二階建ての庭付き屋敷の借家が並ぶ閑静な地域だった。一方、街道筋に沿った界隈は白漆喰壁の呉服屋や商家が立ち並び、脇道に入ると昔ながらの裏店や裏長屋の木戸が軒を連ねている。

鎧板の塀をたどるように先導する新聞屋は裏路地の一角にある裏長屋へ入った。廉太郎は自転車を引きながら後に続く。きりきりと音を立てる自転車の音だけが、闇に沈む長屋の路地に響く。

「ここだ」

新聞屋はある戸板を指した。黄ばんだ障子紙の張られた、薄い戸板だった。

先に戸を開いて中に入った新聞屋に続き、外に自転車を置いて入ろうとした廉太郎に、中から声が掛かった。

「自転車なんてもん、外に置いていたら盗まれるぞ」

慌てて自転車を長屋の中に引き入れた。

中は三和土（たたき）になっていて、脇に竈（かまど）、目の前に八畳ほどの板の間がある。そんないかにも長屋といった風情の部屋の中、反故紙で補修された腰屏風の向こうに人の気配がある。ふと覗き込むと長く伸びた白髪頭に病鉢巻を巻いたやつれた女が蒲団に包（くる）まり天井を睨み、枕元には粗末な着物を巻き付けただけの年の頃十ほどの少女が座っていた。少女が新聞屋に気づくと、それまで浮かべていた憂いを秘めた表情をひっこめて、ふいに笑みをこぼした。

「お帰り、兄（あん）ちゃん」

「ああ。大事なかったか」

「お母も変わりないよ。——そこのお人は」

「客だ」

新聞屋はぶっきらぼうに答え、入り口脇に置かれている大甕（おおがめ）から柄杓（ひしゃく）で水を掬（すく）ってそのまま飲むと、近くの棚に置かれている湯呑みで水を掬い廉太郎に差し出した。縁が欠けて鋸（のこぎり）のようになっている湯呑みに口をつける気にもならず、上がり框に腰を掛けて所在なげにしていると、不意に部屋の奥に置かれたものに目が留まった。

小さな仏壇の横に三味線が飾られていた。廉太郎に和楽器の知識はないものの、楽器の良し悪しはなんとなくわかる。丁寧に漆が塗られ、つんと澄ました乙女のような雰囲気を醸しているその姿は、このうらぶれた長屋にはあまりに不似合いな逸品だった。ずっと大事に飾ってあるとも見えない。皮の部分、絃の左手側が少し黒ずんでいる。右掌が当たるところだった。

眺めていると、廉太郎の横に腰かけた新聞屋は、不機嫌そうに声を上げた。

「うちの家宝だ。お殿様からいただいた拝領品らしい」

病人の枕元に座っていた少女が、その三味線を掲げるようにして新聞屋の許に運んできた。その三味線を受け取った新聞屋は、糸巻きをいじりながら絃を鳴らして音の調整を始めた。その手つきは乱暴なようでありながら、正確に絃の音を調えている。

手際の良さに見とれている廉太郎を前に、しゃんと背を伸ばした新聞屋は撥で絃を叩いた。

日本の曲を知らない廉太郎は、何を弾いているのかわからなかった。ゆるやかで嫋々(じょうじょう)とした響きを重ねるようなそれは、もしかしたら琵琶の曲なのかもしれない。いずれにしても、廉太郎は新聞屋の放つ音に目を剝いていた。絃によって織りなされる主旋律に挟み込まれる和音、そして、撥で叩くごとに響く重低音。最初、その重低音の正体が何なのか判然としなかったが、やがてそれが撥で皮を叩いた音なのだと気づいた。絃で旋律を奏でながら、打楽器のように皮を叩く。三味線という楽器が絃楽器と打楽器を兼ねたものだったことを、廉太郎はこの時初めて知った。

曲を弾き終えた新聞屋は、短く息を吐いた。

腰屛風の向こうから、おお、おお、というかすれた声が上がった。見ると、先ほどまで蒲団に包まっていた老女が身を起こしていた。

「おお、さすがは大川家の後継ぎじゃ。よい響きよ」

褒められているというのに新聞屋の顔は浮かなかった。

「母上、お休みください、お体に障ります。――ほれ、鶴、母上を寝かしてやれ」

小さく頷いた少女は、老女を寝かしつけると胸の辺りをさすってやった。それはまるで母親が小さな子にするようなしぐさだった。

三味線を抱きながら、新聞屋はぽろぽろと口を開いた。

「俺の家は、もともとさる藩のお抱え三味線師だったんだ。殿様が三味線狂いの人だったそうでな。俺の祖父が召し抱えられて、親父も仕えたが、廃藩置県をきっかけに追い出されてな。路頭に迷って、結局このざまさ。俺は、大名家に仕えていた頃のことは何にも知らない。最初っからしみったれた貧乏生活だ。だが――」

新聞屋は貧乏長屋には不似合いな三味線を掲げた。

「親父は貧乏になってもなお三味線を手放そうとしなかった。三味線しか知らぬ男だからな。俺にも三味線を仕込んだが、まあ金にならない。俺が新聞社に潜り込んだ頃、親父はお陀仏だ」

新聞屋は腰屏風の向こうで寝息を立て始めている老女を一瞥しながら、抱いたままの三味線をいとおしげに撫でた。

「うちの母親はもともと体が弱くてな。本当だったら、俺も三味線で身を立ててみたかったが、駄目だった」

新聞屋が東京音楽学校に敵対心を露わにする理由を知った。音楽学校にいる者たちの多くは御大尽の子弟だった。かく言う廉太郎とて家老の家の息子、金持ちのぼんぼんと言われても反論はできない。道端の三味線師に怒鳴りかかっていたのは、修業のほどが足りないことに対する怒りらしかった。新聞屋は今でも、音楽に対する熱意を持て余している。その思いがこの男を突き動かしているのだろう。

何も言えずにいると、母親を寝かしつけたのか、鶴と呼ばれていた少女がこちらにやってきた。

「兄ちゃん。もう一曲弾いて」

「駄目だ。一日一曲だ」

「けち」

頰を膨らませる鶴を前に、廉太郎は問うた。

「妹さんには、三味線を教えていないのですか」

「よく分かったな」

「手を見れば、なんとなくは」

鶴の小さな手は、あかぎれでがさついている。生活をしている者の手だった。その指には絃楽器を扱う人間にあってしかるべき胼胝(たこ)がない。

「当世、音楽は金持ちの余技か、芸者の飯の種だ。うちは金持ちじゃないし、妹にはまっとうな道に進んでもらいたいと思ってる。羽織破落戸の俺とは違ってな」

か細い声で、新聞屋は呟いた。

金持ちの余技。本当にそうだろうか。音楽は、御大尽と貧乏な人々を分け隔ててしまうものなのだろうか。今、確かに音楽はシャンデリアのぶら下がった大きなホールで演奏されるものだが、それはまだ普及していないからで、もっと音楽が身近なものになれば――。

廉太郎の中で、何かが爆ぜた。そうして現れたものを、廉太郎はそのまま口にした。

「新聞屋さん、決めましたよ。僕は、いつか西洋音楽をこの国に根付かせます」

「どういう風の吹き回しだ」

「僕の人生の導き手は、音楽だったからです」

新聞屋は鼻を鳴らした。

「そういうところが、おぼっちゃま育ちだってんだ」

何と言われても構わなかった。

たとえば、今こうして目の前で座っている、生活のために手を荒らしている少女にさえ届くような音楽を作ろう。廉太郎はそう決めた。

八月も終わり九月の放課後、廉太郎は音楽学校のピアノ室にいた。

一人、廉太郎はピアノの前で唸る。時折右手を伸ばし、思いついたフレーズを弾き、違うと首を振って引っ込める。調性を意識しながら左手の伴奏を思い浮かべ、弾いてみて、それに合うフレーズを導き出そうとしてみても駄目だった。形がおぼろげに見えるのに、すぐに雲散霧消してしまう。そんな感じだった。

廉太郎が今頭をひねっているのは、組曲『四季』の秋の曲だった。

この前、打ち合わせの際に相対したちょびひげ眼鏡の編集人の顔を思い浮かべ、廉太郎は顔をしかめた。

『組曲の秋の歌なんですが、作詞者がどうしても見つかりません。謝礼金をお支払いする余裕がなくなってきた関係もあり、瀧先生に作詞もお願いしたいのですが』

編集人の恐縮し切った顔には、肝煎りだった鈴木がいなくなって伝手が消え、大いに弱っている様子が見て取れた。渋々ながら受けた。

他の作詞者は詩を専門にしている。廉太郎は本科生の頃に講義でわずかに勉強しただけにすぎない。

断ればよかったと後悔してももう遅い。

頭の中の混濁を洗い流すように、廉太郎は目の前の鍵盤を叩いた。

ここのところ、廉太郎は古典の曲から離れている。代わりに、作曲に飽いた時には即興で曲を弾くようになった。ある程度調性を決め、行き当たりばったりに弾いてゆく。頭を空っぽにしてもできるこの遊びは、よい息抜きにもなった。

ピアノと語らっていると、ふいにピアノ室のドアがノックされた。

外にピアノの音が漏れているのだろう、声も掛けずにドアが開いた。

入ってきたのは、柴田環だった。廉太郎が演奏しているのを見るや顔をほころばせ、ピアノの脇に置いてあった椅子に座った。

　環に構わず、廉太郎はなおも即興曲を奏で続けた。まるで舞踏のようなリズムで。ベートーヴェンなどのロマン派の趣味を匂わせる、即興にしては悪くない曲だ。

　弾き終わったところで、環が声を上げた。

「先生、今の曲は何ですか」

「ああ。即興曲だよ」

「即興にするにはもったいないです。譜面に書き残さないんですか」

　意外な提案だった。目を白黒させていると、環は手を胸の前で合わせた。

「跳ねるリズムの感じがまるでひょこひょこ猫が歩いているみたいで面白かったです」

　変な喩えをする子だ、とは思ったが一理あるかもしれないと廉太郎は考え直した。今弾いた部分では三部構成の一部にしかならないだろうが、あの即興部分のメインモチーフを抜き出して形にしてみるか、そんな気にもなった。

「それはそうと、環さん、どうしたんですか」

「先生、さっき、管理室の脇の掲示板に報せが載ったのをご存じですか」

「いや、まったく」

　環が言うには、学生や教員を対象に開催される懸賞を告知する掲示だという。

「先生にも関係あると思って」

環に手を引かれるようにして、音楽学校の玄関左脇にある管理室の前に急いだ。

そこは、学生や教員たちでごった返していた。普段、掲示板など道端に転がる石ほども見られていないだけに、心なしか今日の掲示板は誇らしげだった。上の方に貼られた大きな掲示物に皆の視線が集まっている。

「あれです」

環の指先に視線を向けると、そこには確かに面白い掲示がなされていた。

東京音楽学校校長の名で出たその掲示によれば――。

昨今の学生、教員の音楽への真摯なる態度に感銘を覚え、この度作曲公募を行いたく思う。以下に記された歌詞に曲を書き、小山作之助まで提出すべし。金賞者には奨学金名目で金一封を与える。

廉太郎は歌詞を読もうとしたが、学生たちが群がっていたせいでうまく行かない。それでも、有名な漢詩人である土井晩翠（ばんすい）や漢文の教員である鳥居忱（とりいまこと）が作詞者に名を連ねているのは見て取れた。

「面白くないですか？」

これまで、作曲公募なんて開かれたことがなかった。これもまた、東京音楽学校が独立して自由に動けるようになった恩恵だろうか。

「まあ、確かに。教員の出場を禁じているわけじゃないからなあ。でもちょっと」

「まずいんですか」

環のつぶらな瞳が廉太郎を捉える。はっとするほどの美形に思わず顔を背け、少し考えてから言葉を継いだ。

「一応、『四季』と『幼稚園唱歌』の作曲を名目に留学を猶予してもらっているんですよ」

自分には縁がないと決めつけ、廉太郎はこの件を自分の頭から追い出した。

だが、一月ほどのちのある日、廉太郎は小山作之助に呼び出された。

「瀧君、この通りだ、助けてほしい」

「なんですか、藪から棒に」

空き部屋の教室に呼び出され、ドアを開けるなり中で待っていた作之助に拝み倒される羽目になった。

作之助をなだめすかして頭を上げさせ、事情を説明させると――。

「例の公募が振るわないと」

「いや。応募自体は多いんだが」

金一封の効果で数は揃っているものの、いざ集まった曲を弾いてみると、今一つ形になっていないものばかりだった。ある程度聴かせる曲にはなっているものの、人間の歌うことのできる音程を超えていたり、あまりに難解であったりした。たまにこれはという楽譜があったかと思えば、刊行されている唱歌集からの引き写しだったこともあったらしい。

「このままじゃ、この公募企画自体が潰れかねない。瀧君の手を借りたいんだ」

「僕に何をしろと」

「この公募に参加してほしいんだ。で、皆を唸らせるような逸品を書いてほしい」

公募にした意味がないのではないかと廉太郎は首をかしげた。だが、作之助は既に逡巡済みであったらしい。

「君の言いたいことはよく分かる。でも、第一回の公募で金賞なしじゃあまりに体裁が悪い。ここだけの話、金賞の曲は後に公刊されることにもなっているんだ」

つまるところ、様々な事情で後に引けなくなっているということだろう。

「頼む、君の力を貸してほしい」

他ならぬ恩人の頼みだった。無下にもできず受けてしまった。

これが間違いの始まりだった。

ただでさえ、『四季』『幼稚園唱歌』の作曲を抱えている上、もう一つ作曲仕事を抱える格好となった。我ながら馬鹿なことをしてしまったと廉太郎は頭を抱えたものの、一度受けたものをなかったことにはできない。

廉太郎はひたひたと追い詰められていた。

廉太郎の目の前で、薄(すすき)が風に揺れていた。

物見遊山の人々でごった返す上野の町のはずれにある薄原(すすきはら)に廉太郎はいた。バイオリンケースを背負い、自転車を引いて薄原に入ると、廉太郎は手ごろな岩の上に腰を掛け、鞄の中から楽譜を取り出した。近くの石を文鎮代わりにして楽譜を抑え、手書き五線譜で表現された旋律をバイオリンでなぞってみても、耳朶を舐める風の音に紛れ、旋律がかき消えた。

作曲に追われる毎日に倦(う)んだ。あれほど好きだったはずのピアノを前にしても憂鬱になるばかりだった。だからこそ、使い慣れないバイオリンを手に、一人で薄原に足を運ぶようになった。

上野の町の喧騒が遠くに聞こえる。青く輝く空に手を伸ばせば鱗雲(うろこぐも)にも手が届きそうだった。

重圧が肩にのしかかり、体中に絡みついている。以前までは他人のやっかみの視線や羨みの言葉さえも張り合いになったが、今となっては胃の腑に重い痛みをもたらすばかりになった。

無間(むげん)の音楽の道が見えてしまった。皮肉なことに、音楽以外の道を塞いだ廉太郎を見計らうかのような時機で。どこまで行っても果てがない。どんなに努力しても答えが見つからない。終着点のない道をどう歩けばよいのか、廉太郎にはわからなくなり始めていた。

だが、苦しくてもやることはやらねばならない。

廉太郎は鞄から一枚の紙を取り出した。風に翻弄される紙――五線譜の上には、一つの詩が書かれていた。

昔の栄華を誇った城が、時代の流れとともにうらぶれ、見る影もなくなるほどに荒廃した様が描かれている。『荒城月』と題された通り、栄華と落魄（らくはく）の対比が描かれた詩の中で、月が独特の存在感を帯びたものとして描かれている。まるで傍観者のようにも、栄枯盛衰の導き手のようにも見えるのが不思議で、これこそが作詞の妙技なのだろうと感心もした。作詞者の土井晩翠は有名な漢詩人だった。もちろん会ったことはない。

廉太郎は岩の上に立ち、バイオリンを構えた。薄の海を眺めながら、昔、このようなことがあったと何とはなしに思い出していた。

しばらく目の前の風に揺れる薄を眺めていると、ある光景が眼前に蘇った。

竹田にいた頃、父吉弘のバイオリンを盗み出して、岡城の上で弾いたことがあった。

街道に寄り添うようにして栄える竹田の町が木々の間から小さく見える。朽ちかけた石垣、何もない天守台。そこでバイオリンを構えて曲を弾く小さな自分の後ろ姿をも、はっきり見た。

なぜか、目頭に熱いものが走った。

廉太郎は己の中から激情がほとばしる感覚を確かに感じていた。その奔流に身を任せたまま、廉太郎はバイオリンの弓を引いた。

何も考えていないのに、調性に貫かれた曲がバイオリンの胴から溢れてくる。それはまるで、廉太郎の心の中に満たされた様々な思いがこぼれて音の形に変じたかのようだった。

体が震える。

気づけば廉太郎の魂は、竹田の岡城の上にいた。己の身丈も低くなり、さっきまで望んでいたはずの薄原は、川べりに栄えた竹田の町に変貌している。高等小学校生の廉太郎が確かにここにいた。

あの時の己の思いが蘇る。

音楽をやりたい。楽器を弾いていきたい。姉さんの分も。

そうだった。

「姉さん……」

廉太郎は、もうどこにもいない姉の面影に語り掛けた。

「僕はずっと、姉さんにお別れを言えてなかったんだ。あまりに、姉さんの旋律に伴奏を合わせるのが楽しくて。姉さんの旋律は、本当にきれいだったから」

分かっている。利恵の演奏はどう取り繕っても取るに足らないものでしかない。だが、思い出の中で鳴り響く利恵の琴は、誰が弾く楽器よりも情味豊かに、雄弁に、そして華麗に鳴り響いていた。

「僕は、自分で言い聞かせていたんだ。自分の意思で音楽を学んだんだって。でも、もしかしたら。僕はほんのちょっとだけ、姉さんの代わりに学校に行ったんだって思いもあった。もし姉さんがあの時、音楽を学びたかったなんて言わなかったら、今頃、僕は役所勤めをしていたかもね。もしかしたら、大吉兄さんみたいに、建物の設計をやっていたかもしれない」

ずっと、いついかなる時も、廉太郎は夭折（ようせつ）した姉の望んだ道を、独り、必死で歩いていた。まるで、旋律に寄り添う伴奏のように。

記憶の中の利恵は、縁側で琴を広げて徒然（つれづれ）に弦を弾いていた。廉太郎に向かって陶然と微笑みかけながら。

「でもね、姉さん」

利恵の指が止まった。

「僕は気づいたんだ。姉さんの影を追って音楽の勉強をしていたのかもしれないけど、今ははっきり言える。僕は、音楽が好きなんだ」

思えば、利恵の影を追っていた廉太郎が自分のために音楽を志したのはいつのことだっただろうか。思い返しているうちに気づいた。予科のある日、上野山で出会った意志の強そうな目をしたバイオリニストの演奏を目の当たりにした時だった。ああいう風になりたい、そんな憧れが自分をも突き動かす原動力になった。そして今は、その憧れに追いつこうと、必死で手を伸ばしている。

今の廉太郎の目には映っている。己の右手を縛っているものが何なのか。

「だから、僕は、僕の旋律を形にしたいんだ」

風の切れ間に、利恵の声が聞こえた気がした。

当たり前じゃない、と。

曲を弾き終えた。

肩が驚くほど軽かった。くすんでいた光景が、曲を弾き終えた瞬間に鮮やかさを増して廉太郎の前に現れた。

空を見上げる。あれほど息苦しかった空も、気づけば晴れ渡り、遼遠（りょうえん）を誇っていた。

足元で薄が音を立てた。まるで、出番を終えた演奏家に向けられる拍手のようだった。

廉太郎は自転車を引いて、帰途に就いた。

途中、大吉と行き当たった。ここのところの激務のせいか顔には疲れの色が見える。昨日も深夜まで働いていたようで、目の下に隈ができている。

「兄さん、僕は海外に行こうと思います」

「決心がついたか」

溜息をついた大吉は、晴れ間の覗く空を見上げ、遠い目をした。

「実はな、廉太郎。俺はお前に謝らなくちゃならないことがある。俺がお前に上京を勧めたことがあったろ。あれは、何もお前のことを考えただけじゃないんだ」

突然の告白に何を言われたのか分からずにいると、大吉はやつれた顔のまま、淡々と続けた。

「俺はな、お前が生まれるまで、瀧家の惣領扱いだった。だからこそ、おじさんは俺に勉強の機会をくれたんだ。たぶん、おじさんは俺を大分の役人にするつもりだったろうが、お前が生まれたことで、俺はいらなくなった。かくして俺は、東京でこうして役人をやってる」

正直、と大吉は力ない言葉を発した。

「まるで人を駒みたいに扱うおじさんが許せなかった。家督のための道具として使うおじさんが」

反論しようとして、廉太郎は止めた。

父の吉弘は確かに家督のこととなると古風なことを言って家族を困らせたが、情のない人ではなかった。大吉からすれば吉弘はそういう存在でしかなかった、ということなのだろうと廉太郎は合点した。

だから、と大吉は言った。

「おじさんの息子であるお前を東京に出せば、意趣返しになると思ったんだよ。だからこそ、俺はお前が音楽学校に行きたいと言った時、味方に回ったんだ。それだけじゃない。勉強を教えたのも、下宿させたのも、音楽学校に通いやすいように便宜を図ったのも、みいんなそう。俺の復讐心のなせる業（わざ）だった」

ややあって、大吉は小さく首を振った。

「でもな、今は違うんだ。ただ、お前がどんどん上に昇っていくのを見るのが楽しくなったんだ。おじさんへの意趣返しなんてとうの昔に忘れちまったよ」

「じゃあ、どうしてこんな話をしたんですか」

「さあ、なあ。ただ、謝っておきたかったのかもしれない。お前の夢を利用したことに」

廉太郎はなおも茫（ぼう）としたままの大吉の手を取った。廉太郎はその冷たい手を温めるように、大吉の両手を包み込んだ。

「兄さんがいなかったら、僕はここまで至ることはできませんでした。本当に、ありがとうございました、兄さん」

頷いた大吉は、これから仕事がある、と力なく言い、陸軍省舎へと向かっていった。その小さな背を廉太郎はいつまでも眺めていた。

廉太郎の演奏を前に、ケーベルは目を見開き、顎のひげをしきりに撫でていた。

「これは……。いつの間に癖を直したのかね」

演奏を終えた廉太郎はピアノ室を見渡した。開け放たれた窓の近くで白いカーテンが揺れ、柔らかい光を部屋の中に投げ入れている。床にできた陽だまりは白く染め抜かれて、廉太郎の目を焼いた。

「ある日突然、直っちゃったみたいです」

廉太郎が曖昧なことを言うと、ケーベルは小首をかしげた。

「きっかけはなかったのか」

「ええ、特に」

薄原での話はしていない。あれは、己にしか意味をなさない出来事のような気がしていた。

「ピアノの前に立つとき、演奏者は一人なのですね。でも一方で皆がいる。そうですよね、ケーベル先生」

　そうぽつりと口にすると、ケーベルは何度も頷いた。

「その通りだ。よくぞこの域に至った。演奏は一人でやるものだ。が、孤独ではない。音楽はいいものだな、瀧君」

　頷いた廉太郎は、言いそびれたことがあって慌てて口を開いた。

「先生に聴いていただきたい曲があるんです」

　ケーベルの促しを受け、一曲、弾き始めた。

　跳ねるような旋律、そしてその旋律に寄り添うような伴奏。躍る第一部が終わり、旋律と伴奏の垣根が払われて流れるような音色に代わる第二部、そして第一部のモチーフの繰り返しと変化が主眼となる第三部。長い曲ではない。短冊に書き物をしている間にも終わってしまうような小さな曲だった。

　曲を弾き終えたところで、ケーベルが、おお、と声を発した。

「聴いたことがない曲だ。君の作曲か」

「はい。『メヌエットロ短調』と名付けました」

　いつぞや、楽譜に起こしたほうがいいと柴田環に勧められた即興曲だった。もっとも、あの時の要素は第一部のメインモチーフくらいにしか残っていない。

　ケーベルは短く頷いた。

「ロマン派の手癖を自分のものにしているな。極東の島国で作曲されたとは思えない。もちろん、気になるところはあるがね」

ケーベルはピアノを代わるように目配せしてきた。廉太郎が立ち上がると、入れ違いのようにピアノに座り直し、ケーベルは暗譜で曲を弾き始めた。

廉太郎は気恥ずかしさに襲われた。

先ほどまでの流麗なロマン音楽風の曲調から打って変わり、ピョンコ節の軽快なヨナ抜き音階曲がピアノ上に現れる。本来は二番まである曲だが、一番を指先だけで弾き、ケーベルは悪戯っぽく笑った。

「小山先生からこの楽譜を見せてもらった。これも君の作曲らしいね」

ケーベルの表情から感情や思考を読み解くのは難しい。どう答えたらいいものかと少し思案したものの、廉太郎は頷いた。

「うむ、日本の俗謡の特徴を押さえつつも、西洋音楽の香りもしっかり残している。それに、様々なモチーフが入れ代わり立ち代わり入り込んでいるのも面白い。なんといったかな、この曲は」

「『箱根八里』といいます」

一月ほど前、小山作之助に泣きつかれて作った。先に頼まれたものとは別の曲だ。作詞者の鳥居忱は漢詩人で、歌詞には中国の故事や名所が随所に盛り込まれている。

箱根山の天険ぶりを讃えるこの歌に曲をつけるとなったとき、廉太郎は果たして西洋音楽をそのまま移入してよいのだろうかという疑念に駆られた。その結果が、トコトンヤレ節などでも使われていて馴染みのあるピョンコ節の採用、そしてヨナ抜き音階の使用につながった。だが、旋律まで伝統に寄り添うつもりはなかった。

作曲をするとき、二小節から八小節ほどのメインモチーフを設定し、これを繰り返したり少しずつ変化させる方法がある。だが、この曲ではそれは取らず、畳みかけるように展開を変えた。大吉の、理論の中での創意工夫、という言葉を自分なりに咀嚼した結果だった。

それだけに、ケーベルの評が気になった。

目の前のケーベルは腕を組んだ。

「君は面白い。西洋音楽を取り入れつつも、君の中には西洋音楽以外の何かも流れている。君はピアニストを以て任じているようだが、作曲家としても十分やっていける。もちろん、今のところはピアノ曲や唱歌といった簡単な曲の、という但し書きがつくがね」

ケーベルは上着のポケットから手紙を取り出した。既に封のされた分厚い封筒には、筆記体のアルファベットが躍っている。その手紙を差し出しながら、ケーベルはひげを動かした。

「ドイツのライプツィヒ音楽学校の入学推薦状だ」

メンデルスゾーンが最晩年に心血を注いで設立した、世界最高峰の一角を占める音楽学校だった。その名は廉太郎ですら知っている。

「留学するならいっそ、最良のところで学ぶのがよいだろう。この推薦状があれば、聴講生くらいにはなれるはずだ」

「ありがとう、ございます」

「何、礼はいらない。――最高峰の学府は、最高の教育を受けることのできる場所ではない。最高の人材が揃う場所だということを弁えておきたまえ」

ケーベルの言辞は時として回りくどい。だが、後になってあいうことだったか、と頭の中で弾けることがある。きっとこの言葉もその類の言葉だろうと考え、廉太郎は軽く頷くに留めて、推薦状を預かった。

「頑張るといい。応援している」

ケーベルは手を差し出してきた。

廉太郎はその温かく分厚い手を握り返した。それはまるで、父の手のように分厚かった。

それからしばらくの後、音楽学校で仕事をしている廉太郎の許に東くめが訪ねてきた。

「こんにちは。そろそろじゃないかと思って」

ピアノ室に通した。この日も部屋には誰もいなかった。まるで廉太郎を待ち構えるように、静寂が部屋を包み込んでいた。

くめを生徒用の椅子に座らせた。

「『幼稚園唱歌』の曲、できました。まだ譜面に起こしていませんが、こんな感じです」

一曲一曲、歌を交えながらピアノで弾いた。まだ提出していなかった十曲すべて。

くめは目を白黒させていた。

「いつの間にこんなに……。しかも、長調ばっかり」

「ええ、頑張りました」

にこりと笑いかけると、くめは感心したように頷いた。

「『お正月』が特にいいわね。大した音数は使ってないのに、しっかり三部構成になってる」

この曲は、新聞屋の妹の鶴と出会ってから作った。あの子でも歌えるような歌を、を合い言葉にし、幾度となく口ずさみながら形にした。うまく行ったかは分からない。

「ご納得いただけましたか。——そうだ。組曲『四季』も全部仕上がったんです。これから校訂を小山先生にお願いするつもりなので粗削りなんですが、聴いて行かれますか」

もちろん、というくめの促しに応じ、廉太郎はピアノに向かった。

「では、一曲目の『花』弾きます」

「あれ？ その曲、『花盛り』だったんじゃ」

「出版社さんは題名を変更すると言っていました」

廉太郎はピアノの伴奏を弾き始めた。本来この曲はソプラノとアルトの掛け合いからなっている。イントロダクションを終えたところでソプラノとアルトの旋律をピアノの上に再現した。

軽やかにして明るい隅田川の情景が目の前に蘇る。作曲していた時には気づかなかったが、廉太郎はこの曲の中に、幸田露伴の家を訪ねた時に見た隅田川の光景が混じっていることに気づいた。

決して長い曲ではない。すぐに弾き終え、次の曲に移った。

「夏の曲、『納涼』です」

くめの眉が少し動いた。この曲の作詞はくめだった。

歯切れのいい短音で構成される軽快な伴奏と共に、廉太郎は己の喉を震わせた。本来この曲は四部合唱だが、独唱でも歌い切れる。

一番は夏の暑さを意識して突き抜けるような陽性の曲作りに努めた。だが、二番は少し違う。夕涼みの際に感じる暗がりへのわずかな怖気や、水に足を浸した時の冷たさを表現するためにあえて短調に転調している。そしてまた、明るい元の曲調へと戻した。

くめの顔色はあえて見なかった。

「次は冬の曲、『雪』です」

この曲も四部合唱だった。オルガンの伴奏も考えてあるが、今回は割愛して、合唱部分の再現に努めた。

雪の原の清涼さを意識して作った。ソプラノ、アルト、テノール、バスそれぞれに独唱があるのが特徴だ。あえて厚く調和を作らないことで涼やかな地平を作ろうとした結果だ。本来は、これに均質な音を作るオルガンの演奏が加わり、雪の日の寒々しさを浮かび上がらせようとしている。

「お粗末さまでした」

廉太郎が座ったまま頭を下げると、くめは拍手でもって応えた。

「三曲とも雰囲気が違うし甲乙つけがたい。わたしの曲だからっていうのもあるけど『納涼』のあの転調にはちょっと驚いたわ」

「ありがとうございます」

廉太郎がピアノの蓋を閉じようとしたところ、くめに止められた。

「待った。まだ、秋の曲を聴いてないけど。確か、瀧君が作詞作曲したのよね」

「はあ、そうですが」

「もしかして、まだできていないの」

「いえ、完成してはいるんですが」

じゃあ聴かせなさいよ、とくめに凄まれてしまい、廉太郎は秋の曲『月』を演奏することになった。

正直、気恥ずかしい。自分はあくまで音楽家であって作詞家ではないのに、詩を書く羽目になってしまった曲だった。

廉太郎は伴奏を奏で始めた。一小節聴いただけで短調の冷ややかさが辺りに広がる。この曲も本来四部合唱だが、今回はテノールを自ら歌い、伴奏はそのままとした。

いつの季節でも光は変わらないというのに、なぜ秋の月は人に物思いを強いるのだろう、草原で鳴く虫たちも同じ思いだろうか。そんな一瞬の叙情を切り取った歌詞を乗せるのは、短調で構成された悲劇的な旋律だった。あまりに感傷が過ぎるだろうか、と思わぬではなかったが、結局このままとした。

長い曲ではない。すぐに歌い上げた。

くめは拍手でもって廉太郎を迎えた。

「いい曲じゃない。でも、相変わらず、あなたの曲は哀調癖があるわねえ、放っておくとそっちに引きずられちゃうみたい」

「面目ない」

「でも、いいんじゃないかしら。この曲、わたし、嫌いじゃないかも」

くめは悪戯っぽく笑って答えとした。

かくして秋高き十一月、廉太郎は組曲『四季』、『幼稚園唱歌』、頼まれていた公募曲、全ての作曲を終えた。

第六章

外套の襟を握り、廉太郎はベルリンの町並みを見上げた。

五階建てのアパルトメントが大通りに面して並び、その隙間を縫うように、汽車が高架の上を走り、日本では新橋や日本橋近辺にしか立っていないガス灯がずらりと立っている。夜になれば柔らかなガスの明かりがこの町を彩るのだろう。着物の人などこの町にはいない。どんなにみすぼらしいなりをしていても、シャツ、ズボンを身にまとっている。

廉太郎は駅の出口に立ち、きょろきょろと辺りを見渡した。見つかるかどうか不安だったが、西洋人ばかりのこの町で東洋人は否が応でも目立つ。待ち合わせをしていたその人物も仕立てのいいシャツにズボンという西洋風のなりだったが、黒い髪に黒い目、そして彫りの浅い顔立ちを見た瞬間、理由もなくほっとした。

「やあ、瀧君。ベルリンへようこそ」

近づいてくるなり、その男は日本語で話しかけてきた。他国語の洪水に晒されてきた廉太郎は、早くも祖国を懐かしみながら相手の手を取った。

「ご無沙汰しています」

「ああ、久しぶりだね」

出迎えにやってきたのは、児童文学者として名高い巌谷小波だった。

巌谷がベルリンにいると聞き及び、ご挨拶に伺いたいと手紙を送ったところ、快い返事があった。『幼稚園唱歌』を作る際に鈴木毅一と共に表敬訪問したきりだったが、巌谷は廉太郎のことを覚えていた。

立ち話もなんだから、と巌谷が案内したのは、ホテルベレビューだった。ドイツにやってきた日本人が最初の足掛かりに逗留するホテルとして有名で、廉太郎も一晩はここに泊まろうと考えていた。巌谷もここを定宿にしているらしく、慣れた足どりで中庭に置かれているカフェーへと廉太郎を招き入れた。

十卓ほどのティーテーブルに椅子、そしてテーブルの真ん中には大人が四人すっぽり入りそうな大きな傘が差してあり、常時開いている。日傘代わりらしい。

廉太郎が椅子に腰かけるのを見計らったかのように、ボーイがドイツ語で話しかけてきた。廉太郎が聞き取れずに難儀していると、巌谷は鷹揚に指を二本立てて何事かを伝えた。ボーイがバックヤードに入っていくのを見送ると、巌谷はふさふさとした口ひげを撫でた。

「君ならベルリンに来ると思っていたよ。官費留学かい」

頷くと、巌谷は屈託なく口角を上げた。

「僕は児童文学の勉強のために、私費でこっちに来ているんだ。僕の文学者としてのルーツはドイツにあるからね。――船は大変だったろう」

とてつもなく暑いのには辟易した。赤道直下を通る航路上の問題もあるし、客室の窓もはめ殺しにしてある。温室、といえば聞こえはいいが、その暑さは蒸し器の中に放り込まれたようだった。当然そんな中にいれば、部屋は汗臭くもなる。そこに揺れが加われば、もはや拷問以外の何物でもなかった。

だが、廉太郎は首を振った。

「意外に楽しかったです。一緒に乗った日本人の皆さんも気のいい人たちでしたし」

狭い船上のおかげか、乗り合わせた人々とすぐに仲良くなった。華族西園寺家の養嗣子八郎から夢のような上流階級の暮らしを聞くこともできたし、学問を究めんと志す植物学者や法曹の道を歩む学生からも大いに刺激を受けた。

何より廉太郎が驚いたのが、船のオーケストラだった。最初に演奏を耳にした時、耳を疑った。ピアノやバイオリンは廉太郎や幸田幸に劣っていたが、他の楽器の演奏技術は東京音楽学校の研究生をも凌いでいる。そんな彼らが普段は小間使いや掃除夫として働いていた。

廉太郎は身振りを交えて彼らの演奏に加わり、少しずつ技術を盗んだ。言葉を覚えて話を聞くうちに、彼らが鞠つき遊びの代わりに音楽を覚えていたことも知った。

驚きの数々を、廉太郎は日本の家族や友人に伝えた。船上では時間はたっぷりある。それまでは決して筆まめとはいえなかった廉太郎も、これまでの無聊を詫びつつ色んな人々に手紙を発した。鈴木毅一に船上のオーケストラの凄みを伝え、石野巍に船の暑さ臭さを愚痴り、東くめに挨拶もなく留学した無礼を詫び、チカにキリスト教の本場に行ける喜びを書き連ね、大分の家族には無事を伝えた。やることが多かったからこそ、船上での日々を飽きることなく過ごすことができた。

「ふうん、君は変わっているなあ」

呆れ半分にひげを触る巌谷のもとに、コーヒーが運ばれてきた。廉太郎の前にもカップが置かれる。紅茶とは違う、苦み走った香りが辺りに広がる。

燦々と光の落ちる中庭には、色とりどりの花が咲いている。目を細めてコーヒーを口につけた巌谷は、苦みの為か少し顔をしかめた。

「そういえば、以前私に相談に来た『幼稚園唱歌』の件はどうなったんだい」

「はい。おかげさまで完成しました。もっとも、刷り上がりは間に合いませんでしたので、後日お送りします」

「口語体の唱歌と聞いた時には、若人は実に面白いことをすると舌を巻いたものだが、ついに形になったとは感慨無量だ」

巖谷は腕を組み、大仰に頷いた。

「本はいい。自分のその時の頑張りが形に留まる。時には気恥ずかしくなることもあろうけれど、ある時読み返せば、必ずや君の誇りとなるはずだ」

廉太郎は、はい、と短く応じた。

「そういえば」巖谷は話を変えた。「これから君はどうするんだね」

「しばらくはベルリンの知り合いを訪ねつつ、ライプツィヒの音楽大学を受験するつもりです」

「あそこはいいぞ。街角でも音楽が聞こえる。君にとっては夢のようなところだろう。僕にとってここベルリンが夢の町であるようにだ。だが、覚悟して行くといい。夢の場所は、夢であるからこそ光り輝くものだ」

もって回った言い回しの真意を呑み込めないまま、廉太郎は曖昧に頷いた。

しばらく、廉太郎は他の日本人留学生と歩調を合わせる意味でもホテルベレビューを拠点にした。町の中心部に近いこと、宿泊費が安く済むこと、これまで日本人留学生が半ば定宿のように用いてきたからか日常会話程度なら日本語を話せるスタッフがいることもあった。

廉太郎は日本総領事館での手続きを終えるや、行動を開始した。ライプツィヒ音楽学校に手紙を出し、入学するためにはどうしたらよいか照会したところ、数日後、音楽学校から白い封筒が届き、日本語のできるホテルスタッフを摑まえて必死に解読した。

先の質問状にはケーベルの推薦状があると書いておいたのだが、返事にはそのことは一切触れられておらず、もしも当校に入学したいのならば、筆記試験を受けてもらう必要がある、忘れずに規定の日に訪ねてきてほしい、とあった。

いずれにしても、数か月時間があった。その間にできることをしておきたい。廉太郎はベルリンを離れ、ライプツィヒに向かう決心をした。

ベルリンから汽車で二時間ほどのところにライプツィヒはあった。

駅に降り立った瞬間、廉太郎は武者震いを隠せなかった。ここが名にし負う音楽の都、ライプツィヒ。あの楽聖メンデルスゾーンが晩年を過ごした地。石畳続く古い町並みのそこかしこでは、ギターや風琴、バイオリンを持った楽隊が当地の音楽を弾いていた。素朴ながら調和の取れた演奏に、廉太郎は音楽の都の歴史を嚙み締めた。

廉太郎は下宿先を探すとともに、ある人物を訪ねた。ケーベルが『この人を頼るとよい』と助言してくれた、ライプツィヒ音楽学校の教授だった。ケーベルの紹介状を持っていくとその老教授は極東の島国からやってきた廉太郎の来訪をいたく喜び、協力を申し出た。ピアノ教師とドイツ語教師を紹介したのみならず、特別にライプツィヒ音楽学校の実技教科の聴講を許してくれた。

ドイツ語を学びながらの聴講だったために講義の内容を理解するのに時間がかかったものの、ケーベルが廉太郎に施した演奏技術は相当高度なものだったと察するのにさして時間はかからなかった。ロールングに悪戦苦闘する音楽学校生たちの姿を見るにつけ、遠く日本にいる恩師に頭が下がる思いがした。

下宿先を見つけ、ようやく生活が落ち着いた頃、廉太郎はベルリンに住むある人物を訪ねた。

ベルリン郊外のアパルトメント、そこに彼女は住んでいた。

教わった部屋番号を確認してドアをゆっくり叩くと、中から一人の女性が顔を出した。

すっかり西洋風の身なりが板についている。長い髪の毛を後ろで丸めて留め、体を縛らない柔らかそうな生地のドレスを着ている。だが、見る者を威圧し、挑みかからんとするような目は以前のままだった。

「お久しぶりです」

ドア越しに声を掛けると、ここの借り主——幸田幸は口角を上げた。

「よく来たわね。立ち話もなんだから、入りなさいよ」

久々に出会った幸からは、甘い花の香りがした。

幸に言われ、玄関を上がると――、どうやらこの部屋は中に入る際には靴を脱ぐようにしているらしい――、男物の靴が一つ並び置かれていた。誰かお客さんがいるのかと聞こうとしたものの、幸は茶の用意があるからと奥に引っ込んでしまい、聞く機を逸してしまった。

広いエントランスから、奥の部屋に向かった。

そこは南向きの明るい部屋だった。二十畳近くあるだろう広い板敷きの部屋の中、ワックスが飴色に変色しているアップライトピアノが壁近くにあり、真ん中にティーテーブルと椅子が置かれている。南千住の延の家がふと思い出された。

ティーテーブルの傍らの椅子に、一人の男が座っていた。

黒髪を後ろに撫でつけた、年の頃三十から四十ほどの男だった。日本海軍の黒い制服姿で胸には勲章を一つぶら下げている。領事館の駐在武官だろうかと身構えたが、その割にその男から放たれる雰囲気は穏やかだった。軍人というよりは学者というほうがしっくりくる。

廉太郎は、目の前の男の正体に思い致った。

「もしや、吉本光蔵先生ですか」

「先生と呼ばれるほどの者ではないが、吉本光蔵は私のことだ」

廉太郎はずっと昔のことを思い出す。幸田延の帰朝演奏会の際、延の演奏に合わせてクラリネットを吹いた海軍軍人がいた。当時、ケーベルと共に幸田延の相手を務めるに足ると認められていた音楽家が今、こうして廉太郎の目の前にいる。

「お目にかかれて光栄です」

廉太郎が手を伸ばすと、吉本はその手を握り返した。吉本の手は、柔らかくてしなやかな、音楽家の手をしていた。

「君の噂は聞いている。音楽学校でも随一のピアノの名人とな」

武骨な話しぶりは、確かに軍人のそれだった。

「誰に、ですか」

「決まっているだろう。幸田幸君だ」

と、そこに廉太郎の飲み物を持った幸がやってきた。ティーテーブルに廉太郎のカップを置くと、幸は高圧的に声を掛けてきた。

「まずは海外留学おめでとうと言っておくわ。やるじゃない。本当にわたしを追いかけてくるなんて。で？　こちらの学校は決まったの」

ライプツィヒ音楽学校に進むべく研鑽(けんさん)している、ケーベル先生の引きで向こうの教授とも知り合い、音楽教師とドイツ語教師をつけてもらった、と近況を述べると、幸は、ふーん、とそっけなく鼻を鳴らした。

「もし困ってるなら、わたしと吉本さんでベルリン音楽学校に話をつけてあげてもよかったのに」

吉本が付言した。

「私も幸君と同じくベルリン音楽学校に留学中だからな。ある程度便宜を図れる」

分かってます、の謂で頷くと、吉本は口の端を上げた。

「で」幸は盆を空いていた椅子の背もたれに立てかけ、廉太郎に近付いた。「ここに来たってことは、あなた、覚悟はできてるわよね」

幸は窓際近くに立っているアップライトピアノを指した。骨董品のようで、譜面台の傍に煤のついたままになっている燭台が二つ付いている。ランプ全盛のこの時代にはありえない発想だが、蠟燭しか明かりがなかった遠い昔にもピアノが弾かれていたことに感心する廉太郎がいた。

「さっそく、重奏しましょうよ。その方が手っ取り早いわ」

幸は壁に据え付けられていた棚からバイオリンケースを引き抜き、その場でバイオリンを取り出した。今すぐ弾ける、とばかりに自信満々に口角を上げる幸を眺めつつ目を細めた吉本は、

「私は様子見だ。幸君ほどのバイオリニストがご執心のピアニストのお手並みを拝見したいからね」

といたずらっぽく口にして、背もたれに寄りかかった。

「執心とか、そういうわけじゃありませんから」

矢に射られたかのように、吉本は肩をすくめる。

廉太郎はアップライトピアノの前に座り、蓋を開いて鍵盤をひと撫でしてみた。アップライト式の宿命で鍵盤の戻りがきついが、日本のピアノと比べると音の作り方が理論に忠実だ。こちらの調律師はやはり腕がいい。全体に硬質な響きのする調律は、この部屋の主のありように似ている気がした。

「曲は何にするの」

バイオリンを構える幸が聞いてきた。

当然、決まっていた。

「モーツァルト『ピアノとバイオリンのためのソナタKV380』」

幸はこちらを小馬鹿にするように笑いかけてきた。

「あなたならそう言うと思ったわ」

廉太郎は口火を切った。

右手の旋律、左手の伴奏が最初から鍵盤の上で躍り出す。最初の二小節が終わった頃、ぎっ、と吉本の椅子が悲鳴を上げたのを廉太郎は聞き逃さなかった。吉本は身を乗り出していた。

廉太郎は左斜め後ろにいるバイオリニストめがけて音の言の葉を投げかけ続ける。ある時は繊細に、ある時は激しく。

ベートーヴェンは、初めてピアノを弾いた時涙したという。ピアノは弦楽器でもありながら打楽器でもある。旋律を奏でることができると同時に和音構成やリズムも取れ、緩急や強弱までつけることができる。ベートーヴェンの涙は、たった一台で世界のすべてを叙（じょ）し得る楽器の誕生を寿いだものだったろう。

だが、それでも、廉太郎は一人で弾き続けるのは嫌だった。

音と音が混じり合う瞬間の火花に、廉太郎は魅せられてきた。今日までも、そして未来（これから）も。

期待に応えるように、幸がバイオリンで応じた。静かな立ち上がりで廉太郎のピアノに寄り添うほどに絞った音量だったバイオリンが、曲の途中の掛け合いとなった瞬間に牙を剝いた。廉太郎が重力奏法を用いて強く旋律を押し出せば、幸もまた強く押し出してくる。廉太郎が繊細に打ち返せば、幸もまた子守歌のように優しい音色を返してくる。

掛け合いが終わった頃には、幸の演奏に変化の兆しを見て取っていた。

かつての幸の演奏は、共に弾く仲間の心を折る音色を有していた。だが、今は違う。一見すると挑みかかるようで、火傷しそうなほどに熱を持っている。だが、今の幸の奏でる音色は、他の演奏者を焚きつけはするが、焼き殺したりはしない。

手加減しているわけではない。幸は、何かが変わった。

天才の二文字が頭を掠めた。一年半ほど日本を離れただけで、幸はまた一つ大きな壁を超えている。あの二文字は、彼女のためにある。

それでも。

廉太郎は八十八の鍵盤の上に十本の指を走らせながら、気を吐いた。

こんなに楽しいこと、やめられない。

廉太郎は終局に向かい、あらん限りの技術と心力を注ぎ込み、一気に駆け抜けた。幸の奏でるバイオリンの音色と自分の音色が混じり合い、極彩色の綾となった一瞬を心に刻み込みながら。

しばらく、部屋の中は音の存在を忘れたかのようだった。やがて、窓から外の喧騒が聞こえ始め、音が元の色を取り戻し始めた。

そんな頃になって、ようやく拍手が上がった。吉本のものだった。最初は頑是ない子供のようにたどたどしいものだったものが、やがて、惜しみのない拍手へと変わった。

「大したものだ」吉本は己の肩を抱いた。「鳥肌が収まらん」

廉太郎はすっかり虚脱していて、うまく吉本の言葉に応えられずにいた。椅子から立ち上がり、頭を下げることで答えに代えた。

廉太郎はふと、バイオリニストの変化に気づいた。

幸の意志の強そうな目から、真珠のように大きな涙がこぼれていた。

悲しくて泣いている、わけではない。雄大なものを見た時、自分が高みに立った時、自然とこみあげてくる涙がある。幸の涙はそういう類の涙だった。それが証拠に、幸は真顔だった。

声すら震わせず、幸は涙を落とした。

「右手の弱さ、しっかり克服してきたのね。しかも、さらに一段上手くなってる。あなた、何者なの」

「幸さんこそ。僕が申し上げるのも変ですが、幸さんの音楽には天井がない」

「あなたなら分かってるでしょう。天井を破っただけよ」

廉太郎は素直に頷いた。

天才が最初から天才であるはずはない。天才とは、余人が諦めた天井に挑み続け、ついには破ってしまった人間のことだった。だが、そうした人間の眼前にはさらなる天井が現れ、そのたびに自分なりに答えを出し、破っていかざるを得ない。傍から見れば天井がないように見えるがそれは違う。天才と呼ばれる人は、己の頭上にある天井に果敢に挑み、破り続けているだけだ。

幸の顎にたまった涙が床に落ちた。

「あなたほど、ムジカリッシュな人は見たことない」

Musicalish――音楽的な、のような謂だろうか。

それから夕方まで、三人で重奏を繰り返した。吉本のクラリネット、幸のバイオリン、そして廉太郎のピアノの調和は、まるでそれだけで世界を構成しているかのように純粋で、淀みがなかった。

廉太郎が帰る時間となり、アパルトメントを辞することになった時、玄関まで見送りにやってきた幸が廉太郎の背に声を掛けた。今までの冷ややかなものとは違う、どこか温かな響き方のする声だった。

「瀧君。またやりましょう。それまでにあなたのことを突き放してやるんだから」

「分かりました。その日までには、幸さんに追いついていればいいんですが」

「生意気」

鋭い声で、幸に小突かれた。

それから二か月後、廉太郎はライプツィヒ音楽学校の試験を受け、合格した。筆記問題は極めて簡単なものだった。ドイツ語を学んで数か月の廉太郎でも解ける程度のもので、さらに面接の際にはケーベルの名前が出た。

『君はケーベルの弟子なんだって？』

面接に当たった教授陣からは、ケーベルが元気にしているか、彼の日本での評判はどんなものかと、廉太郎の面接そっちのけで次々に質問を重ねた。ケーベルの名前は効果覿面（てきめん）であったらしい。その場で入学が認められた。

そうして始まったライプツィヒ音楽学校での日々だったが、ひどく退屈だった。

唯一参考になったのは対位法の講義だった。旋律と伴奏を組み合わせるのではなく全体の調和で曲を組み立てていくやり方で、バッハがその代表的な名手とされる。廉太郎はそうした曲を弾くことはできたが、作曲の際にはどうしても旋律と伴奏とで別個に組み立てていくことしかできなかった。それだけに、対位法の講義は刺激になった。

同級生の多くは楽譜も書けないばかりか、ピアノの講義では弾き間違いを起こす者がいる。さらに、講義内容もかつてケーベルや延に教わったものばかりで、鈴木毅一に「ライプツィヒは程度が低い」と手紙で愚痴ったほどだった。

つまらない講義に辟易する中、ケーベルの言葉がふと蘇った。

『最高峰の学府は、最高の教育を受けることのできる場所ではない。最高の人材が揃う場所だということを弁えておきたまえ』

その言葉を思い出してから、教室の中でも特に目立ってピアノが上手かった一団に声を掛けた。彼らにたどたどしいドイツ語で挨拶をしたものの、聞こえないふりをされてしまった。もう一度話し掛けると、首領格（リーダー）の青年は肩をすくめ、不機嫌そうに廉太郎から目を背けた。

『東洋の野猿風情が話しかけてくるな』

あれほど憧れていたドイツの地は、決して輝きを約束する地ではなかった。

大学で友人を得ることのできなかった廉太郎は、独り、様々な演奏会に足を運んだ。日本では聴くことのできないオーケストラや歌劇（オペラ）にも足を運び、近くのカフェーで薄いコーヒーをすすりながら手帳に感想を書き残すのが週末の日課となった。

廉太郎の興味は、昨今発表される楽曲の転調の多さだった。

曲の途中で調性のルールを変更することを転調というが、最近、ドイツで発表される新曲は一つの曲の中で何度も何度も転調を繰り返している。これはいったいどういうことだろうか。

調性は一種のお約束である。調性の中に位置づけられた音は必ず調和するから、基本的にはその中の音を使うと取り決めたものに過ぎない。だからこそ、新味を出そうと一つの曲の中で転調を繰り返し、新たなフレーズを作り出しているのだろう。

廉太郎はびっしりと感想を書き込んだ手帳を眺めて黙考（もっこう）に沈む。

今の西洋音楽は、さなぎなのではないか？　老朽化したロマン派を超克した何かが誕生し、広い大空に向けて羽ばたき出そうとしているのではないか？

廉太郎はこんこんと浅い咳を繰り返してからコーヒーに口をつけ、西洋音楽の新しい息吹を日本に持って帰るのが自分の役目なのだろうと独り言ちた。

トーマス教会へも行った。ライプツィヒの中心地にあるそこは、かのバッハが音楽監督（トーマスカントル）を務め、数々の楽曲を作ったことでも知られる音楽の聖地だった。尖った屋根、高い白漆喰の尖塔のそびえる威容に驚きつつ、表の庭に飾られているバッハ像に一礼をして扉をくぐると、中では丁度少年合唱団が讃美歌を披露している最中だった。年端も行かない黒の僧服姿の少年たちが己の喉で調和を奏でる中、祭壇奥に設えられた巨大なステンドグラスの光が少年たちの後背を彩っていた。地元の人々と共にボーイソプラノに聴き入りながら、廉太郎は途轍もなく高く白い天井を見上げた。あまりに遠かった。

帰り、廉太郎は教会の庭で小さな鼠色の石を拾った。手の中に収まるほどの大きさの石は、大きさの割にずしりと重い。トーマス教会にやってきた記念にと上着のポケットに入れてアパルトメントに戻った廉太郎は机に向かい、己の激情をそのまま音符で書きつけた。

だが、そんな日々は、突然終わりを告げた。

ライプツィヒ音楽学校に通い始めて数か月、ようやくドイツ語を覚え、日常会話ができるまでに上達した頃のことだった。

ある日の朝、ベッドから起き上がろうとして異変に気づいた。体に力が入らない。やっとの思いで身を起こすと吐息が熱っぽい。そのくせ寒気はあまりなく、腹が全く減らない。

最初は何かの風邪だろうと思い、大事を取って学校を休んだ。だが、三日経ち、五日経ち、一週間経っても熱の引く様子がない。

仕方なく、近所の医者にかかった。表通りから一本奥まったところにある、煉瓦造りの小さな医院だった。アパルトメントの管理人である太った中年の女性も、あそこは信用できるお医者さんだよと言っていた。

医院の中で待っていたのは、若い白衣の医者だった。西洋では血に汚れた白衣が名医の証で、あえて血まみれの白衣を羽織っていると聞いていたから、真っ白な外衣姿で現れた医者に目を丸くした。こうした反応に慣れているのだろう、若い医者は笑みを絶やさず『血は腐るし何より他の菌を呼ぶ、だから滅菌されている白衣の方が合理的』と四角四面の説明をし、本題に入った。

この医院では結果が出なかった。

『すまないが、当院では詳しく見ることができない。ライプツィヒ大学の附属病院があるのを知っているかい』

音楽学校の傍だった。承知していると廉太郎が答えると、医者は机の上で手紙をさらさらと書き、廉太郎に渡した。

『僕の師匠筋に当たる先生に紹介状を書いた。ライプツィヒの大学病院で詳しく診てもらうといい』

次の日、大学病院に行き、紹介状を見せるとすぐに診察室に通された。血を抜かれたり、舌の様子を診られたり、症状の聞き取りがなされたりした後、医者は聴診器を廉太郎の薄い胸にぴたりとつけ、最後には諦めたように首を振った。

『念のため、入院していただきましょう』

それまで、歌曲の印象のためか、ドイツ語は明るく高らかなものとばかり思っていた。なのに、このときばかりは重苦しく響くばかりだった。


白いレースのカーテンが風に揺れ、外の喧騒を運んでくる。ライプツィヒ大学の学生たちの喧噪だった。廉太郎はふと上野にある東京音楽学校の様子を思い出しながら、たった一人、一人用の病室にいた。

寝ているのも億劫だった。ベッドの際に座り、近くに机を引き寄せて、自習を始めた。トーマス教会で拾った石を文鎮代わりにしてノートに五線譜を引いていると、軋むような音を立て、木製の病室のドアが開いた。

そこには、顔を曇らせる幸田幸の姿があった。青いドレス姿の幸は、廉太郎がこちらに注目しているのを見るや、ばつ悪げに表情を改めて病室に入ってきた。

「あら、意外に元気そうじゃない」

いつもの幸だった。一瞬見せた、愁いのような表情は何だったのだろうとは思ったが、廉太郎は考えることをやめた。

「幸さん、お忙しいのにすみません」

「いいのよ。ベルリンからライプツィヒまではそんなに時間がかからないもの。ああ、そうそう、手紙であなたが所望していたものよ」

礼を言って、廉太郎は幸から小さな紙包みを受け取った。入院してからというもの、とにかく病院食がまずくて辟易している、福神漬けが食べたいと手紙で幸に愚痴った。そのことを気に留めていたのだろう。これで少しは減衰している食欲も改善するだろうか。

「体調はどうなのよ」

「ほとんど普段通りなんですよ。微熱だけは下がりませんけど」

「そう、ならよかったわ」

幸の声が無理に上ずっている気がしたのは、廉太郎の気のせいだったろうか。

体調は決して悪くない。

微熱、全身を覆うけだるさのほかに、夜になると浅い咳がずっと続くこと以外は健康そのものだ。言うなれば、たちの悪い風邪にかかっているくらいの自覚症状でしかない。

「ドイツの医学は世界一だって聞いていたんですけどね。入院しろ、ライプツィヒ音楽学校は休学扱いにしろって、まるで僕の勉学に水を差すことばかり言うんです。やってられませんよ」

幸はいちいち熱心に廉太郎の愚痴の相手をし、励ますようなことを言う。そのことに、廉太郎は疑問を持った。

「どうしたんですか、幸さん。なんだか、今日の幸さん、不気味ですよ」

いつもの幸だったら、『何言ってるのよ』の一言で切り捨てるはずだ。これも、旅先で入院しているという状況ゆえのことなのだろうか。

一瞬、幸は言葉を詰まらせ、目を泳がせた。だが、諦めたように首を振ると、

「床につく人を鞭打つほど、わたしだって人間ができていないわけじゃないわよ」

と力なく言った。

「また、重奏をやりたいですね。吉本さんと三人で」

「……そうね」

幸は枕元の花瓶に花を生け、帰っていった。

入院中、色んな人が来た。

ベルリンで買い込んだという漬物や醬油といった差し入れを両手に巌谷小波もやってきた。吉本光蔵も訪ねてきた。海軍軍人のなりでやってきた光蔵は、『今まで君は余りにも全力疾走をし過ぎていたんだ。しばし羽を伸ばすといい』と口にした。領事館の職員もやってきた。『邦人の保護が我々の仕事だから』と言い訳のようなことを口にしてやってきた四十がらみの職員は、廉太郎に今の病状についていくつか聞き、さらに生活するにあたって不自由はないか質問した。一時間ほどの雑談の後、職員は帰っていった。

仕方がないこととはいえ、入院が長引くにつれ、訪ね来る人は減った。二か月経ち、三か月経った頃には絶えた。あまりに暇で仕方なく、外を散歩させてほしいと医者に掛け合った。病院の敷地内という条件付きで許可が出た。既に三月になっていて、随分寒さも和らいでいる。噂に聞いていたドイツの寒い冬をずっと病院の中で過ごしてしまった。

春の気配が迫ってくるライプツィヒの空を見上げながら、廉太郎はトーマス教会で拾った石をベッドの上で弄んでいた。

春が過ぎ、夏になった。が、廉太郎は依然として床を離れることができなかった。

微熱は残っているものの、体は壮健で毎日の散歩も欠かさず行なっている。病院の食堂に置いてあったオルガンで鍵盤の勘を養い、独習にも励んでいた。なぜドイツの医者はこうも頑ななまでに退院を引き延ばすのか、廉太郎は首をかしげていた。

そんなある日、廉太郎の許に客人があった。

廉太郎はその客人を笑顔で迎えた。

「いつもありがとうございます」

やってきたのは、島崎赤太郎だった。

廉太郎に続く官費留学生として選ばれ、このライプツィヒの土を踏んだ。二か月ほど前から逗留しているのになぜか音楽学校に入学せずにいて、時折こうして廉太郎の病室に姿を現した。ドイツ語の勉強でもしているのだろうと廉太郎は見ていた。そんな島崎は、この留学に先立って東京音楽学校の教授に任じられた。

「礼には及ばない」

短く首を振った島崎は、なぜか苦々しい顔をして廉太郎を見据えていた。

ベッド脇にある椅子を島崎に勧め、廉太郎はベッドに腰を下ろした。

島崎は下を向いたまま、言い淀んでいる。元より口が軽い人ではないが、会話の折々に見せる逡巡が気になった。

「今日は何の御用でしょう」

廉太郎が水を向けると、ようやく島崎は首を振り、上着の内ポケットからあるものを差し出してきた。電信だった。

「君に帰国命令が出た」

廉太郎の息が詰まった。今日という日が来ることに怯えながらも、廉太郎は目をそらし続けていた。

島崎はなおも続けた。その口の端が小刻みにわなないている。

「文部大臣直々の命令だ。為替で帰国費用も届いている。拒否はできない」

「これから、私費留学に切り替えるとしても、ですか」

「確かに、そうすればなおもここに居続けることができる。だが、君のためにならない」

島崎の言葉の歯切れが、妙に悪かった。

「それは」廉太郎は思い切って口にした。「僕が死病にかかっているから、ですか」

島崎は沈黙を答えに代えた。

長く続く微熱、全身を包む倦怠感、時折出る空咳。素人の廉太郎でも、頭を掠める病気があった。深く考えまい、きっと風邪だろうと自らに言い聞かせていたが、入院が長引くにつれ、自分の想像の正しさが突きつけられている心地がしていた。

「僕は労咳——結核なんでしょう、島崎さん」

しばしの沈黙の後、島崎は小さく頷いた。

ふと、廉太郎の眼前に、姉の利恵の姿が蘇った。利恵も、結核で死んだ。

姉の遺品を焼いた日、じりじりと頬の焼けるような熱気を廉太郎は思い起こしていた。あの病は、後に禍根を残さないためにすべてを火にかけなければならない。廉太郎はこれまで集めた筆写楽譜や自作楽譜の山の行方を思った。

目を閉じ、目頭を揉んでから、島崎は口を開いた。いつもよりも声が低い。

「君の帰国は港までは僕が付き添う形になる。そこから先は、帰国する邦人に君を委ねる手はずだ」

「そう、なんですか。その後、島崎さんはどうなさるんですか」

島崎は、言いにくそうに顔をしかめた。

「ライプツィヒ音楽学校に入り、オルガンを勉強することになる」

「よかったじゃないですか」皮肉に聞こえないよう、廉太郎は明るく言った。「本場でオルガンを学びたいとおっしゃっていたじゃないですか。ここドイツはバッハの故郷です。きっと、ここでの勉強は島崎先生の血となり肉となるはずです」

曖昧に頷いた島崎に、廉太郎はなおも言葉を重ねた。

「一つ、お願いしてもいいですか」

「なんだろうか」

「ライプツィヒで、作曲も学んでくれませんか。そして、日本に帰った僕に、教えてください。今、作曲の世界で何が起こっているのか」

「分かった。請け負おう」

これから領事館と打ち合わせになる、日程に関しては追って伝える形になる。そう口にした島崎は、居心地悪そうに椅子を立ち、病室を後にしていった。

誰もいなくなった部屋には、文部大臣の名で発された電信だけが残された。読む気は起こらない。どうせ開かずとも内容は決まり切っているし、領事館の考えることも手に取るように分かる。病状の軽いうちに日本に帰国させたいのだろう。

廉太郎は叫んだ。

電信を床に捨て、何度も足で潰した。

だが、しばしの後、胸から熱い何かがこみ上げるような感触に襲われた。我慢できずに口から吐き出したそれを手で押さえた。

掌が赤く染まっている。庭先で咲き誇る薔薇（ばら）のように鮮やかだった。

認めざるを得なかった。死の影が自らに迫りつつあるのだと。

それから、廉太郎は島崎とともに帰国準備を始めた。ライプツィヒ音楽学校の退学手続きを取り、下宿も引き払った。廉太郎は島崎の持ち込んだ書類にサインをするだけだったから、世話になった先生や下宿先のおかみといった人々に挨拶一つできなかったことが心残りだった。

ライプツィヒを発つ日、現地の邦人がわざわざ見送りに集まってくれた。車窓から手を振り返した廉太郎はその間ずっと、一刻も早く汽車が走ればいいのにと願っていた。

汽笛を上げ、汽車が走り出した。あれほど夢見た音楽の都がどんどん遠ざかってゆく。廉太郎の青い野心を置き去りにしたまま。

空咳を繰り返しながら、廉太郎は窓の外をずっと眺めていたが、やがて代わり映えのしない農村の景色に飽きて、差し向かいに座り本を読む島崎に話しかけた。

「ベルリンには泊まらないんですか」

「ああ。このままアントワープ港に向かう」

廉太郎はふと、重奏の約束をしていた幸の姿を思い浮かべたものの、その姿もまた、車窓の風景ともども廉太郎の眼前から流れて去った。

アントワープ港からは、帰国する邦人に引き継がれた。島崎は、

「日本でも研鑽を怠るなよ」

と言い残し、港を後にした。

日本に向かう船の中では、廉太郎はひたすら眠ってばかりいた。行きの時には心が躍っていたからか、それともまだ見ぬ音楽の都への武者震いのゆえか、足踏みしてい

るのがもどかしく、船の中を忙しく走り回っていた。だが、今はもうそんな気持ちにもなれず、ただただ船室のベッドに横たわり、揺れる船に身を預けながら、トーマス教会の石を眺めてばかりいた。

数日後、廉太郎の乗った船がイギリスのテームズ港に寄港した。五日余りの寄港の中、客があるという報せが入り、廉太郎は洋服に袖を通して港近くのカフェーに足を運んだ。

小さなカフェーの奥まった席で、二人連れの紳士との邂逅を果たした。二人とも、タイにシャツ、ズボンに上着という正装に身を包み、席で紅茶をすすっていた。その二人は、廉太郎の姿に気づくと立ち上がり、満面に笑みを湛えた。

「君が、瀧廉太郎君か。お目にかかれて光栄だ」

そのうちの一人、垂れ目で細面の若い男が手を差し出してきた。

「僕は姉崎正治（あねさきまさはる）。哲学を帝国大学で学んでいたんだが、こうしてイギリスに留学している。ケーベル先生に哲学を学んだんだ。だから、分野は違えど君と僕とは兄弟弟子ということになる」

感染性の病気を理由に、廉太郎は握手を断った。

顔に陰を溜めた姉崎は、連れのもう一人を指した。

細目できりりとした眉、がっしりとした顎をした馬面。洋装には不似合いな古き良き学者然とした雰囲気を纏っている。廉太郎よりも五、六歳は年上だろうか。

「この人は、土井晩翠先生です」

「ようやく、お目にかかれましたな、瀧廉太郎君」

忘れるはずはない。海外留学直前に取り掛かった公募作曲の一曲、『荒城月』の作詞者にして、高名な漢詩人だった。

その土井は、本当は〝つちい〟なのだが皆から〝どい〟と呼ばれて辟易していると付け加えた。流れるような口上は、自己紹介の際によく使う話の枕なのだろうと窺わせた。

促され、空いている席に座ると姉崎が紅茶を一つ頼んだ。その横で、晩翠は、興味津々に廉太郎の姿を見やっている。

「君の作曲した『荒城月』、日本から出る直前に聴かせてもらった。僕に音楽は分からないが、心揺さぶられる感じがした。あれはなんだろうな、哀調の遣い方が上手いのだろうな。僕の詩想を丁寧に形にしてもらったような気がしているよ。作詞者として、こんなに嬉しいことはない」

頭を下げると、晩翠は廉太郎の顔を覗き込んだ。

「ときに、君はどこの出身なんだね」

「東京の麴町ですが」

「麴町？　意外だな」

何がですか、と廉太郎が訊くと、晩翠は怪訝そうに腕を組んだ。

「何、『荒城月』だよ。あの曲を聴いた時、落魄した城の情景が自然と浮かんだ。君はそうした光景をじかに見ているのではと思っていたのだけどね。僕は仙台出身だから、青葉城の有様を描き出したんだがね。まさか、東京の宮城を見て構想を膨らませたわけじゃあるまい」

そんな頃、ようやく廉太郎の紅茶が運ばれてきた。甘い香りが喉の奥にたまる血の臭いを一時だけかき消した。

「家の都合で大分の竹田という城下町にいたことがあったんですが、城は破却されて久しく、石垣くらいしか残っていません。岡城というんですが、この城を思って曲を書いたんです」

「面白いな。僕は青葉城、君は岡城を思い描いて、一体感が生まれるとは」

不思議でもなんでもなかった。まったく違う人生を送ってきた者が、己の楽器とともに舞台に上がれば立派な調和を生む。音楽は、異なる文脈の中を生きる人同士を繫ぐ力がある。きっと廉太郎はあのとき、作曲という作業を通じて、土井晩翠の心と繫がったのだろう。

「そういえば、知っているかい。君の作ったあの曲、ジプシー音楽と似ているそうだ」

ジプシーはヨーロッパ中を転々として音楽を披露する人々のことで、西洋音楽にも多大な影響を与えているとされる。もっとも、その習得が終わる前に廉太郎は帰国することとなったし、『荒城月』の作曲をした際にはその存在すら知らなかった。

「剽窃（ひょうせつ）したと言いたいわけではない。日本の風景を歌い込んだ歌に西洋音楽の響きがあって、矛盾なく響くのが面白いと思ったのだ」

己は気づかぬうちに、西洋音楽の発想をものにしていたのだと廉太郎は気づかされる。音楽は、世にある無数の壁をも易々と越えて広がってゆく。

晩翠は廉太郎を一瞥し、口を開いた。

「どうやら君は今病気らしいが――是非とも、これからも曲を書いてほしい」

晩翠はテーブル越しに手を伸ばした。戸惑う廉太郎の手を、晩翠は強く握った。こちらが死病にかかっているというのに。

「また、一緒に組んで曲を作ろうじゃないか」

土井晩翠らとの出会いを挟みつつも、船は日本目指して進んでゆく。

青雲の志と共に上ってきたのとは逆の道のりを戻ってゆく。行きの際には人工物とは到底信じられずに目を見張っていたスエズ運河も、あまりに広いインド洋も、様々な人種の人々が行き交うシンガポールの町も、マカオや上海の姿も、廉太郎には古びた絵葉書を前にしたような感慨しか持てなかった。

そうしてついに、船は終点の横浜港に繋がれた。

埠頭に詰めかける人々の歓声を、廉太郎は甲板の上から聞いていた。乗客の中には目に涙を浮かべ、万歳を唱える者の姿もある。だが、廉太郎は感無量の人々の輪にあって、一人、冷ややかな思いに身を沈めていた。

何も果たすことなく、日本に帰ってきた。

横浜港の光景が広がるタラップを前に、廉太郎はいつまでも立ち竦(すく)んでいた。

「廉太郎」

腫れ物に触るような優しい声で、大吉が話しかけてきた。

「なんでしょう、兄さん」

振り返ると、着流し姿の大吉は言いにくそうに口を開いた。

「たまには散歩にでも出たらどうだ？　一日そうして日向ぼっこじゃ、体がなまるだろう」

大吉の言葉はところどころ掠れ、舌足らずにもなっていた。このところ仕事が忙しくて疲れているのだろうか、そう思わぬこともなかったが、従兄の体調を気遣う余裕は廉太郎にもない。

「そう、ですねえ」

トーマス教会の石を力なく握った廉太郎は空返事をした。

日本に帰った廉太郎は、また大吉の家に厄介になることになった。大吉は表向き歓迎したものの、微妙な距離感があることに気づかない廉太郎ではなかった。この日の大吉も、部屋に入ろうとはしなかった。廊下から部屋を挟み、縁側に座っている廉太郎に声を掛けている。


特にやることのない廉太郎は、猫になったつもりで一日中縁側にいる。どうして利恵が縁側を好んだのか考えてみたこともなかったが、今となってはその理由が痛いほどに分かった。日に当たって温まってからでないと、体が満足に動かない。

「もう少し体を温めたら、少し、散歩にでも行こうと思います」

「そうか。ならいいんだ」

痛ましげな顔を隠そうともせずに大吉はこの場を去っていった。

症状は決して重くはない。さりとて、軽くもならない。洋服は行李の中に畳んであり、かつては作曲に使っていたオルガンには布の覆いがされて埃を被っている。相変わらず書写した楽譜や自らの作曲譜が処狭しと積まれ、畳の目がほとんど見えない。だが、廉太郎は作曲するでもオルガンを弾くでもなく、だらしのない着流し姿で無為な日々を過ごしている。

廉太郎は、黄昏に塗り込められたかのような日々の中にいた。

そんな廉太郎の背に、野太い男の声が浴びせられた。

「瀧君、久しいな」

絹の黒羽織に茶の長着姿の男が庭先に立っていた。一度きりしか会っていないが、そのきりりとした顔を見間違えるはずもなかった。思えば、延や幸の面影が確かにある。

「露伴先生、どうしてここに」

小説家の幸田露伴だった。

廉太郎が立ち上がろうとするのを、幸田露伴は手で制した。

「なに、原稿に詰まってしまってな。構想をまとめようと散歩に出たところ麴町まで来てしまった。麴町には瀧君の家があると思い出して、訪ねて回ったのだ。で、玄関に出てきた家主の細君(さいくん)にここに居ると聞いた」

妙に説明臭くて、廉太郎は吹き出した。

露伴の家は向島にある。そこから麴町は宮城を挟んで逆方向にある。そんなところまで散歩に出た上、あの高名な小説家が、一度会ったきりの若造を思い出して訪ねてくるなんてことはありえるだろうか。

露伴は着ていた羽織の裾を払ってから、廉太郎のすぐ横に腰かけた。腕を組んだまま、温かな秋口の日差しを見上げる。

「そういえば、この前、曲集を出したそうだな」

「ええ、なぜそれを」

「知ってるさ。出版社と仕事をしている身だ。ある程度、出版の動向は耳に入る」

「そうでしたか」

しばしの沈黙の後、露伴は口を開いた。

「最近、曲は作っているのかね」

「ここのところは全く」

「やったほうがいい。たぶん、君のためになる」

横に座る露伴は、口をへの字に結んで、小さな庭に目を泳がせていた。だが、ややあって、考えがまとまったのか口を開いた。

「あくまで私は小説家だ。全く同じことだとは思われないが、まあ、年上の人間のたわごとと寛恕(ゆる)して聞いてくれないか。——実は私は、小説を書く前は電信の技士だった」

「確か、途中でお辞めになったとか」

「ああ。逃げたのだよ」

露伴はざんばらの後ろ頭を掻いた。

官僚を目指して学問に精を出した一方で、戯作や俳諧に対する興味も捨てがたく、二兎を追う犬のようだったと露伴は学生時代の自分を評した。身を立てねばとなった時、戯作で食っていけるはずはないという常識が頭をもたげ、結局電信の技士として生きる道を選んだのだが――。

「何かが違う、と思ってしまったのだよ。果たして己はこんな人生を望んでいたのか、とな」

北海道の電信所に配属され、電信の解読や文字起こしに追われていた露伴は苦痛に悶えた。自分はここに居るべきなのか？　そんな疑問に苛まれるうちに芸者遊びを覚えた。給金が悪くなかったからこそできた遊びだが、空しさは募る一方だった。そんな露伴を救ったのが、戯作であり、俳諧だった。

「その頃だ。小説を書くようになったのは。空っぽな己の心を満たすように、原稿用紙に愚にもつかない物語を書き殴るようになった。今でも忘れない。雪降りしきる冬の日、一人で電信の事務所に詰めていなければいけないとき、宿直室で原稿用紙を広げ、己の理想の世界に遊んでいた。あのときばかりは、生きている実感が得られた。きっと私は、小説を書きながら、救われていたんだろう」

嘴を挟めずにいると、露伴は遠い目をした。今の露伴は、遠い北海道の電信所の只中にいるのだろう。

「こう言っては何だが、私は電信技士としてはまったく駄目で、そこに居場所を見つけ出すことができなかった。だからこそ、しくじりもするし、仕事に身が入らなかった。そんなどうしようもない自分を包み込んで赦してくれるのが小説だった」

そしてある日――。物語を口にするように、露伴は続けた。

「電信技士である己に嫌気が差して東京に逃げ戻ってきたのだよ。――とまあ、随分恥ずかしい話になってしまったが、電信技士だった頃の私を支えてくれたのは、小説だったのだ。だから、君も、自分のために作曲をしてみるといい。少し、物の見方が変わるかもしれない」

「でも露伴先生、どうせ僕は死ぬんですよ。なのに――」

ややたじろいだ露伴だったが、直ぐに眉を上げて大声を上げた。

「死ぬくらいで胸を張るな。私だっていつかは死ぬ」

廉太郎が反論しようとしたとき、既に露伴は次なる言葉を紡ぎ出していた。

「君や私だけじゃない。皆死ぬのだ。でも、皆、必死で生きている。死ぬことが分かっていてもな。きっと人はそういうものなのだ」

廉太郎の心中で、その言葉がいやに響いた。これまで考えてこなかったものが、突如目の前に現れたような、新鮮な驚きに襲われた。

「音楽は君に与えられた櫂なんだ」

廉太郎はころころと笑った。

「でも、今の僕が作曲したら、哀調ばっかりの曲になっちゃいそうですよ」

「いいではないか、それでも。君の人生のための作曲なのだから。誰に文句を言われようが知ったことではなかろう」

思えばこれまで作曲してきた曲の多くは他人の目を意識して作ったものばかりだった。唯一の例外がピアノ曲『メヌエット口短調』くらいのものだった。

体がすっと軽くなった。

これまで廉太郎は、身に余る荷を背負わされていた。誰かの目を気にせず、思うがままを書く。ある時は自分の内省のために。もしかしたら、手紙を認めるように書いてもいいのかもしれない。

初めて、ピアノを弾くかのように作曲してみよう、廉太郎はそう思えた。目の前に垂れ込めていた雲が晴れた気がした。

「ありがとうございます。露伴先生」

「礼には及ばない。実りある創作を」

露伴はそう述べると縁側から立ち上がり、頭を下げた。さよなら、とも、またな、とも言わなかった。

廉太郎はふと、露伴には別れの言葉を言いそびれてしまうのだろう、そんな予感に駆られていた。

定期演奏会の日、廉太郎は外に出てみようと決めた。

ここ半月あまり、家にあった自筆楽譜を少しずつ処分していた。目の前の庭で火をおこし、少しずつ楽譜を焼いていくその作業は、まるで己の人生を火にくべているようで、手が震えた。だが、最後のほうになってくると何も感じなくなってきた。そんな己が怖くなって、つい、外の空気を吸ってみたくなった。

久方ぶりにシャツの袖に腕を通した廉太郎は、上野山の東京音楽学校へと向かうべく庭の物置に向かった。自転車を出そうとしたものの、またがろうとしたとき眩暈（めまい）がした。どうしようかと思案していると、大吉の妻の民が気を利かして人力車を呼んでくれた。

吐息に微熱を感じながらも、廉太郎は久々の上野の空気を吸い込んだ。

不忍池はかつてのまま、白い水面に茶色にくすんだ上野山を映している。冬色迫る不忍池を囲む道を人力車の上から景色を見送りつつ、かつて自転車で軽快に駆け抜けていた頃のことを思い出していた。

上野の西郷さんの脇を抜け、しばらく桜並木を進むと、変わり映えのしない東京音楽学校の校舎が廉太郎を出迎えた。

この日はいつもの静謐(せいひつ)な姿とは程遠い。馬車が幾台も乗りつけられ、前の庭には洋服姿の男女が多く屯している。また、玄関には多くの人々が行列を作り、そわそわとした様子で待っている。どうやら廉太郎の顔を見知っている者がいるのか、それらの客から指を差されたものの、廉太郎はどういう反応をしたらよいかも分からず、曖昧に微笑み返すだけに留めた。

人力車の車夫に銭を払い、裏口から校舎に入った。職員や学生でごった返す廊下で知り合いの姿を探していると、向こうから声を掛けてきた。

「瀧先生」

やってきたのは、鮮やかな黄色絹地の肩あきドレスに身を包む柴田環だった。最近西欧でも流行しているものだが、若い娘の肩や鎖骨が見えるのはさすがに目のやり場に困る。そんな廉太郎に構うことなく、環は息がかかるほど近くまで寄ってきた。

「お越し下さったんですね、ありがとうございます」

「いえ、今日は調子がいいものだから。——柴田さん、確か今日は独唱をなさるとか」

「はい。延先生直伝の声をお聴かせしますわ」

「——ドイツの歌劇は非常に素晴らしいものでした。いつかあなたも西洋の風に触れてごらんなさい。僕の分も」

一瞬環は戸惑いを見せたものの、すぐに満面に笑みを湛え、ドレスの裾を持ってわずかに膝を折った。頑張ってくださいね、と伝えると、大きく頷いて、校舎の奥へと駆けていってしまった。環のドレスの絹地はきらりと光を反射した。

　あまりに眩しかった。彼女はこれから日本の音楽を支える一人になってゆく。環の立つ場所は、一年前まで廉太郎もいたはずの舞台だった。なぜ己は今、そこに立っていないのだろう――。幾度となく繰り返した自問が胸を突く。

　首を振っていると、また声を掛けられた。

「やあ、瀧君」

　小山作之助だ。一瞬だけ目を泳がせたものの、意志の力で変えたような、ぎこちない笑みに切り替えた。

「来てくれたのか。嬉しいよ」

「すみません、すっかりご無沙汰してしまっています」

　作之助とは、というより、音楽学校の教授陣とはドイツから帰ってすぐ、病気療養のために無期限休養を願い出た時以来顔を合わせていなかった。

　だが、作之助は何度も首を横に振った。

「何、いいんだよ。病気を治して復帰してくれればね。君には、ドイツの作曲の現状についても聞きたいからね」

絶対に叶わない望みを作之助が並べていることくらい、廉太郎にも分かる。そしてそれが自分への気遣いから生まれたものであることも。だからこそ、乗った。

「ええ、僕でお役に立てるのでしたら」

後でまた話そう。そう約した作之助もまた校舎の人々の輪に消えていった。

廉太郎は重い足を引きずるように二階に上がっていった。中二階の踊り場に上っただけで息切れがした。しかし、なんとか息を調え、二階に上がり、ホールの中に入った。

ホールの中はまだ予行練習（リハーサル）の最中だった。見れば、後進の若者がバイオリンを弾いていた。だが、幸田幸の演奏と比べれば大きく見劣りもした。

入り口近くで溜息をついていると、声が掛かった。

振り返ると、鈴木毅一と幸田延の姿があった。鈴木は黒タイにシャツ姿、延は紅色のドレス姿という正装だった。

「延先生、ご無沙汰しています」

廉太郎が頭を下げると、二人も頭を下げ返した。

「久しいな。なんだ、元気そうではないか」

延がそう言えば、取り成すように鈴木も続けた。

「本当に。横浜にお迎えに行った際にはお痩せになったと心配していましたが、随分血色がいいですね。横浜じゃなくて、今日ここで写真を撮ればよかった」

船から降りてすぐ、帰国記念と称して写真を撮った。和服に身を包み柔和に微笑んで椅子に座る廉太郎と、硬い顔をした洋装の鈴木が収まっている。最期の写真としては納得のゆく出来だった。

　廉太郎は力こぶを作って応じた。

「ええ、元気が有り余ってしょうがないですよ。――それにしても」廉太郎は本当に久々に会う鈴木に不平をぶつけた。「鈴木さんは本当に気儘な人ですねえ。僕とくめさんに面倒事を押し付けて師範学校に就職したのに、また出戻りなんて」

　鈴木が東京音楽学校に戻ると知らされた時には驚いた。だったら、師範学校なんて行かずに『幼稚園唱歌』の編集に残ってくれればよかったのだと恨み言の一つも言いたくなる。

　鈴木は角刈りにした頭を撫でた。

「面目ない。ただ、勉強をまた一からしたくなったのです。教育の場に立つと、自分がいかに未熟か思い知らされます」

　力なく笑う鈴木の横で、延も、まったくだ、と頷いた。

「わたしとて同じだ。教育者としてはまだ妹や君に並ぶ人材を生み出すことができていない」

「焦る必要はありませんよ」廉太郎は深刻にならないよう、抑揚を込めずに続けた。「きっとこれから、僕などはるかに超える音楽家がこの国に誕生するはずです。延先生、是非とも育ててください。僕なんかいなくてもいいように」

ふん、と鼻を鳴らし、延は続けた。その声は、どこか湿っぽかった。

「休職しているとはいえ君も教授陣の一人なんだ。君もその一助になってくれ」

「――この命が尽きるまでは」

演奏会の客席は満員だった。

この日の演奏はドイツのそれに見劣りしたが、若葉の萌え出づる気配を濃厚に感じさせるものだった。特に柴田環のソプラノ独唱は見事なものだった。ライプツィヒで聴いた歌劇(オペラ)に勝るとも劣らない名演ぶりで、曲が終わった後、切れ目のない、惜しみなき拍手が環のために打ち鳴らされた。他の器楽演奏も粗はあれど、十分に将来の可能性を示す、そんな演奏ぶりだった。

すべての演奏を終え、客たちはぞろぞろと帰途に就き始めた。廉太郎もその人波に紛れて外に出ようとしたものの、出口で待ち構えていたある人物によって遮られてしまった。

青い瞳、そして口元から顎にかけて蓄えられたもじゃもじゃのひげ。見間違えるはずはなかった。

ホール出口の脇に、ケーベルが立っていた。

「ご無沙汰しています」

ケーベルに近付いた廉太郎が丁寧に頭を下げると、開口一番、ケーベルは目を細めて口を開いた。

「君はもう、ここに戻らないつもりだろう」

「なぜ、お分かりに」

「特技みたいなものだよ」ケーベルは力なく言った。「音楽家の道は険しい。一生舞台に立ち続ける者はそう多くない。見送る数が増えるうちに、去り行く者の見分けがつくようになってしまう。音楽家の人生は、別れが一杯に詰まっているのだ」

「先生は哲学だけでなく、詩もなさるのですね」

「哲学も詩も、根は一緒だ。無論、音楽も」ケーベルは真面目くさった顔を浮かべて、なおも輝かしい舞台の上に立ち続ける演奏者たちに目を向けた。「だが、無力だ。今、私は、去り行く君に何も言えずにいる」

「何をおっしゃるのですか。音楽という、何物にも代えがたい言葉を与えてくださいました。先生は僕に生き方を教えてくださったんです」

廉太郎は胸から熱いものがこみ上げるのを我慢しながらも続けた。

「先生、僕はここを去っても、音楽に関わり続けようと思っています。音楽という小窓からしか、僕は世の中と向き合えないようですから」

「そうかね、ならば、よかった」

ケーベルが目を何度もしばたたく前で、廉太郎は恭しく、まるで己の演奏を終えた後、客席にそうするように頭を下げた。

「ケーベル先生、さようなら」

「ああ。よき音楽の日々を」

はっとした。ケーベルの言葉が、露伴の言葉と似ていたからだった。もしかすると、音楽は文学とも通じているのかもしれない。廉太郎は本気でそう思った。

「さようなら」

もう一度廉太郎は口にした。ケーベルに、だけではない。延に、作之助に、鈴木に、環に、生徒監の草野キンに。そして、十年に亘って廉太郎を育ててくれた、東京音楽学校に。

人力車を止め、上に上がろうとしたとき、廉太郎に声を掛ける者があった。

振り返ると、一等会いたくない男がそこにいた。

鳥打帽に茶の羽織。相も変わらず同じなりで現れたのは、新聞屋だった。

あいまいに頭を下げると、新聞屋は鳥打帽を目深にかぶり直し、その表情を隠しながら不機嫌そうに声を発した。

「――結局、お前は何も果たせずに終わるのか」

「かも、しれません」

「無様なもんだな」

その声音に、わずかばかりためらいのようなものが混じっているような気がしてならなかった。廉太郎はそれを嫌い、努めて明るい声を発した。

「無様かもしれません。でも、死ぬまで音楽を手放しません」

何も言わずに立ち尽くす新聞屋に一礼をして、廉太郎はゆっくりと人力車に上がった。

帰り、人力車に揺られていた廉太郎は咳の発作に見舞われた。夕焼けよりも深い赤色に染まる己の手を見下ろしながら、保(も)ってくれてよかった、と小さく息をついた。

この日の演奏会は、廉太郎が東京音楽学校に足を運んだ最後の機会となった。

数日後、廉太郎は一つの曲を書いた。四部合唱で構成されたその曲に『別れの歌』と名付け、楽譜を鈴木毅一に送った。

沈鬱な空気が麴町の瀧大吉邸に満ちていた。

廉太郎は背を丸め、火箸で火鉢をかき回していた。その手は小刻みに震えている。

奥のほうで人が忙しく行き来する足音がする。人の手も必要だろうに、何もできずにいる我が身が恨めしくて仕方がなかった。

文机の上に五線譜を広げて音符を書き入れていくも、すぐに筆跡は乱れてしまう。くしゃくしゃに丸めて火鉢に投げ込むと、一瞬だけ燃え盛った炎が舐めるように紙屑全体に広がり、やがて、真黒な灰に変じた。文鎮代わりにしているドイツ帰りの石が、所在なげに文机の上に転がっている。

二日前、大吉が倒れた。

珍しく早い時間に仕事から戻った大吉が、娘の願いを聞いて折り紙を折っていた親子団欒のひととき、突然大吉が前後不覚となりそのまま昏睡に至った。医者によれば重度の卒中らしい。思えば、廉太郎が日本に帰ってきた頃から、大吉の呂律は回っていなかった。疲れているのだろうと思い、すっかり失念していた。今、廉太郎は大吉に医者を勧めることをしなかった自分を許せずにいる。

廉太郎はずっと蚊帳の外だった。

夫が倒れたとなれば、医者を呼んだり介護をしたりで妻は忙しくなる。大吉の妻である民は一日中屋敷を飛び回っている。いつも民に面倒を見られている子供たちが暇を持て余し、廉太郎の許へとやってくる。廉太郎からすれば姪っ子だった。嬉しくて仕方がない。だが、姪が廉太郎の部屋に入ろうとしたその時、

『入るんじゃありません』

という民の鋭い制止の声が聞こえた。

姪っ子は廊下で泣き出した。

廉太郎は、姪っ子の頭を撫でてやることができない。廉太郎の病は感染性のものだった。可愛い姪っ子に死病を移すわけにはいかなかった。

やがて民がやってきた。一向に泣き止まない娘を抱き上げて撫でる民は、廉太郎がこちらを見ていることに気づくと、取り繕うように微笑み、会釈をすると戸を閉めていった。

戸越しに見えた民の顔を、廉太郎は頭上に描いた。廉太郎はその顔に怖気を覚えた。きっと死神はこんな顔をしているのだろうと。

民の思いは痛いほどに分かる。だからこそ、ただただ幽霊のように息を潜め、山のような楽譜を処分してがらんとなった八畳間に逼塞(ひっそく)している。

その日の夜、騒がしかった屋敷の中が沈黙に包まれた。

しばらくして、民が部屋にやってきた。部屋に入ってきた民の顔には生気というものがまるで見受けられなかった。

廉太郎と離れて火鉢越しに座った民は、やがてこう切り出した。

「うちの人が……大吉さんが、死にました」

ぽつりと、けれどはっきりと民は述べた。

薄闇の中、廉太郎はずっと大吉の顔を思い浮かべていた。いつだって自分の味方でいてくれた従兄。そして、ずっと自分の前を走り、世間の荒波から守ってくれていた従兄。その従兄が、もうこの世にいない。

廉太郎は、ああ、と間抜けた声を上げた。

「お焼香を上げなくちゃ。義姉さん、いいでしょう」

「駄目よ。弔問（ちょうもん）客の皆さんに病気を移すわけにはいかないでしょう」

問わずとも当然のことだった。だが、実際にこうして形にされてしまうと、殊更に傷つく廉太郎がいた。

民は目を泳がせ、続けた。

「廉太郎さん、今、こんなことを言うのはよくないことだってわたしも分かっています。でも、言わないといけないことだから、今、言います。――大吉さんがいなくなった今、もうこの家にはいられません。ここは、大吉さんの稼ぎがあって初めて住める家ですから」

廉太郎が何も言わずにいると、火鉢の炭がぱきりと音を立てた。

「そしてこれからは、わたしが一家の大黒柱にならざるを得ません」

女の稼ぎでは、家族が食っていくので精一杯だろう。いや、それすらもおぼつかないかもしれない。

「だから――」

民は口元を震わせて、膝の辺りを強く握っている。

この先を民に言わせるわけにはいかない。

廉太郎は、割って入るようにして、民に頭を下げた。

「これまで兄さんと義姉さんのご厚意に甘えてばっかりで、本当に心苦しく思っていました。今まで、ありがとうございました。おかげで楽しい夢を見ることができました」

音楽家として生きるなどという霞を食うがごとき夢を支えてくれたのは、ここの家主だった瀧大吉であり、その妻の民だった。恩人の生活を食い潰すのは、廉太郎の本意ではなかった。

「ご安心ください。実家に帰ります。東京に未練はありませんから。――明日の朝一番にでも、ここを発ちましょう。僕の残したものは、お手数ですがすべて焼いてください。もし結核の菌がついていたらことですから」

オルガンと小さな行李、寝具が置かれているだけのがらんとした部屋を見渡した民の瞳から大粒の涙がこぼれた。白く、荒れた両手で顔を覆った。

「堪忍して、廉太郎さん」

「やだなあ義姉さん」廉太郎は殊更にあっけらかんとした声を発した。「僕は自分の意思で実家に帰るんです。義姉さんの気に病むことじゃありませんよ」

次の日の朝、忌中の貼り紙がなされた大吉家の門を出た廉太郎は、わずかな荷物を手に人力車に乗り込んだ。

生まれ育ち、研究生時代を過ごした町が、瞬く間に過去の側に押し込まれていく。いつかはこうなるはずだった、廉太郎はそう自分に言い聞かせた。大吉があんなことにならなくとも、いつかは実家に帰されていたはずだと。だが、いくら堪えても、次から次に熱いものが目からこぼれた。

あの家の納戸には、書写楽譜の数々がまだ残っている。あまりに急なことで、自らの手で処分できなかった。だが、あの楽譜もすべて炎と煙の中に消える。

利恵の遺品を焼いた日の初夏の空を思い出した。

喉の奥から血の臭いがして、咳がせり上がる。右の手で庇うと、廉太郎は手を見下ろし、手ぬぐいで血を拭いた。

この右手は、旋律を弾くための手だった。

この手ぬぐいは、ピアノを弾き始める前の儀式に使うものだった。

朝もや立ち込める中、廉太郎を乗せた人力車は新橋目指して一目散に駆けていった。廉太郎の感傷になど構ってはいられないとばかりに。

大分に戻った廉太郎は待っていた両親を前にした時、思わず心中で呟いていた。

老いた、と。

父の吉弘は白髪だらけの頭になってしまい、官吏として勤めていた頃の精悍な表情が失われていた。母の正もいつからか背が丸くなり、声も少ししわがれたように感じた。

「これまでが忙し過ぎたのだ。ゆっくり過ごすがいい」

吉弘はまるで諦めたようにそう言い、正は、

「ずっと遠くにいたきりだから、お前がこうして戻ってきてくれてうれしいわ。どんどんわがままを言ってちょうだい」

と力なく微笑みかけてきた。

まるで腫れ物に触るような父母の言葉に、廉太郎は狼狽(うろた)えた。

恐る恐る、オルガンを所望した。本当はピアノが欲しかったが、グランドピアノはおろか、アップライトピアノさえ大分にあるかどうか怪しい。叶っても叶わなくてもかまわない、そんな捨て鉢な頼み事だったが、一月ほど後、吉弘が「伝手(つて)を辿ってなんとか手に入れたぞ」と述べ、すっかり古ぼけ、出ない音さえある小ぶりのリードオルガンを廉太郎の部屋に運び込んだ。

それから廉太郎は、オルガンを前に日々を見送った。

毎日のようにオルガンに向かい、山のように作曲した。水戸光圀（みつくに）の遺した『荒磯』という漢詩に曲をつけたり、子供用唱歌の詩と曲を作ったりした。ピアノ曲を作る気にはなれなかった。リードオルガンはどんなに指先の力を調整しても細かな差異（ニュアンス）が出ない。ケーベルから教わったドイツ流演奏術は役に立たなかった。

　正やまだ小さいきょうだいのために、オルガンでの〝演奏会〟を開くこともした。西洋音楽に縁のない家族のために、お芝居の曲を楽譜に起こし、弾いてやった。家族は喜んでくれたが、もしここにピアノがあったなら、と忸怩たる思いにも襲われた。そんな時、廉太郎は襲い来るピアノへの思いを断ち切るように首を振った。

もう、ピアノは弾けないことだろう。大分に移って来てから、なおのこと体調が悪くなった。喀血の機会も増え、食欲も失せている。ケーベルの教えてくれたピアノ演奏法は、病で弱った体で使える技術ではなかった。

　調子がいい時には、お呼ばれするままに小学校に顔を出した。子供たちを前にオルガンで『幼稚園唱歌』に載せた曲を弾いて、歌ってみせた。けれど、『はとぽっぽ』を弾いても、『お正月』を歌っても反応は薄かった。あとで聞いた話では、『幼稚園唱歌』はまだ大分には出回っていないらしかった。仕方なく流行っていた軍歌でお茶を濁した。

　ある日、散歩から戻ると、部屋の文机の上にあるべきはずのものが見当たらないこ

と に気づいた。足がもつれるのも意に介さず部屋に駆け込み、文机の下も、部屋の隅々まで、まるで這うように探して回った。

　廉太郎が騒いでいるのを聞きつけたのか廊下にやってきた正に、廉太郎は思わず怒鳴るように声を上げた。

「ここに置いていた石を知りませんか。鼠色の小さな」

　なくなっていたのは、トーマス教会の庭で拾った小石だった。

　だが、正の口から飛び出した言葉が廉太郎を射抜いた。

「庭に捨ててしまったけれど、そんな大事なものだったの」

　正は文机を指した。そこには、さっきまで目に入っていなかったものがあるのに気付いた。老亀があしらわれている、方一寸ほどの小さな文鎮だった。あんな石ころなんて使わずとも文鎮くらい買ってあげるのに、というのが正の言だった。

　居ても立ってもいられなかった。廉太郎は裸足のまま庭に降り立ち、四つん這いになって石を探した。だが、いくら目を皿のようにしても、這い回っても見つからない。

　あれは、バッハの謦咳に接したかもしれない石だった。他人から見ればただの石でも、廉太郎からすれば何ものにも代えがたい大事なものだった。

　正も探すのに協力してくれた。それでも、見つかることはなかった。

「なんで捨ててしまわれたのですか、母上」

廉太郎は地面を両手で強く叩いた。

結局、トーマス教会の石は見つからなかった。

苛立ち紛れに新しい文鎮を投げ捨てようとしたのも一度や二度ではなかった。そのたびに、蓑亀（みのがめ）のあしらわれた文鎮を用意した母の願いに気づき、やり場のない思いを心の奥底へと沈めた。

石のことを思い出すたびに、オルガンに向かった廉太郎は、フレーズを鍵盤の上で模索しながら、ただただ答えを探していた。なんでこんなことになってしまったのだろう、と。

大分の町に教会があると小耳に挟み、体調の良い日を見計らって廉太郎は足を伸ばした。

久々に袖を通すシャツは随分ぶかぶかになってしまった。ズボンもかつて使っていたベルトでは締め切れず、吉弘からサスペンダーを借りた。足もすっかり萎えていた。杖をついて廉太郎は町に出た。

何ということはない距離を歩くだけで息が乱れる。休み休み、冷え込む町の中を歩いていった。

どれほど歩いただろう、ようやく、目的の場所に到着した。

廉太郎は肩を落とした。

天井も低く、仏教寺院の伽藍堂そのままの作りをしている。長椅子ではなく床几が並び、中は深い影と湿気で満ちている。ただ、北壁に十字架が吊るされていることでようやく教会と分かる有様だった。

床几の一つに腰を掛けて息を調えると、毛氈の敷かれた祭壇に向かって首を垂れた。

東京にいた頃はよく教会に行っていた。ライプツィヒにいた頃はトーマス教会にも足を運んだ。だからこそ、今眼前にあるものとの落差を思わされた。

廉太郎は麴町教会の牧師の勧めに従い洗礼を受けてからは、毎日のように教会で祈りを捧げていた。それはまるで、鎮守様に毎日手を合わせるのにも似ていた。理不尽なこと、深い絶望に沈むたび、十字を切って首を垂れると心が軽くなったような気がした。ある時から、廉太郎は十字の向こうにおわします神に捧げるつもりで曲を書き、ピアノを弾いていた。

廉太郎は信仰にすがる気にはなれなかった。不信を抱いたわけでも、幻滅したわけでもない。廉太郎にとって神とは、不断の努力を重ね、人の手ではもはや何もなすことがない段になって、気まぐれに恩寵を授ける存在に他ならなかった。まだなさねばならぬことがあるのではないかという思いに苛まれている廉太郎は、ただ、力を尽くすことができるだけの時を与えてくださいと十字架に祈るばかりだった。

ふと、伽藍堂の隅に置かれたあるものに目が行った。リードオルガンだった。辺りを見渡した。人がいない。声を発して人を呼んだものの、やってくる気配がない。咎められたら謝ればいいと考え、廉太郎はオルガンの前に座った。何の飾り気もない四角い箱。蓋を開くと白と黒の鍵盤が現れる。

廉太郎はかつて作曲した組曲『四季』の『花』を弾いた。ペダルを踏み込み、軽やかな調子で鍵盤に指を躍らせた。

春のうららの隅田川、上り下りの舟人が――

ソプラノとアルトの調和に身を揺蕩えているうちに、南千住の延の家や、向島の露伴の家での出来事が廉太郎の眼前を掠めていった。だが、すべてがこの曲とともに流れ去って、消えていく。

『花』を弾き終えた廉太郎は、『荒城月』を弾き始めた。さっきまでとは打って変わり、重厚な低音が礼拝堂の中に響き渡る。

春高楼(はるこうろう)の花の宴、めぐる盃かげさして――

すべては泡沫(うたかた)の夢。この曲を作詞した土井晩翠の込めた思いにようやく手が届いた気がした。

信仰は移ろい変わりゆく世の摂理に抗うための櫂なのだろう。だが、廉太郎はどうしても手に慣れない道具を握る気になれなかった。

かのバッハは、十九世紀まで名前が知られていなかった。オルガンの演奏家として史書に一行ほど言及されるだけの人物であった彼が音楽史上の重要人物として特筆されるようになったのは、彼の遺した楽譜が再評価されたからだった。

時の漂白を経てもなお、楽譜さえ残れば永遠のものとなる。太古、音楽には記録のすべがなかった。すべては即興の内に行われ、奏でた傍から忘却されていたのだろう。やがて琴線に触れたフレーズや協和音が記憶されるようになり、さらに紙の上に書き残されるようになった。人が楽譜を紡いだのは、忘却という世の摂理に抗うためであったろう。

楽譜は音楽家の櫂であったのだ。

廉太郎はこれまで自らの手で生み出した曲を次々に弾きながら、抗いたい、と思った。先の見えている己の人生に。そして、ごくごく短い命数しか与えられなかった我が運命に。

廉太郎は咳をした。押さえた掌には、大きな牡丹が咲いていた。

時がない。廉太郎は立ち上がると、家への道のりを急いだ。振り返ることは一切なかった。

廉太郎は家のオルガンの前から離れ、文机の前に座り直した。ただこれだけの作業で疲労困憊に至る己の体に嫌気が差すが、仕方がないことだと諦めるすべも覚えた。

年が明けてからというもの、高熱で蒲団から動けない日も増えた。食べ物も碌に喉を通らず、粥だけで済ませることも増えた。これを心配したのか、正がみつまめを作ってくれたりもした。本当は食欲がないものの、母の思いを無下にしたくなかった。無理をして平らげて「おいしい、おいしい」と殊更に騒いだ後、厠で吐いた。

今日のように体が動く日とて油断はならない。栄養が足りないのか指が滑らかに動かない。微熱のせいで頭もぼうっとしている。

寝間着姿のまま、文机の前に座る廉太郎は、万年筆を手に音符の書かれていない五線譜を眺め、黙考の中に身を沈めた。

久々にピアノ曲を書いている。

手元にはオルガンしかないが、ピアノの音色は体に染みついている。熱に浮かされた頭を無理矢理動かし、耳の奥にこびりついているピアノの残響を追っている。

フレーズや構成も決まっている。三部構成にするつもりだ。やはり哀調を選んでしまった己に嫌気が差すが、これが自分なのだろうと諦めもした。

ここまで決まれば肉付けをするだけだった。フレーズを展開させていくうちに伴奏部分の構成もある程度決まる。第一部が出来上がれば、その印象を覆す第二部のイメージも定まる。そして、第一部とほぼ同じ構成を持つ第三部までも組み上がってゆく。

そうして出来上がったのは、哀調漂う一部、希望と未来に溢れる二部、そして一部の音楽構成を再現する三部だった。それはまるで、姉の死に際し、音楽とともに青春を謳歌し、姉と同じ病に斃れる己が人生をなぞったかのような曲となった。

予感があった。この曲が最後になるのだろう、と。

元気だった頃には気づかなかったが、作曲には根気が要る。かつては有り余る熱量と体力のせいでさほど感じなかったが、病を得てからというもの、作曲のたびに体の芯にある大事な何かが削られていく感覚に襲われていた。そして今は、折れるか折れないかというぎりぎりのところまで己に鑿を当てないと曲が形にならなかった。

だからこそ、最後の一曲に、自分のすべてを込めたかった。

廉太郎は八割方仕上がった楽譜に目を落とした。

残すはただ、コーダ部分だった。

第三部はほぼ第一部で繰り返されたフレーズを再現するだけに、曲を締めくくるコーダが重要になってくる。ここをどう作るか。廉太郎は思い悩んでいた。

廉太郎は這うようにオルガンに向かい、また鍵盤の前に座り、この曲を弾いた。

短調によって形成された、メロディの輪郭が強い第一部。第二部は転調して雰囲気を変え、穏やかな曲調としている。そしてまた、第一部によく似た第三部へと回帰する。オルガンでは完全に再現しきれないが、頭の中でピアノの音に置き換えている。

ここまでの曲作りは、よく言えば手堅く、悪く言えば驚きに欠ける。フレーズはロマン派の影響をもろに受けており、協和音構成に関しても理論の通り、それどころかライプツィヒで聴いた最先端の曲から見れば立ち遅れすら見て取れた。その印象をひっくり返すような仕掛けを、廉太郎は欲した。

『建物を支えるための理論や理屈があって、それをすべて守った上で己の創意工夫を凝らすんだ』

この世にいない、大事な人の言葉が蘇った。

もう一度、曲を弾き直した。何度となく弾いているから手が覚えている。

眺めているうちに、あることに気づいた。

五十の鍵盤が生きていない。なんとなく、体に近い箇所の鍵盤ばかりを用いていて、折角ある鍵盤の多くが沈黙している。

ピアノの奏法の中には、低音から高音、あるいは逆方向に指を滑らせるグリッサンドというものがある。これを用いれば、鍵盤全ての音を弾くことができる。

頭の中で音を組み立てながら、廉太郎はためらった。グリッサンドは素早く指をずらすことによって音を出すため、曲に躍動感がないと用いるのが難しい。この曲の緩やかなリズムにそぐわない技法だった。

廉太郎は低音から高音に向かい、一音ずつ音を叩いていった。グリッサンドよりも一音一音の印象が強くなり、まるで階段を上っているような音色になる。そして今度は逆に、高音から低音に向かって一音ずつ鍵盤を叩いてゆく。

低音から高音、そしてまた低音へ。高き所へ上り詰めた鳥が墜落するような雰囲気が生まれた。

そこからは指が勝手に動いた。

高音と低音の掛け合い。乱高下する旋律。そして最後に、この曲の最高音を叩く。

廉太郎はオルガンから降りて、五線譜のコーダ部分に先ほどの音符を書き足した。

「完成、しちゃったか」

廉太郎は独り言ちた。

間違いなく、瀧廉太郎二十三年あまりの人生がそこにあった。

「なんで、僕は今、こんなところにいるのだろう」

今頃、自分はライプツィヒの地で最先端の音楽に触れているはずだった。独りドイツで新たな音楽を模索しているはずだった。

そして、ベルリンにいるあの人と、重奏をしているはずだった。

あの高みには、もう届かない。

青いドレスに身を包む、意志の強そうな目をした女の人。あの人のバイオリンはいつも凛としていた。廉太郎よりもいつも一足早く天井を壊し続けていた。たった一人、バイオリンを相棒に。

顔を思い出すこともできない。気付けば、死んだ姉の面影とも重なりつつあった。タイトルを飛ばし、今日の日付を書き入れたその瞬間、不意に咳の発作に襲われた。楽譜を汚すわけにはいかない。廉太郎は口を手で押さえ、顔を楽譜から背けた。

懐紙で左手を拭くと、鮮血が紙の上に移った。丁寧に丸めて屑籠に放り入れると、半ば衝動的に「doctor! doktor!」と楽譜に描き入れた。英語を書きつけた後、慌ててドイツ語に改めた。ドイツには結局縁がなかったのだと嗤った廉太郎は、眼鏡をかけたまま文机に突っ伏した。

一月後、廉太郎はついに蒲団から離れられなくなった。

毎日のように高熱にうなされ、身を横たえるばかりになった。目が覚めても、枕に頭を預けたままで眼鏡をかけ、たまにやってくる手紙に目を通す日々を過ごしていた。

そんな中、亡き大吉の妻、民から手紙が来た。大阪の消印になっているその手紙には、廉太郎の体を気遣う内容が書き連ねられたのち、廉太郎が置いていったオルガンをどうしたらよいかと問い合わせがあった。

手紙と一緒に届いた粉っぽいビスケットを口の中でふやかすように食べながら、うつ伏せで返事を書いた。

オルガンの処分は石野に任せてある。なにも事情を知らない者に売却を任せるよりは、音楽の道に詳しい者に託したほうが具合がよかった。石野は快く受けてくれたが、石野の見つけてきた売却先の態度がはっきりしない。

『もし、この話がまとまらなければ、俺が買ってもいい』

石野はそこまで申し出てくれた。廉太郎はこの厚意に甘えることにして、民にもそのような返事を送った。

研究科に進んだ頃に求めたオルガンも、自分の手を離れてゆく。正に頼んで縁側に続く障子を開いてもらい、体を横たえて外の景色を見やった。温かな春の日差しが庭先に降り注いでいる。廉太郎の中で吹き荒ぶ冷風とは関係なしに。

手紙がなくなると、廉太郎はかつて書写したラインベルゲルのバラードの楽譜を眺めた。書写楽譜の多くは東京の下宿に置いてきた。欲しい人がいるなら勝手に取っていってほしいと友人たちに伝えてあるから、ほとんどの楽譜のありかは廉太郎も知らない。だが、この思い出深い楽譜だけは自らの手で大分に持って帰った。

もうピアノは弾けない。ただ、前を向いて歩んでいた日々を懐かしんでいるだけだった。

まだ、やることがある。

無意味な感傷に気づいた廉太郎は最後に書いた曲の五線譜を見やった。端に

「doctor! doktor!」を書いてあるあの楽譜だった。廉太郎は仮に「医者」と呼んでいる。

曲の校訂はもちろん、タイトルも決め損ねていた。

廉太郎自身でタイトルを決めた曲はこれまでそう多くなかった。自ら作詞までした『月』や『別れの歌』の他には、ピアノ曲『メヌエット ロ短調』くらいのものだろう。それゆえに、しっくりくるタイトルを探そうと先延ばしにしているうちに、今に至っていた。

曲そのものにも不満がある。コーダ部分、曲の最高音を当てて締めくくりとしたものの、なんとなく落ち着かない気がし始めた。もう少し、音を足すべきではないかという疑念が拭えずにいる。

だが、高熱に阻まれてうまく行かない。

廉太郎は脇に置いていた文机に「医者」の楽譜を置き、眼鏡を外すと眠りについた。

夢を見た。

カフェーで口から泡を飛ばす異国の同級生たち。そこには結核にかかる前の廉太郎がいる。実際の廉太郎はドイツの学生たちからつまはじきに遭い『東洋の野猿』などと陰口を叩かれていたが、夢の中では自在にドイツ語を使いこなし、向こうの仲間たちと議論していた。

『なあ、あの演奏、やっぱりすごかったな』金髪の仲間の一人が口を開いた。『聴いたか、あのピアノ独奏曲。短い曲の中で何回転調したんだ』

『何かが変わろうとしているんだろう』仲間の一人が相槌を打った。『もはや一つの調性では、世界のすべてを表すことはできなくなってしまったのだろう』

『だとすると、これは悪夢だ』他の仲間も口を挟んだ。『どんどん楽譜が複雑になっていくな。今でさえ複雑だというのに』

仲間たちが一斉に溜息をつく中、廉太郎はコーヒーカップを置いた。

『長調だの短調だのなんていう決まりごとがなくなってしまうのかもしれない。鍵盤の上にある八十八の音を縦横無尽に用いた、決まりのない、新たな音楽が生まれるんじゃないだろうか』

目が覚めた。

ライプツィヒの風景は消え失せていた。苦悶に歪んだ人の顔のような木目がぼんやりと浮かぶ天井板が、眠りから覚めた廉太郎を迎えた。

身を起こした。不思議と身が軽い。今は昼らしい。締め切られた障子の向こうは明るいが、雨音がする。

喉の奥に何かがせり上がってくる感触はあるが、咳をする気力もない。ただ、ぜいぜいと喉の奥から苦しげな呼吸が聞こえるばかりだった。

ふと、夢について思った。

何も音はしない。だが、不規則な音の連なりが廉太郎の耳朶を揺らしている。

廉太郎はこれまで、西洋音楽にどっぷり浸かってきた。曲を貫く調性を、東から日が昇るかのような、当然のものとして受け入れてきた。だが、もしこの常識が間違いだとしたら？　事実、廉太郎がドイツで耳にした音楽は、調性のくびきから少しでも自由になるために転調を繰り返していた。

無調の音楽。この思いつきが、福音のように廉太郎の中で響いた。

もしもそんなものがあるのなら、弾いてみたい。ピアノを相棒に、深い音楽の森を切り開いてゆきたい。

だが、もう廉太郎には時がなかった。

未だに調性に縛られた「医者」の楽譜を廉太郎は拾い上げる。

新しい扉が目の前にあるのに、自分の手に届かない。

眼鏡をかける時さえも惜しかった。廉太郎は文机に向かい、顔を「医者」の楽譜に近づけるとタイトルを書き入れ、最高音で終わる音の後ろに一音を書き入れた。

廉太郎の中で、何かがことりと落ちた。眼鏡をかけていないからぼやけているはずなのに、楽譜のすべてを見て取ることができる。

書き入れた一音は、この曲における最低音だった。最高音まで上り詰めたところから、最低音にまで落とす。栄光から奈落へ。成功から蹉跌（さてつ）へ。光から闇へ。始まりから終わりへ。この楽譜を見た者は様々な解釈をすることだろう。だが、廉太郎は他人の思いになど興味はなかった。最後の一音をもってようやくこの曲のしっくりといく落としどころを見つけられたことを、無邪気に喜んでいた。

タイトルは『憾』とした。

無念を意味するこの一文字について、この楽譜を見た人はどう解釈するだろうか。若きピアニストが夭折（ようせつ）する我が身をはかなんだと解釈するのだろうか。

だが、違う。音楽の頂点にそびえる新たなる扉に手をかけていたのに開くことができなかった、その憾（うら）みを込めたつもりだった。

廉太郎は『憾』の楽譜の上に、一枚の表紙をつけた。遺された肉親たちに向けた願いをそこに書き込んだ。

僕がいなくなった後、僕の関わったことごとくのものが火の中に投げ込まれてしまうでしょう。けれど、どうかこの楽譜だけは僕の魂と思し召され、何卒棺桶になど入れないでください。

首を振って、書置きを丸めて屑籠に捨てた。

代わりに鈴木毅一宛てに長い手紙を書いた。『憾』の原稿、ラインベルゲルのバラードの楽譜、そして『幼稚園唱歌』の冊子と共に封筒に入れ、丁寧に封をした。

この手紙を投函してほしいと文机の上に書置きを残した廉太郎は、体を蒲団に横たえた。

僕の人生に、意味はあったのだろうか。問いが頭を駆け巡る。だが、答えは出ない。

廉太郎の意識は深い淵の中に沈みつつあった。

ピアノとバイオリンの重奏が遠くに聞こえる。

どんどん二つの音が遠ざかり、琴の音が聞こえてきた。

廉太郎は目を閉じた。呼吸の音さえ煩わしかった。

耳を澄ますと、甲高い音がどこかから静かに響いてくる。

それは、懐かしい水琴窟の音だった。

そうだったのか。きっとこれが僕の、――瀧廉太郎の目指す音だったのだ。

そう独りごちた廉太郎は、真っ暗な深淵に身を横たえた。

終

東京音楽学校のピアノ室に差し込んでいた日の光は、かすかに翳った。

短い曲が終わりを告げた。

消音機の外された低音が部屋の中でいつまでも鳴り響いている。それはまるで、かつてここにいた名ピアニストの名残をピアノが惜しんでいるかのようだった。だが、ついにはずっと居座り続けていた低音も防音壁に吸い込まれていった。

新聞屋は、動くことができずにいた。時間にして五分にも満たないこの曲の中に、瀧廉太郎の人生のすべてが――、哀調を基調にしながらも輝かしい日々を過ごし、誰にも見えない天井に挑み続けた一人の青年の人生がそこに切り取られていた。

鍵盤から顔を上げた鈴木毅一が声を発した。

「これが、瀧さんの遺作『憾』です。本来はピアノ曲ですが、幸さんにバイオリン伴奏をお願いしました」

幸田幸はバイオリンを肩から下ろし、顔を伏せた。

聴かされた『憾』は、良い意味でも悪い意味でも廉太郎の人生を映していた。新聞屋は西洋音楽に詳しいわけではないが、東京音楽学校のコンサートにも何度も足を運んでいるし、もともと三味線を修めているから音楽の素養もある。だからこそ言えるのは、廉太郎のこの曲は過渡作にすぎないということだった。新聞屋程度の耳で察することができる程度のことを、幸田幸や鈴木毅一が理解していないはずはなかった。なぜか新聞屋の胸が詰まった。目の前に高い壁が現れたような錯覚に襲われる。新聞屋は首を振った。

「この曲が、瀧のすべてなんですかい。だとすりゃ、何も残さない人生だったってことじゃないですか」

鈴木の目に反感の色が浮かんだ。だが、反論は出なかった。

代わりに、下を向いていた幸田幸がゆっくりと頭を振った。

「違うわ。わたしがそうさせない。わたしだけじゃない。わたしも、鈴木さんも、姉さんも。瀧君に関わった皆も。瀧君のいた意味をわたしたちが絶対に見つける。瀧君の遺したものから、わたしたちはわたしたちの音楽を作り上げてゆく」

顔を上げた幸田幸の表情には、湿ったものは一切残っていなかった。そこには、決然とした覚悟を決めた一人の人の顔があった。

そうだ、と声を上げた鈴木が、ある冊子を新聞屋に差し出した。その表紙には、『幼稚園唱歌』とある。

「こちら、進呈します」

「俺にか。受け取りたくありませんよ」

「そうはいきませんよ。瀧さんから届いた最期の手紙に書いてあったんです。この本を渡してほしい、その際には『約束を果たした』と伝えてくれと」

約束——。以前、家に連れて行ったとき、あの男が何か口にしていた気がする。

手を伸ばせずにいる新聞屋を前に、鈴木は『幼稚園唱歌』を押し付けてきた。思わず受け取ると、鈴木は陰のある表情を浮かべた。

「あなたも、瀧さんの生きた意味を見つけてください。我々と共に」

結局何も言えないまま、新聞屋は東京音楽学校を後にした。

千住宿への帰り道が夕日に染まる中、新聞屋は冷たい風に羽織を揺らしながら自問していた。

廉太郎のいた意味を見つけると幸田幸は言っていた。そんなこと、できるのだろうか。わずか二十四年足らずで途絶した人生に意味を見出すことなんてできるのだろうか。

千住宿の提灯の明かりを横目に新聞屋は帰途を急いだ。

家に帰りついた頃には夕暮れの朱がさらに深い色に変じていた。

「帰ったぞ」

戸を開くと、中から笑い声、そしてたどたどしい歌声がした。

　もういくつ寝ると　お正月
お正月には凧上げて　独楽（こま）を回して遊びましょう
　早く来い来い　お正月

そんな、能天気な曲だった。

歌っていたのは妹の鶴で、笑い声を上げていたのは病床にあった母親だった。狭い長屋の一室、腰高屏風で暑さ寒さを防ぐばかりの貧乏たらしい部屋の中は、驚くほどに温かだった。それは、歌を歌う鶴も、歌声を聴く母親も、等しく笑みを浮かべているからだろうか。

「こら、鶴。母上を寝かしてやらんか」

寝床の上で身を起こしている母親は首を振った。

「聴きたいとせがんだんだよ。学校で歌を教わったっていうから」

「学校で？」

「最近、教科書に載ったばかりの曲だっていうから」

見れば、鶴は小さな冊子を開いて歌を口ずさんでいる。目を細め、実に楽しそうに。新聞屋はあることに気づいた。この唱歌は口語体で書かれている。それに、短い曲なのに几帳面に三部構成が取られ、従来の唱歌と比べても曲調が速く明朗だった。もしやこれは――。

鈴木から貰った『幼稚園唱歌』をめくる。その中の一頁に、鶴の歌っていたのと同じ歌詞の曲が収まっていた。

「鶴。この歌は好きか」

鼻の奥につんとした痛みが走ったのを堪えて話しかけると、鶴はゆっくり振り返り、小さく頷いた。

「そうか、好きか」

新聞屋は鶴の頭を大きな手で撫でた。鶴の黒い瞳の奥に、西洋音楽の深奥に手を伸ばしながらも届くことのなかった若き音楽家が目に宿していた輝きを見つけ、誰にともなく薄く笑った。

「あいつ、やりやがったのか」

鶴が変な顔をしていたが、特に説明もせずに立ち上がった。折しも、流しの総菜屋の呼び声がした。新聞屋はわずかな銭を手に履物をつっかけて表に出た。

長屋の中から鶴の歌声が聞こえてくる。新聞屋も口三味線でその旋律に寄り添いながら、総菜屋の声に近づいていった。

千住宿を覆い隠そうとする夜の気配に押し潰されそうになりながら、新聞屋は湿った鼻を鳴らした。

廉太郎ノオト　主な参考文献

小長久子『滝廉太郎』人物叢書、吉川弘文館、一九六八年

大分県教育庁文化課（編集）『瀧廉太郎 資料集』大分県先哲叢書、一九九四年

海老澤敏『瀧廉太郎――夭折の響き』岩波新書、二〇〇四年

小長久子『瀧廉太郎 全曲集――作品と解説』音楽之友社、一九六九年

萩谷由喜子『幸田姉妹――洋楽黎明期を支えた幸田延と安藤幸』ショパン、二〇〇三年

青木玉『記憶の中の幸田一族――青木玉対談集』講談社文庫、二〇〇九年

井上直幸『ピアノ奏法――音楽を表現する喜び』春秋社、一九九八年

小方厚『音律と音階の科学――ドレミ…はどのように生まれたか』（新装版）ブルーバックス、講談社、二〇一八年

吉田寛『〈音楽の国ドイツ〉の神話とその起源――ルネサンスから十八世紀』〈音楽の国ドイツ〉の系譜学1、青弓社、二〇一三年

吉田寛『民謡の発見と〈ドイツ〉の変貌――十八世紀』〈音楽の国ドイツ〉の系譜学2、青弓社、二〇一三年

解説　私の中の瀧廉太郎を探して

額賀澪

日常に溶け込んでしまったものほど、その存在に目を凝らす機会を失ってしまう。例えば、親しい友人を悪気なしにぞんざいに扱ってしまったり。例えば、故郷の魅力に住民だからこそ気づけなかったり。自分の日々の生活の中で〈当たり前の存在〉となってしまったものは、当たり前ゆえにその存在を軽視してしまいがちだ。

二〇一九年秋、単行本として刊行された『廉太郎ノオト』を読みながら、そんなことを考えていた。

瀧廉太郎（たきれんたろう）という音楽家の名は、多くの日本人が知っていることだろう。小学校や中学校の音楽の教科書に、しっかり顔写真付きで紹介されていたのを、誰もがぼんやり覚えているはずだ。もしかしたら授業の合間に彼の顔に落書きをしたことがある人もいるかもしれない。実は私も、廉太郎の眼鏡を黒く塗りつぶしてサングラスにして遊んでいた。

しかし、瀧廉太郎がどんな人物で、日本の音楽史にどのような功績を残し、どのような作品を私達へ残したのか？　と問われると、意外と答えに窮してしまうのもまた事実なのだ。「荒城の月」「箱根八里」「花」と彼の代表曲を絞り出せたとしても、それらの作品の何がどう評価され、なぜ我々の生きる現代まで受け継がれてきたのか？　と聞かれたら、自信を持ってこうだと答えることはできなかったように思う。

何故なら、瀧廉太郎の功績はあまりに大きく、大きいがゆえに現代を生きる私達にとって〈当たり前の存在〉となってしまった。彼が私達に残してくれたものについて、立ち止まって深く考えることができないほどに。

『廉太郎ノオト』はまさに、日常に溶け込んだ瀧廉太郎の功績を、一つ一つ掬い上げて私達に提示してくれる物語だった。

*

物語は、一人の新聞屋から始まる。

新聞社に雇われ、羽織破落戸などという蔑称を背負って街を駆け回り、新聞記事のネタを探す。それが新聞屋の仕事だ。

そんな新聞屋が、東京上野の東京音楽学校のとある防音室の扉を開く。男の目的は、

「瀧廉太郎の遺作発表」に立ち会うことだった。

私達読者は新聞屋と共に、瀧廉太郎の遺作を聴きながら、彼の短い生涯を辿っていく。

瀧廉太郎の最も古い記憶は、幼少期に姉・利恵と琴の稽古をしていた日々だ。幼いながらに音楽の才を芽生えさせていた廉太郎だが、父・吉弘は「琴は女のたしなみだ」といい顔をしない。栄えある瀧家の長男として、吉弘は廉太郎に芸事ではなく勉学に励んでほしいと考えていた。次第に音楽に魅せられていく廉太郎を、工部大学校に通う従兄・大吉は「お前は好きなことをやるんだぞ」と励ます。大吉はその後、音楽を学ぶ廉太郎をあの手この手で支援する。

廉太郎と利恵の別れは、彼が十一歳のときだ。労咳（結核）を患った利恵は、音楽の学校に通いたかったという夢を語る。しかし、自分には先の人生もなければ、そもそも音楽の才能もない。利恵は弟が音楽を続けることを願いながら死んでいった。

利恵の死後、廉太郎は東京を離れ、大分の竹田へ居を移すことになる。彼はそこでオルガンとバイオリンにであう。自分の奏でる音の中に利恵の面影を感じ、廉太郎は姉の分まで音楽に生きることを決意する。かつて利恵が夢見た音楽の学校——東京音楽学校の門戸を廉太郎は叩く。

才能なきものを次々と切り捨てていく東京音楽学校で、一年におよぶ予科の選抜をくぐり抜けた廉太郎は、現役最年少の十六歳で本科生となる。廉太郎の音楽家としての人生は着実な広がりを見せていた。

その道のりの中で彼は音楽を志し、音楽と共に生きようとする人々と出会う。共に予科の選抜を勝ち抜いた石野巍、高木チカ。天才バイオリニスト・幸田幸。チャイコフスキーからピアノを学んだ哲学者でありピアニストのラファエル・フォン・ケーベル。幸田幸の姉であり、日本のクラシック音楽の黎明期を支えた音楽家・幸田延。

その後の日本の音楽史に大きな足跡を残したもの、残せなかったもの。さまざまな出会いを廉太郎は経験する。廉太郎の才能は、東京音楽学校でであう才能に磨かれ、輝きを増していったのだ。

二十三歳で、姉・利恵と同じ労咳（結核）でこの世を去る——そんな最期に向かってひた走りながら、廉太郎は音楽の頂と、ピアノの深奥を探し求める。誰も目にしていない〈その先〉に目を凝らす。

*

現代を生きる私達は、当たり前のように音楽に触れて生活している。物心つかないうちから両親に歌を歌ってもらい、子供向けの歌を歌いながら育ち、学校教育で音楽に触れる。鍵盤ハーモニカやリコーダーでドレミを奏でる。好きなアーティストの新曲を楽しみに日々を過ごし、通学や通勤の途中にふと歌を口ずさむ。

瀧廉太郎が生きた明治時代は、そんな私達にとっての当たり前がまだ形を成していなかった時代だ。西洋音楽は日本人に馴染みが薄く、日本の音楽は西洋音楽とは大きく異なる生態をしていた。

明治時代に西洋音楽が流入したものの、日本人は西洋音楽の作り方がわからない。輸入された西洋音楽に日本語の歌詞を無理矢理はめ込んだ歌ばかりだったという。

そんな中、瀧廉太郎の手で初めて作られた日本人による日本人のための西洋音楽が「荒城の月」だ。以降、国内で多くの西洋音楽が作られ、音楽は娯楽として人々の生活の一部となり、私達へつながる。

また、廉太郎は東京音楽学校の後輩・鈴木毅一に誘われて子供向けの唱歌も数多く作っている。例えば「お正月」……私達が子供の頃、両親と一緒に歌い、保育園で先生の手拍子に合わせて歌った「お正月」である。この解説を読んでいるあなたも、「もういくつねると」と歌えるはずだ。

瀧廉太郎の生涯はあまりに短い。彼が残した作品の数も決して多くはない。

しかし、瀧廉太郎の功績は、日本の音楽史を築き上げた音楽家達に受け継がれ、空気のように私達の一部になった。幼い子供が親と一緒に歌を歌うのは当たり前になり、幼稚園や保育園で歌を歌うのも、学校に音楽の授業があるのも、当然のことになった。

その〈当然〉を作りあげたことこそが、瀧廉太郎の才能の大きさ、または豊さ、または質量をよく表している。大きすぎる功績は、その偉大さに想いを馳せる機会すら我々から奪ってしまうのだ。

ところが、『廉太郎ノオト』で描かれる瀧廉太郎その人は、いい意味でも悪い意味でも、自分の才能に無関心だ。

作中で彼は周囲の人々の才能に圧倒され、無我夢中で音楽に生きる。自分の能力をたいしたものではないと感じている。しかし彼の周囲では明らかな淘汰が行われていたのもまた事実だ。

学友であった石野巍は成績不足で、高木チカは親が決めた結婚によって、志半ばで東京音楽学校を去る。廉太郎から遺作を託された新聞屋は、音楽をやりたくてもできない家庭環境にあった。廉太郎の視界の外で、そうやって音楽の道を諦めた人間が大勢いたことだろう。

作中にあったこの一文が、私には未だに心に強く残っている。

――東京音楽学校は、才能なきもの、環境なきもの、運なきもの、そして適切な努力なきものを容赦なく振るい落とし、一粒の金を見つける場だ。

才能と環境と運と適切な努力。すべてを持ち合わせて初めて、その人は天才として世に現れる。作者の考える「天才とは何か？」という問いの答えがここにあるように思う。『廉太郎ノオト』はそれを残忍なほどによく表した物語でもあった。

廉太郎は幸運にも、才能・環境・運・適切な努力を持ち合わせていた。それでも、いや、もしかしたらそれゆえに、彼は自分の才能に無頓着（むとんちゃく）だったのかもしれない。

ライバルと言うにはあまりに複雑な感情で結ばれたバイオリニスト・幸田幸との関係の中には、天才・瀧廉太郎としてではなく、自分が持ち得ないものに恋い焦がれる廉太郎の姿が描かれる。人はいつだって、自分が喉から手が出るほどほしいもの、どうしたって手に入らないものに、〈才能〉というラベルを貼ってしまうのだ。

偉大な音楽家としての瀧廉太郎、残酷な天才としての瀧廉太郎、音楽に一途な瀧廉太郎、私達と同じように青春時代を過ごした瀧廉太郎、それでも二十三歳でこの世を去ってしまう瀧廉太郎。物語を通し、私達はさまざまな彼と出会う。読み終えたときに胸に浮かぶ瀧廉太郎像は、きっと読者一人ひとりにとって違う色をしているはずだ。

その色には、私達自身の「才能に対する葛藤」が滲み出るのかもしれない。

（ぬかが・みお／小説家）

『廉太郎ノオト』二〇一九年九月　中央公論新社刊

中公文庫

廉太郎ノオト

2023年 9 月25日　初版発行

著　者　谷津 矢車

発行者　安部 順一

発行所　中央公論新社

〒100-8152　東京都千代田区大手町 1-7-1

電話　販売　03-5299-1730　編集　03-5299-1890

URL https://www.chuko.co.jp/

ＤＴＰ　嵐下英治

印　刷　大日本印刷

製　本　大日本印刷

Published by CHUOKORON-SHINSHA, INC.
Printed in Japan　ISBN978-4-12-207423-1 C1193

定価はカバーに表示してあります。落丁本・乱丁本はお手数ですが小社販売部宛お送り下さい。送料小社負担にてお取り替えいたします。

中公文庫既刊より

す-25-34
幕末　暗殺！
鈴木英治／早見俊／秋山香乃／神家正成／新美健／誉田龍一／谷津矢車
幕末の江戸や京で多くの命が闇に葬られた。暗殺——。彼らはなぜ殺されたのか。実力派によるオリジナル競作アンソロジー、待望の文庫化！〈解説〉末國善己
207004-2

あ-59-4
一路（上）
浅田次郎
父の死により江戸から国元に帰参した小野寺一路は、参勤道中御供頭のお役目を仰せつかる。家伝の行軍録を唯一の手がかりに、いざ江戸見参の道中へ！
206100-2

あ-59-5
一路（下）
浅田次郎
蒔坂左京大夫一行の前に、中山道の難所、御家乗っ取りの企てなど難題が降りかかる。果たして、行列は期日通りに江戸へ到着できるのか——。〈解説〉檀　ふみ
206101-9

あ-59-7
新装版　お腹召しませ
浅田次郎
幕末期、変革の波に翻弄される武士の悲哀を描く傑作時代短編集。書き下ろしエッセイを特別収録。司馬遼太郎賞・中央公論文芸賞受賞作。〈解説〉橋本五郎
206916-9

あ-59-8
新装版　五郎治殿御始末
浅田次郎
武士という職業が消えた明治維新期、行き場を失った老武士が下した、己の身の始末とは。表題作ほか全六篇に書き下ろしエッセイを収録。〈解説〉磯田道史
207054-7

あ-59-9
流人道中記（上）
浅田次郎
「痛えからいやだ」と切腹を拒み、蝦夷へ流罪となった旗本・青山玄蕃。ろくでなしであるはずのこの男には、弱き者を決して見捨てぬ心意気があった。
207315-9

あ-59-10
流人道中記（下）
浅田次郎
奥州街道を北へと歩む流人・玄蕃と押送人・乙次郎。旅路の果てで語られる玄蕃の罪の真実。武士の鑑である男はなぜ、恥を晒してまで生きたのか？〈解説〉杏
207316-6

各書目の下段の数字はＩＳＢＮコードです。978－4－12が省略してあります。

あ-64-1
ドビュッシー　想念のエクトプラズム　青柳いづみこ
印象主義という仮面の下に覗くデカダンスの黒い影。従来のドビュッシー観を一新し、その悪魔的な素顔に斬り込んだ画期的評伝。〈解説〉池上俊一
205002-0

あ-64-2
ピアニストが見たピアニスト　名演奏家の秘密とは　青柳いづみこ
二十世紀の演奏史を彩る六人の名ピアニストの技と心の秘密を、同じ演奏家としての直観と鋭い洞察で鮮やかに解き明かした「禁断の書」。〈解説〉最相葉月
205269-7

あ-64-3
音楽と文学の対位法　青柳いづみこ
ショパン、シューマンはじめ、六人の大作曲家と同時代の文学との関わりに、モノ書きピアニストの切り口で光を当てた比較芸術論。〈解説〉鴻巣友季子
205317-5

あ-64-4
ピアニストは指先で考える　青柳いづみこ
ピアニストが奏でる多彩な音楽には、どんな秘密が隠されているのか。演奏家、文筆家として活躍する著者が、ピアニストの身体感覚にせまる。〈解説〉池辺晋一郎
205413-4

あ-64-5
六本指のゴルトベルク　青柳いづみこ
小説のなかに取り込まれた数々の名曲。無類の読書家でもあるピアニストが、音楽がもたらす深い意味を読み解く。講談社エッセイ賞受賞作。〈解説〉中条省平
205681-7

あ-64-7
ドビュッシーとの散歩　青柳いづみこ
ドビュッシーの演奏・解釈の第一人者が、偏愛するピアノ作品四〇余曲に寄せたエッセイ集。怪奇趣味、東洋幻想まで、軽やかな文体で綴る。〈解説〉小沼純一
206226-9

こ-54-1
いい音　いい音楽　五味　康祐
癌に冒された最晩年の新聞連載コラム「一刀斎オーディオを語る」を軸に、クラシックとオーディオへの情熱が凝縮された究極の音楽エッセイ集。〈解説〉山本一力
205417-2

こ-54-2
西方の音　音楽随想　五味　康祐
生涯の友、音楽とオーディオへの飽くなき希求。そして、音楽に触発された自らの人生。剣豪作家が遺した、斬れ味鋭い音楽エッセイ。〈解説〉新保祐司
206235-1

各書目の下段の数字はISBNコードです。978－4－12が省略してあります。

な-27-1
チャイコフスキー・コンクール ピアニストが聴く現代
中村紘子
世界的コンクールの舞台裏を描き、国際化時代のクラシック音楽の現状と未来を鮮やかに洞察する長篇エッセイ。大宅壮一賞受賞作。〈解説〉吉田秀和
201858-7

な-27-2
どこか古典派（クラシック）
中村紘子
世界中の「ピアニストの領分」を出たり入ったり。名ピアニストが言葉で奏でる、自由気ままなエッセイは、やっぱりどこか古典派。〈解説〉小林研一郎
204104-2

な-27-3
コンクールでお会いしましょう 名演に飽きた時代の原点
中村紘子
今なぜ世界中でクラシック音楽のピアノコンクールがさかんなのか。その百年にわたる光と影を語って、クラシック音楽の感動の原点を探る。〈解説〉苅部 直
204774-7

な-27-4
ピアニストという蛮族がいる
中村紘子
ホロヴィッツ、ラフマニノフら、巨匠たちの天才ぶりを軽妙に綴り、幸田延、久野久の悲劇的な半生が感動を呼ぶ、文藝春秋読者賞受賞作。〈解説〉向井 敏
205242-0

な-27-5
アルゼンチンまでもぐりたい
中村紘子
著者ならではの、鋭い文明批評と、地球の裏側まで、穴があったら入りたいほどの失敗談。音楽の周囲に集まるとっておきのエピソード。〈解説〉檀 ふみ
205331-1

ぬ-2-1
夏なんてもういらない
額賀 澪
高校生の深冬は片想い相手の優弥とともに彼の故郷・潮見島へと向かう。だが島には、絶対にかなわない恋敵がいた。『潮風エスケープ』を改題。
206759-2

も-27-5
決定版 オーケストラ楽器別人間学
茂木大輔
あなたの運命は選んだ楽器が決めていた！ 楽器と性格の関係を爆笑プロファイリングした演奏者必携の名著を大幅リニューアル。〈巻末マンガ〉二ノ宮知子
206618-2

や-36-2
自伝 若き日の狂詩曲
山田耕筰
童謡・オペラの作曲を始め、わが国交響楽運動の創始者として、近代音楽史に輝かしい足跡を残した山田耕筰の破天荒な青春記。〈解説〉井上さつき
206218-4